O INQUISIDOR

MARK ALLEN SMITH

O INQUISIDOR

Tradução de
MARCELO SCHILD

1ª edição

EDITORA RECORD
RIO DE JANEIRO • SÃO PAULO
2015

CIP-BRASIL. CATALOGAÇÃO NA PUBLICAÇÃO
SINDICATO NACIONAL DOS EDITORES DE LIVROS, RJ

Smith, Mark Allen
S649i O inquisidor / Mark Allen Smith; tradução de Marcelo Schild.
– 1ª. ed. – Rio de Janeiro: Record, 2015.

Tradução de: The Inquisitor
ISBN 978-85-01-09512-1

1. Ficção americana. I. Schild, Marcelo. II. Título

CDD: 813
14-15928 CDU: 821.134.3(81)-3

Título original em inglês:
THE INQUISITOR

Texto revisado segundo o novo Acordo Ortográfico da Língua Portuguesa.

Impresso no Brasil

ISBN 978-85-01-09512-1

Para Cathy

PRÓLOGO

O cliente, sentado em uma sala de setenta metros quadrados, olhava para um grande espelho falso que oferecia a visão de uma escuridão vazia e silenciosa. A gravação de uma gargalhada nervosa, continuamente interrompida por uma tosse seca, saía pelas caixas de som nas paredes, mas o cliente não a ouvia, pois tinha colocado os tampões de ouvido deixados para ele.

Ele olhou para o relógio. Onze e meia da noite. Estava ali havia três horas e bebericava uma segunda dose de uísque. A sala sem janelas era forrada de madeira antiga com um acabamento suave de cinza e com mobílias sofisticadas. Havia uma cadeira Arne Jacobsen e um antigo tapete persa. O bar cromado estava abastecido com caras bebidas destiladas, um *pinot noir* e um Sancerre dentro de um balde suado. Quatro lustres cônicos, de aço escovado, pendiam do teto, e a luz que forneciam era captada por lapidações nos copos cristalinos de uísque e transformada em desenhos brilhantes em forma de estrelas. Na prateleira inferior do bar, o painel frontal de um gravador de DVD piscava um minúsculo olho vermelho.

O cliente era o chefe de segurança de uma grande fabricante de produtos eletrônicos americana. Ele não ganhava o suficiente para estar familiarizado com tais luxos, mas as pessoas para quem trabalhava, sim, e elas aguardavam seu telefonema. Fora necessária uma semana de pesquisa e contatos para providenciar um encontro em um restaurante em Little Italy com um chefão da máfia, vestido com impecável e extravagante elegância, chamado Carmine Delanotte. O homem o tinha interrogado enquanto tomavam uma garrafa de Barolo e dois espressos duplos, antes de finalmente fornecer o código de acesso à internet e o nome de Geiger, que, contudo, ficou subentendido não ser o seu verdadeiro. O código havia possibilitado o acesso ao site de Geiger, DoYouMrJones.com, e o fato de ter sido referido por Delanotte fez as coisas andarem rápido. Mais cedo, naquela noite, o cliente capturara o alvo — Matthew Gant, um dos caras da área de pesquisa e desenvolvimento da empresa — em uma garagem e, seguindo instruções, levara-o para aquele prédio simpático de dois andares na Ludlow Street.

Quando o cliente e Geiger finalmente se conheceram naquela sala, a primeira coisa que ele reparou foi que o outro quase nunca piscava os olhos. O cliente orgulhava-se da própria frieza, mas o homem o havia deixado desconfortável. O tom sedoso e uniforme de sua voz e sua postura inflexível contribuíam para tal efeito. Ele tinha olhos cinzentos elípticos em um rosto fino e anguloso. O corpo parecia esguio e firme, talvez por praticar corrida ou algum tipo de arte marcial. E havia uma leve inclinação em sua postura, como se seu esqueleto tivesse uma maneira particular de acomodar a gravidade.

Havia algo verdadeiramente estranho nele — no entanto, o que se poderia esperar de um profissional de sua área? O cliente ouvira todo tipo de histórias. Geiger era um louco que cumprira pena pesada; um agente desonesto da Agência Nacional de Segurança; um herdeiro degenerado que não precisava do dinheiro e fazia aquilo pela emoção. O único ponto em comum em todas as histórias era o que dizia que Geiger era inigualável. Quando se cumprimentaram com um aperto de mãos, o cliente falou:

— Dizem que você é o melhor, e nossa esperança é que isso seja verdade. Os projetos que acreditamos que Matthew tenha roubado valem milhões.

Geiger o havia encarado, inexpressivo.

— Não lido com esperança aqui — dissera ele, e partira.

Durante a primeira hora, a sala no outro lado do vidro havia permanecido na escuridão. Os únicos sons eram as explosões de raiva de Matthew, repletas de bravata e indignação. Foi quando a voz sussurrada de Geiger chegou ao cliente através das caixas de som como o chamado de uma alma penada.

— Pare de falar, Matthew. Você não tem mais permissão para falar.

Havia sido o sussurro mais alto que o cliente já ouvira. Em seguida, as luzes foram acesas e, através do espelho falso, o cliente viu Geiger recostado na parede de uma sala austera, vestindo um pulôver preto e calças pretas largas.

A sala era completamente revestida de linóleo branco, e dezenas de lâmpadas de sete centímetros embutidas nas paredes e no teto faziam todas as superfícies reluzirem. Nas paredes norte e sul havia várias pequenas câmeras instaladas trinta centímetros abaixo do teto. Depois de algum tempo, aquela cena começou a pregar peças nos olhos do cliente, os ângulos do cômodo desaparecendo gradualmente até Geiger parecer suspenso no ar, uma silhueta escura, congelada em um quadro luminoso de alabastro.

No centro da sala, Matthew estava sentado em uma antiga cadeira de barbeiro — couro vermelho, cromo reluzente e porcelana. Amarras de malha de metal estavam atadas ao redor de sua cintura, seu peito, seus tornozelos e pulsos, e, quando ele se movia, reflexos brilhantes percorriam as treliças metálicas. Seu rosto estava pálido, com manchas vermelhas nas bochechas. Estava com o torso nu e descalço.

Durante meia hora, Geiger encarou Matthew em silêncio, se deslocando a cada dez minutos até dar uma volta ao redor da sala. Ele mancava de leve, mas, de alguma maneira, havia incorporado a deficiência à mecânica corporal, de modo que não parecia uma enfermidade — para ele, parecia natural. Os olhos atentos de Matthew acompanhavam-no a cada volta pela sala.

Geiger deu um empurrão na cadeira de barbeiro, fazendo-a girar lentamente. Depois, foi embora e as luzes se apagaram outra vez. O sistema de som começou a tocar uma série de vinhetas, cada uma com a duração de poucos minutos. O cliente ouviu um engarrafamento com buzinas e pneus guinchando... uma mulher cantarolando desafinadamente... o som de um único acorde em um violão fora do tom... um telefone tocando repetidamente, parando, e voltando a tocar... e, finalmente, a gargalhada nervosa e a tosse. No começo, Matthew tinha gritado "Puta que pariu!", mas depois havia ficado em silêncio. Na metade da trilha sonora, o cliente recolocou os tampões de ouvido.

As luzes se acenderam de novo quando Geiger voltou a entrar na sala. Com as mãos atrás das costas, ele parou ao lado de Matthew, que o encarava com uma fúria explícita. O cliente removeu os tampões.

— Matthew — disse Geiger —, feche os olhos.

Uma carranca firmou-se no rosto de Matthew, mas ele obedeceu.

— Agora, imagine que tenha caído em um poço vazio. É escuro como o breu lá embaixo. Você não consegue ver nada. O único som é o da sua respiração. Seu corpo dói. Talvez tenha quebrado um tornozelo, ou um pulso.

Geiger permaneceu em silêncio por vários segundos, como que para se assegurar de que Matthew pudesse ouvir a si próprio respirando na escuridão de sua prisão.

— A dor faz um pequeno show de luzes atrás dos seus olhos. Você sente o gosto de sangue na boca. Estica o braço e tateia ao redor. As paredes são frias e úmidas, e lisas também. Nenhuma rachadura ou depressão onde possa segurar. Consegue se ver no fundo desse poço, Matthew?

O cliente sentiu um calafrio na nuca. *Ele* conseguia ver Matthew lá embaixo.

— Você tenta manter a calma. Começa a gritar por socorro. Diz para si mesmo: *Alguém vai me ouvir.* Contudo, depois de algum tempo, percebe que provavelmente vai morrer lá embaixo. Assim que esse pensamento lhe ocorre, algo dentro de você realmente começa a morrer. Não na carne, mas no espírito. Entende o que digo, Matthew?

— Estou dizendo, cara... Não sei o que você quer!

— Matthew, eu disse que você não tem permissão para falar. Apenas concorde com a cabeça. Lembra-se de eu ter dito isso a você?

Matthew encarou o olhar que não piscava e concordou com a cabeça. As mãos de Geiger saíram de trás das costas com um microfone sem fio e fones de ouvido, que ele colocou com firmeza na cabeça de Matthew.

— Sennheiser 650s — disse. — Prefiro esses aos AKGs. É uma experiência com mais nuances. Feche os olhos, Matthew.

Matthew obedeceu, dando um suspiro errático, os olhos movendo-se nervosamente sob as pálpebras.

Geiger ergueu o microfone e começou a caminhar pela sala enquanto falava baixinho. O cliente achou que ele parecia um daqueles gurus de autoajuda dos canais de televisão aberta, só que com um público de uma única pessoa.

— Consegue me ouvir com clareza? — perguntou Geiger.

Matthew concordou balançando a cabeça.

— Certo. Agora, de volta ao poço, Matthew. Está nele?

Matthew engoliu em seco, o pomo de adão subindo e descendo. Ele concordou de novo.

— Ótimo. — A palavra soou para o cliente como uma prece delicada. — É importante que acredite que esteja no fundo do poço, Matthew, porque esse não é um jogo mental. Você está lá embaixo, e eu sou sua única saída.

Sou a corda que pode ser jogada até você e as mãos que podem puxá-lo para o alto. — Ele colocou delicadamente uma das mãos no ombro de Matthew, que retesou o corpo. — E a única coisa que faz a corda ser jogada até o fundo do poço é a verdade.

O cliente inclinou-se mais para perto do vidro.

— É uma coisa linda... a verdade. A única criação perfeita do homem. E eu a reconheço quando a ouço. Não é que eu seja particularmente intuitivo ou perceptivo, mas já ouvi tantas mentiras que percebo quando a verdade é dita.

Geiger inclinou-se até a altura do rosto de Matthew e o cliente conseguiu ver as articulações da mandíbula do homem ressaltadas pela ansiedade.

— Toscanini dizia que era capaz de perceber se a corda de um violino, no meio de uma orquestra, estava desafinada. Ele não tinha ouvido absoluto, mas ouvira tantos milhões de notas que conseguia detectar na mesma hora o que era verdade e o que não era. — Geiger respirou fundo. — Portanto, Matthew... Não minta para mim.

As narinas do homem dilataram-se como as de um potro ao sentir cheiro de fumaça. Geiger inclinou o corpo e aproximou-se ainda mais dele, até que somente o microfone estivesse entre os lábios de ambos.

— Ouviu o que eu disse? *Não minta para mim!*

O ataque auditivo, através dos fones de ouvido, fez a cabeça de Matthew recuar com tanta força que o cliente pensou que o pescoço dele fosse quebrar. Seus olhos se abriram instantaneamente, a boca distendeu-se em um círculo cavernoso e seu uivo durou uns bons cinco segundos antes de se transformar num gemido abafado.

Geiger virou a cabeça para o lado e o cliente ouviu o estalar das vértebras cervicais dele. Depois, virou-a para o outro lado. Outro estalo. O cliente tentou interpretar a expressão de Geiger, mas não conseguiu discernir nenhuma emoção.

— Matthew — disse Geiger —, preciso que mantenha os olhos fechados, que pare de gemer e preste atenção. Concorde balançando a cabeça se conseguir.

O gemido de Matthew ficou preso na garganta. Sua cabeça se ergueu e abaixou numa resposta débil, mecânica, e seus olhos se fecharam.

— Existem diversas formas de provocar dor para situações específicas... Em primeiro lugar dores físicas, psicológicas e emocionais. Dentro dessas categorias existem muitas subcategorias. No âmbito físico, há a audição...

Ele bateu levemente no microfone com os nós dos dedos e a cabeça de Matthew sofreu um espasmo, os olhos abrindo prontamente outra vez.

— *Olhos fechados!*

Matthew uivou, e Geiger colocou delicadamente a ponta de um dedo sobre cada uma das pálpebras trêmulas do homem e as fechou. Depois, colocou um polegar em um ponto cinco centímetros à esquerda do esterno dele.

— Há também a pressão...

O polegar enrijeceu e, praticamente sem nenhum indício de esforço, Geiger o pressionou e Matthew soltou um urro rouco, o rosto contorcido em uma careta que revelava os dentes. O cliente observou, impressionado, enquanto apalpava, com curiosidade, as próprias costelas.

— Há a força bruta...

Geiger ergueu o braço, o cotovelo dobrado num ângulo de noventa graus. O antebraço balançou como uma alavanca de mola e atingiu em cheio o peito de Matthew, deixando-o sem ar, arfante, desesperado para sugar o ar para dentro dos pulmões.

— E há a penetração, a laceração da carne...

Geiger fez uma pausa.

— Mas isso é arcaico demais para mim — prosseguiu. — No entanto...

A mão dele moveu-se até atrás da orelha e puxou algo que saiu deslizando. Era brilhante e prateado, dez centímetros de comprimento, imensuravelmente fino.

— Abra os olhos.

As pálpebras de Matthew se abriram. Seus olhos castanhos estavam marcados por linhas vermelhas.

— Sabe o que é isso?

Matthew semicerrou os olhos diante do objeto posicionado entre o polegar e o indicador de Geiger e balançou a cabeça em negativa. O cliente assentiu. Certa vez ele havia deslocado um disco na coluna e tentado tudo em busca de algum alívio. Ele sabia o que era.

— Isso é uma agulha de acupuntura. Sua função principal é bloquear impulsos que o cérebro identifica como dor impedindo-os de viajar pelas vias neurais. Mas também pode criar dor. — A agulha reluziu nas pontas dos dedos de Geiger como a espada minúscula de um herói de brinquedo. — Existem certas ironias em meu ofício impossíveis de não se perceber.

A observação foi dita sem qualquer traço de humor ou ameaça, e a ausência de ambos fez os pelos da nuca do cliente se arrepiarem. A mão livre de Geiger agarrou Matthew pelos cabelos. Um ganido curto escapou do homem — não uma reação à dor, e sim uma resposta involuntária de reconhecimento do que estava por vir — e Geiger inseriu habilidosamente a agulha entre as vértebras do pescoço de Matthew, que não recuou, e em nenhum momento desviou seu olhar do rosto implacável de Geiger.

— O fato é que o ser humano é uma estrutura notavelmente vulnerável. Essa agulha é mais leve do que a pena de um pardal, Matthew. A lágrima de uma criança equilibrada na ponta seria capaz de envergá-la.

Geiger mexeu um pouco a agulha, provocando uma série de gritos estridentes. Depois, removeu-a e os berros cessaram. Lágrimas rolavam pelas bochechas de Matthew, sua respiração estava acelerada, o ar entrava e saía em arfadas curtas.

— Há também a manipulação de articulações, a aplicação de calor e frio intensos, ingestão forçada de líquidos. A verdade, Matthew, é que eu poderia trabalhar em você durante vários dias sem repetir um processo.

Geiger removeu os fones de ouvido da cabeça de Matthew e colocou-os, com o microfone, no chão.

— Quanto à dor psicológica, creio que sua sensibilidade a estímulos físicos torne desnecessária a exploração de tal área. Quanto à dor emocional... Segundo seu arquivo, você é solteiro, sem ligações amorosas, filho único sem pais vivos, de modo que não vejo nenhum benefício em trilhar tal caminho. Você pode não acreditar, Matthew, mas é um cara de sorte.

O cliente queria que Geiger espancasse Matthew para que ele confessasse e terminasse logo com aquilo. Depois, ele poderia dar seus telefonemas e ir para casa, mas quando conhecera Geiger, havia percebido que não seria assim.

— Não vou te perguntar agora, Matthew, porque posso ver que ainda não está pronto para dizer a verdade, e não quero fazer com que minta.

— Pergunte o que diabos quiser. Eu... eu não posso dizer o que não sei, merda.

— Isso é verdade — disse Geiger. — Irrelevante, mas verdade.

Um pensamento deu um nó no estômago do cliente. Poderia Matthew estar dizendo a verdade? Seria possível que outra pessoa tivesse roubado os projetos de pesquisa e desenvolvimento da empresa? Tudo apontava para Matthew, mas...

— O poço, Matthew — disse Geiger. — Você está no fundo do poço, então feche os olhos.

As mãos de Geiger moveram-se para os lados do corpo, os dedos tamborilando o nada. Ao observá-lo, o cliente se perguntou se haveria um padrão; parecia que ele tocava piano no ar.

— Certo. Você está aí embaixo há algum tempo, e a mente é afetada quando o corpo não pode se mover por longos períodos. A escuridão e a claustrofobia afetam a percepção, a noção do tempo e de si mesmo. Isso tudo cria um ambiente no qual as fronteiras emocionais se tornam vagas. A dor fica em segundo plano em relação ao medo. A esperança se extingue, o desespero torna-se um companheiro. Quando isso acontece, você começa a ver quem realmente é... As profundezas e os limites de sua força.

Geiger ajoelhou-se diante dele.

— Então você muda, Matthew, sofre uma reestruturação até o nível molecular. É o melhor jeito de despertar para a realidade.

Geiger fechou os olhos e massageou-os com o polegar e o dedo médio. Eram movimentos calculados, precisos.

— Vamos fazer uma pequena pausa agora. Você vai permanecer no poço. — Ele retirou uma venda preta de seda do bolso e amarrou-a no rosto de Matthew. — Mais uma coisa, Matthew. Aprendi que diante da experiência de certos tipos de dor, a expectativa de mais dor é quase tão poderosa quanto a própria sensação. Creio que, no devido tempo, você vai concordar comigo.

Geiger sumiu de vista e as luzes se apagaram novamente. Alguns segundos se passaram e então a porta da sala de observação se abriu e ele entrou. Sem olhar para o cliente, foi até o bar, serviu-se de um copo d'água e começou a beber.

— Estou um pouco preocupado — disse o cliente. — Temos o homem certo?

Geiger assentiu com a cabeça.

— Tem certeza?

O aceno outra vez.

— Como sabe?

— Expliquei isso a Matthew. — Ele pousou o copo vazio. — Você estava ouvindo, não estava?

— Sim... Toscanini. Mas por que Matthew ainda não confessou?

— Ele ainda não atingiu o ponto de liberação. Mas vai chegar lá em breve.

— Ponto de liberação?

Geiger concordou mais uma vez, mas parecia não querer ter de fazer aquilo de novo.

— Matthew ainda está com mais medo do que possa acontecer caso confesse do que com o que vai acontecer se não confessar. Por enquanto, a realidade da tortura é preferível à possibilidade da morte. Mas isso vai mudar.

O cliente perguntou-se como seria o rosto de Geiger quando sorria, se é que alguma vez fazia isso.

— Não vamos matá-lo — disse o cliente. — Precisamos apenas saber para quem ele vendeu os dados.

O homem encarou-o com aqueles olhos que nunca piscavam.

— Mas ele não sabe disso.

Geiger deixou a sala. O cliente suspirou e olhou de novo para o espelho e para o abismo negro. As caixas de som transmitiram, como trêmulas asas de anjos, a voz suave de Geiger.

— Matthew, está no poço? Você pode responder.

A voz de Matthew soou como lixa sobre madeira áspera.

— Sim. Estou.

— Ótimo.

Então Matthew começou a gritar. O som foi tão alto que saiu distorcido das caixas. Os anjos dissiparam-se. O cliente deu meia-volta e pegou os tampões de ouvido.

PARTE UM

1

Às quatro da manhã, parado à porta na varanda dos fundos, Geiger observava uma aranha tecer sua teia.

Chovia. O céu, cinza claro e nublado, parecia amarrotado no horizonte como uma colcha velha. Uma gota d'água pendia em um fio de uma nova teia que se estendia do beiral sobre a varanda até a balaustrada de madeira, pouco mais de um metro abaixo. A brisa tocava o fio como a corda de um violão; a gota oscilou, mas se manteve firme. Em seguida, a aranha desceu, o corpo volumoso balançando, e começou a tecer outro fio.

Mais cedo, Geiger estivera digitando suas anotações sobre a sessão com Matthew. Enquanto *Sgt. Pepper* chegava a ele através das Hyperions de dois metros, Geiger sentia a esplêndida resposta de graves, alcançando até o estalido da palheta da McCartney nas cordas do baixo. O gato, como de costume, estava deitado na mesa, estendido na extremidade direita do teclado e, quando passava mais do que alguns minutos sem ser acariciado, levantava uma das patas dianteiras para dar tapinhas na mão do homem.

Seu ronronar ficava mais alto quando era acariciado na cicatriz acima do olho esquerdo que perdera. Geiger não conhecia as circunstâncias do ferimento; o animal já estava assim quando apareceu na varanda dos fundos, três anos antes. Tampouco sabia o nome do animal ou de onde ele vinha — o que significa que os dois eram, de certa forma, parecidos.

Geiger sempre fazia anotações na mesma noite de uma sessão, enquanto as ações e reações estavam frescas na mente. Descobriu que até umas poucas horas de sono eram capazes de borrar os limites da memória. No dia seguinte, seu parceiro, Harry, enviaria a transcrição do vídeo da sessão, à qual Geiger iria assistir, inserindo comentários em pontos relevantes.

Trabalhava sentado em uma cadeira de escritório ergonômica, produzida especialmente para ele. Mesmo assim, precisava se levantar a cada quinze minutos ou a perna esquerda começava a formigar toda até os dedos dos pés. Ao longo dos anos, havia consultado três especialistas a respeito do problema — um deles classificara-o como "pé morto" —, mas todos afirmaram a mesma coisa: a única saída era uma cirurgia reconstrutiva. Geiger respondera que ninguém chegaria perto dele com nenhum tipo de lâmina, por nenhum motivo. Logo depois de o examinar, os médicos compreendiam por que se sentia assim em relação ao assunto.

Ele seguiu até a varanda dos fundos para se livrar da dormência e fumar um cigarro. Não fumava dentro de casa. Descobriu que o cheiro de fumaça acumulada afetava sua concentração. Meses atrás, quando ainda era um novato no divã, o Dr. Corley rastreara tal reação até o pai de Geiger e seus infinitos Camels. Até então, aquela havia sido a única imagem do pai que Corley conseguira extrair dele — em um sonho, Geiger tinha visto o rosto pétreo do pai olhando para ele do alto, com um cigarro preso entre os lábios carnudos, a fumaça saindo de suas narinas em espirais. Geiger recordara-se de ter pensado: *Essa é a aparência de Deus. Só que mais alto.*

Ele sentiu o gato, que acabara de passar pela porta, esfregar-se em seus tornozelos. Pegou o animal no colo e pendurou o corpo felpudo sobre o ombro. Além do cantinho confortável na escrivaninha, aquele era o lugar preferido do animal.

Geiger acendeu um Lucky Strike e observou a aranha. Cheia de determinação, ela desempenhava sua tarefa singular com inúmeras repetições perfeitas. Imagine um carpinteiro capaz de cuspir pregos produzidos nos intestinos e de usar as mãos como martelos. Imagine um músico cujo instrumento fosse o próprio corpo. Ele se perguntou se haveria outro ser tão diligente e artístico na criação de um aparato para matar — além do homem.

Geiger era um apóstolo, um escravo das particularidades. Estava constantemente desmembrando, destilando e definindo partes do todo, porque na OI — obtenção de informações — os detalhes eram cruciais. Seu objetivo era aperfeiçoar o processo até transformá-lo em arte, o que explicava por que cada coisa que acontecia a partir do momento em que ele entrava na sala tinha o próprio grau de significância e exigia reconhecimento. Cada expressão facial; cada palavra dita e momento de silêncio; cada tique, olhar e movimento. Dê a ele quinze minutos na sala com um Jones qualquer e, nove em cada dez vezes, ele saberá qual será a reação a uma ação específica antes que a pessoa a execute: medo, confronto, desespero, arrogância, negação. Havia padrões, ciclos, refrões comportamentais. Bastava prestar muita atenção para ver todos eles. Geiger aprendera isso ouvindo música; passara a compreender como cada nota desempenha um papel no todo, como cada som afeta e complementa o restante. Era capaz de cantarolar cada nota em mil composições musicais. Estavam todas em sua cabeça. Na música, como na OI, tudo importava

Ainda assim, mesmo com os incontáveis fatores que poderiam entrar em jogo, a visão de Geiger sobre o seu trabalho era relativamente simples. O cliente e o Jone quase sempre o apresentavam um dentre três cenários:

Nº 1: Roubo. O Jones roubara algo do cliente, que queria de volta o que foi roubado.

Nº 2: Traição. O Jones cometera um ato de deslealdade ou traição e o cliente desejava descobrir as identidades de quaisquer cúmplices e a extensão dos potenciais desdobramentos.

Nº 3: Necessidade. O Jones possuía informações ou conhecimentos que o cliente desejava obter.

Todos os seres humanos são diferentes, mas em um número limitado de formas. As transcrições de Geiger provavam isso repetidamente. Desde que iniciara tal trabalho, ele preenchera vinte e seis fichários pretos de dez centímetros, que agora repousavam alinhados sobre a escrivaninha. Era capaz de cruzar referências nos dados de acordo com a profissão, idade, religião, posses e — o mais importante — as alegações. Os fichários eram uma enciclopédia sobre respostas e reações a intimidações, ameaças, medo e dor. Mas as páginas não continham nenhum dado relativo à morte. Nunca ocorrera a Geiger de um Jones morrer durante uma sessão — nenhuma vez em onze anos. Como diria Carmine, ele beirava a perfeição.

Seus clientes vinham do setor privado, do mundo corporativo, do crime organizado, do governo. Há quatro anos, chegara a trabalhar durante um tempo em uma prisão secreta para espiões da CIA. Eles acreditavam que os próprios métodos eram avançados, mas Geiger vira imediatamente que estavam desatualizados; eram homens que arrancavam asas de moscas enquanto falavam sobre salvar o mundo. No ramo da OI, não havia substituto para a habilidade. Patriotismo, religião, crença ferrenha no certo e errado eram coisas que deveriam ser deixadas de lado. No fim, havia mentiras e a verdade, e o espaço entre ambas poderia ser tão tênue que não havia lugar para integridade e convicção. Os agentes na base secreta ficavam nas sombras, observando-o enquanto trabalhava; para Geiger, pareciam homens das cavernas vendo-o acender uma fogueira com um Zippo.

Ele era um estudante da arte e historiador. Assim como os fichários pretos continham o conjunto do próprio trabalho, ele era um compêndio vivo do ofício: suas origens, bases lógicas, metodologias e evolução. Sabia que o homem utilizava a tortura sem culpa pelo menos desde 1252, quando o papa Inocêncio IV autorizou seu uso para lidar com os hereges. Desde essa sanção oficial, tempo e esforços incalculáveis foram investidos na criação e no aperfeiçoamento de métodos para infligir dor, na busca do que um indivíduo ou um grupo considerava informações indispensáveis ou a verdade. A prática não possuía qualquer viés cultural, geográfico ou étnico. A história mostrava que, se houvesse ferramentas rudimentares disponíveis — martelos, serras, grosas — e materiais básicos — madeira, ferro, corda, fogo —, pouco mais era necessário. E, com algum conhecimento simples de física e engenharia, você estava no negócio.

Geiger iniciara a própria formação estudando os instintos e as escolhas fundamentais dos pioneiros. Certos métodos e técnicas eram especialmente eficientes, incluindo:

Objetos afiados. A Cadeira de Judas provou ser tão eficiente durante a Inquisição que a maioria dos países europeus começara a customizar versões próprias. *Culla di Giuda, Judaswiege*; não importava o nome, era um assento piramidal sobre o qual o Jones, sustentado por cordas, era empoleirado.

Aprisionamento e pressão. A Dama de Ferro, um sarcófago vertical que continha estacas de ferro afixadas em seu interior e aberturas para a inserção de vários objetos afiados ou pontiagudos durante um interrogatório. Também era, até certo ponto, uma ancestral do processo de privação sensorial. Equipamentos como o *buskin*, a Bota Espanhola e a Bota Malaia recorriam à compressão e a violentas pancadas para quebrar pés; os anjinhos eram limitados a dedos, separadamente, mas um interrogador que os carregasse consigo era capaz de transformar qualquer lugar em uma câmara de tortura.

Algemas e esticadores. A roda foi um avanço tecnológico, empregando cilindros giratórios, engrenagens e alavancas, e viabilizando a capacidade de aumentar ou reduzir rapidamente a dor física em pouquíssimo tempo.

O afogamento simulado foi outra criação dos interrogadores da Inquisição. Eles compreenderam que, ainda que submergir um Jones na água pudesse ser eficaz com o passar do tempo, o afogamento simulado disparava o reflexo de engasgo quase instantaneamente, aumentando o medo da morte.

Calor intenso sempre havia sido um elemento básico do ofício para o torturador, daí a expressão "andar em brasas", assim como a dilaceração e o esfolamento da carne. Também havia uma série de ferramentas úteis, das simples (como alicates para arrancar unhas) às complexas (como a Pera, uma ferramenta dobrável de aço, e muitas vezes requintadamente entalhada, que era inserida na vagina ou no ânus e lentamente expandida com a ajuda de uma manivela presa a um parafuso). O catálogo de ferramentas era extenso: a Roda, a Pata do Gato, o Esmagador de Cabeças, o Tubo do Crocodilo, o *Picquet*, o *Strappado*. Todas essas e outras foram inventadas antes da Revolução Industrial, e Geiger passara a entender que a prática de tortura não era uma aberração. Por conveniência e pela busca de informação, o homem sempre esteve disposto a passar por cima de suas próprias leis e trair suas crenças para legitimar a tortura daqueles que não as compartilhavam.

Depois de muito estudo e reflexão, Geiger desenvolvera um procedimento operacional padrão. Trabalhava somente através de referências. Se uma empresa ou indivíduo necessitasse de seus serviços, era levado a seu site e recebia a senha. Harry, seu sócio, avaliava imediatamente a solicitação; se não visse nenhum impedimento, pedia ao cliente em potencial que enviasse algumas informações preliminares sobre o Jones. Depois, começava a investigar e, dentro de dois dias, elaborava um perfil detalhado. Harry era um homem irritadiço, mas não havia ninguém melhor no que fazia. Ele era capaz de descobrir coisas que ninguém sabia sobre um Jones, nem o cônjuge, o melhor amigo, o governo, nem mesmo o próprio. Depois de ler o dossiê, Geiger informava ao sócio se o trabalho seria aceito.

Ele tinha três regras. Não trabalhava com crianças, apesar de Harry jamais ter recebido tal solicitação. Não trabalhava com pessoas que tivessem sofrido problemas coronários no passado. E não trabalhava com pessoas com mais de 72 anos — Geiger havia analisado estudos que demonstravam que o risco de infartos do miocárdio e AVCs aumentavam para níveis inaceitáveis depois dessa idade.

Porém, havia uma área proibida: "o mais rápido possível". A compreensão de Geiger para "tudo importa" era que "um Jones não é a soma perfeita de suas partes". Portanto, se um cliente desejasse um "mais rápido possível" — um trabalho feito às pressas —, Geiger costumava recusar. Havia elementos demais a serem assimilados: linguagem corporal, reação verbal, tom de voz, expressões faciais, um fluxo constante de informações que moldavam suas escolhas e decisões. Um erro de cálculo ou uma conclusão incorreta, não importando se fosse pequena, poderia arruinar uma sessão ou até abrir um buraco em seu universo particular. Era por isso que ele preferia trabalhar de dentro para fora e seguir um plano de jogo baseado na pesquisa de Harry. Alguns profissionais, como Dalton, trabalhavam de fora para dentro e recorriam a uma aplicação mais direta e firme de brutalidade. Mas com tal abordagem, o cliente nem sempre podia ter certeza das condições em que o Jones se encontraria quando a sessão terminasse — apesar de que, em alguns casos, aquilo não era um problema.

Geiger, como todos no ramo de OI, ouvira diversas histórias sobre Dalton. A mais famosa datava da Tempestade do Deserto, quando policiais kuwaitianos capturaram um dos capangas de Saddam cruzando sorrateiramente a fronteira. Trabalharam no iraquiano durante uma semana e não conseguiram nada, então chamaram Dalton e lhe deram carta branca. Aquele tipo de sessão era chamado de "limpro", uma abreviação de "libertação improvável", o que significava que provavelmente seria imprudente permitir que o mundo voltasse a ver o Jones depois que o interrogatório fosse concluído. Assim que foi feita a primeira pergunta, o iraquiano sorriu e Dalton decepou um de seus lábios com um estilete circular. Depois, começou a trabalhar com uma pistola de pregos pneumática — e o Jones revelou ao interrogador o que ele queria saber. A história pode ser apócrifa, mas fez a carreira de Dalton. No ramo da OI, não fazia mal ter tal reputação — a de que seria capaz de qualquer coisa — porque a maioria dos clientes via o Jones como o inimigo e, na verdade, queria mais do que uma compensação ou esclarecimento. Eles queriam que fossem punidos com muita dor.

Para Geiger, política, negócios e religião eram os três dedos remanescentes de um punho ferido em batalha.

No entanto, a verdade era uma arma que até uma mão deficiente ainda conseguia agarrar e brandir. Era uma *commodity* notavelmente versátil; podia ser negociada, ajudar a servir a algum propósito ou gerar lucro. Mas era um elemento instável com meia-vida curta, de modo que deveria ser utilizada logo, antes que explodisse na cara do cliente. Desde cedo, Geiger aprendera que a verdade deixara de ser sagrada — era apenas o item mais visado no mercado, e qualquer um no ramo de OI que acreditasse que atuava dentro dos parâmetros de algum código virtuoso estava, no mínimo, se iludindo.

O gato saltou do ombro de Geiger para a balaustrada da varanda e partiu em sua caminhada noturna. Sem dúvida estaria de volta lá pelas cinco da manhã; o relógio biológico da criatura era perfeito.

A aranha concluíra o trabalho noturno. Uma mariposa grande e com listras já estava presa bem no centro da teia, debatendo-se furiosamente, sem saber que quanto mais tentava se livrar, mais apertados ficavam seus grilhões. Movendo-se sem pressa, a aranha desceu da quina superior direita da teia. Não demonstrava qualquer senso de urgência, como se os fins fossem secundários aos meios, e a refeição meramente um subproduto da arte que a capturara.

Geiger acendeu outro Lucky e, quando a aranha alcançou seu prêmio, ele aproximou a chama do isqueiro de um fio da teia. Ela, a mariposa e a aranha desapareceram em uma labareda.

Ele decidiu não pensar sobre sua ação naquele instante, e entrou de novo na casa. Falaria sobre ela amanhã, com Corley.

2

Parado próximo ao parapeito de sua varanda no décimo oitavo andar, o Dr. Martin Corley tragou o Marlboro Light que fumava entre as sessões, e franziu a testa. Desde que havia trocado a marca comum de cigarro pela versão light, tal conduta tinha se tornado a mais recente de uma série de atos de autonegação pouco satisfatórios, designados a afastar incursões a respeito da mortalidade. Não havia sido o marco dos 60 anos que aguçara seu foco e o afastara de antigos hábitos, e sim as consequências do divórcio. O casamento duradouro e seus incontáveis rituais, ainda que desgastados e estáticos, forneceram uma rotina entorpecente, uma homogeneidade que mascarava a passagem do tempo. Desde a partida de Sara, era a solidão que informava a ele, diariamente, sua idade e o potencial para mais deterioração. Primeiro, veio a mudança para leite com 1% de gordura no café. Depois, veio a Coca Diet no lugar da normal, substituindo o sabor tradicional pelo químico, que permanecia na boca. Em seguida, a Amstel Light, que exigia dele uma espécie de autoenganação para se convencer de que estava bebendo cerveja. E, agora, a tragada sem prazer da fumaça rala, com a espera pela aceleração da pulsação que não ocorria mais. Sem a satisfação resultante, o ato de fumar foi desmascarado, se tornando o que realmente era: um vício perpetuado por uma mente indolente demais para explorar a si própria com a mesma diligência que dedicava ao território das outras.

Olhando para baixo, para a rua 88 Oeste, Corley viu Geiger dobrar a esquina e se aproximar da entrada lateral do prédio. Ele telefonara marcando uma consulta oito meses antes, depois de encontrar o nome de Corley listado em um site sobre psiquiatria. Na primeira sessão, havia revelado o motivo de sua presença: dois meses antes, tivera um sonho de complexidade e drama épicos, seguido por uma enxaqueca colossal. Desde então, como Corley havia descoberto, o sonho repetira-se a cada duas ou três semanas, com poucas variações, no palco da sua mente, e em cada caso uma enxaqueca excruciante vinha como o segundo ato. Em todas as sessões, Geiger havia sido preciso e isento de falsidade, um fornecedor de relatos sem qualquer emoção. Corley considerou o novo paciente uma contradição intrigante, o equivalente a uma rocha inteligente.

No fim da primeira sessão, quando Geiger decidira levar o processo adiante, ele fizera duas exigências. A primeira era que falaria somente sobre o sonho e não sobre seu passado ou sua vida fora das paredes do consultório. A segunda era que deveria receber uma chave para a entrada de serviço do prédio, para que não precisasse atravessar o saguão.

Corley tinha se recostado em sua cadeira, cofiando a barba grisalha, e perguntou por quê.

— Porque sei o que funciona melhor para mim — havia respondido Geiger.

Foi a primeira das inúmeras vezes que Corley presenciara um tom que Geiger usava com frequência. Apesar de uniforme e impassível, o tom de voz era ancorado em uma certeza que fazia com que parecesse desnecessário dar continuidade à discussão, até mesmo sem sentido. Sua primeira regra, limitando toda a discussão aos eventos de um mundo de sonho, significava restringir severamente os limites terapêuticos habituais, e a solicitação de uma chave ia muito além das regras aceitas — nenhum paciente jamais fizera tal pedido. Mas Corley havia concordado com as duas exigências. O sonho, prova de algum distúrbio radical do qual o homem claramente não tinha consciência, agira como gasolina derramada sobre as brasas pálidas da paixão de Corley. Ele desejara que Geiger retornasse.

Da varanda, observou o paciente destrancar a porta de serviço e entrar. Depois de jogar o cigarro em um vaso de barro sem flores, ele caminhou de volta para o consultório.

Corley olhou para o bloco de anotações no colo. Apenas recentemente começara a tomar notas durante as sessões. No passado, fizera alguns registros depois de atender cada paciente e os descartara à noite. Um dia, começou a reparar em pequenas falhas noturnas de memória, uma lacuna sem importância ao se lembrar de detalhes. Ele experimentara ginkgo biloba, mas havia desistido porque sempre se esquecia de tomá-la.

— Bem — disse ele. — A teia estava pronta, uma mariposa presa, e você incendiou tudo. O que você acha que significa isso?

Geiger estava deitado no divã olhando para as prateleiras de livros na parede. Conhecia de cor as silhuetas na estante — cada título, autor, cor e fonte. No centro inferior dela havia uma fotografia emoldurada de um casarão em um amplo jardim entre árvores majestosas. Suas linhas marcantes e o telhado anguloso chamaram sua atenção. No passado, ele perguntara a Corley sobre a casa e obtivera respostas curtas. Tudo o que Geiger sabia era que tinha cem anos de idade e ficava em Cold Spring, Nova York, a cerca de uma hora de viagem.

— O que acho que significa isso? — perguntou Geiger. — Não tenho certeza. O que você acha que significa?

— Bem — começou Corley. — Pode estar relacionado a controle. Poder.

Os dedos de Geiger tamborilaram no divã em combinações de sequência, velocidade e ritmo que variavam. Para Corley, aquele som havia se tornado parte das sessões, um acompanhamento percussivo suave para as palavras ditas. Durante os primeiros quatro meses de terapia, Geiger telefonava para marcar uma consulta somente após um evento de sonho-enxaqueca, e aquele era o único assunto discutido. Contudo, aos poucos, as sessões irregulares evoluíram para uma visita, às vezes duas, por semana e, ultimamente, o paciente parecia menos rigoroso quanto à primeira regra. Às vezes, como fizera hoje, até chegava a narrar um evento da vida real.

— Talvez esteja relacionado a completude — disse Geiger.

— Interessante.

— É mesmo?

— Creio que sim — respondeu Corley. — Você poderia ter dito "destruição", o que poderia ser considerado o *oposto* de completude.

— Boa observação, Martin.

Antes de Geiger, nenhum paciente jamais se dirigira a ele pelo nome, mesmo depois de trinta anos de trabalho. Na primeira vez, a atmosfera tranquila entre eles se desfizera em pequenas ondas, deixando o psiquiatra desconcertado e irrequieto na cadeira. Aquilo agitara algo dentro dele, a intimidade não forçada do gesto tão contraditório à inescrutabilidade básica de Geiger. Corley jamais disse nada a respeito e, por fim, havia aceitado aquilo como parte da dinâmica incomum entre eles.

— Tudo é um processo — disse Geiger. — Princípio, meio, fim. É o que funciona melhor para mim. Você sabe disso. Completude.

O olhar de Geiger se voltou para o teto. Anos antes, houvera uma infiltração. O olhar dele era sempre atraído pela mudança sutil na textura causada pelo reparo. Ele sabia exatamente como a tarefa havia sido executada, passo a passo, porque ele mesmo já a realizara centenas de vezes.

— Por que acha que estamos falando da aranha? — perguntou Corley.

Geiger dobrou o joelho direito e ergueu lentamente a perna até o peito. Corley aguardou o estalo familiar e suave da articulação do sacro.

— A aranha havia terminado de tecer a teia — disse Geiger. — Portanto, por que a incendiei? Não tenho certeza. Porque está no meu território?

— E somente você decide quando algo está concluído em seus domínios?

— Rei de tudo que vejo? — Um som delicado escapou de Geiger. Poderia ter sido um suspiro. — Essa é a fala de alguém, não é?

— *Ricardo III?* — indagou Corley. — *Yertle the Turtle?*

— O quê?

— O livro infantil.

Corley aguardou, descendo as pontas dos dedos por uma bochecha barbada e depois pela outra. Mas o silêncio de Geiger era como o som de uma porta sendo fechada com força.

— Você se lembra de algum livro infantil? — perguntou Corley — Ou cantigas? Alguma coisa vem à sua mente? Talvez brinquedos, ou...

— Não. Não vem nada à minha mente.

Com o tempo, o médico havia começado a imaginar Geiger como um menino perdido e perturbado que, de alguma maneira, permanecera destemido. Como os sonhos eram praticamente o único contexto dentro do qual Corley podia trabalhar, ele não sabia quase nada sobre o homem e podia somente tentar adivinhar o que havia além dos limites das sessões. Ainda assim, a história sobre a aranha convencera-o de que a criança em Geiger estava enterrada sob tanto entulho traumático que era mais um fantasma do que um ser real. Às vezes, Corley sentia-se como um médium em uma sessão espírita tentando contatar os mortos.

Ele olhou para o relógio. Tinha sido o último presente que a esposa lhe dera. Gravado na parte de trás havia *Para onde vai o tempo? Com amor, Sara.*

— Nosso tempo está acabando — disse ele. — Portanto, permita que eu faça uma observação para que você pense a respeito... Sobre a aranha. — Ele ajeitou o bloco de notas sobre o joelho e escreveu *empático?* — Talvez incendiar a teia não esteja relacionado a completude nem a domínio. — Ele reparou que a dança dos dedos do paciente tornou-se mais intensa. — Talvez você não quisesse que a aranha matasse a mariposa.

Os dedos de Geiger pararam e ele se sentou. Corley observou seus músculos trapézios excessivamente desenvolvidos moverem-se sob o tecido. Suas camisas eram sempre de mangas compridas, de algodão preto escovado e fechadas no pescoço.

Geiger levantou-se e girou a cabeça para a esquerda e para a direita. Corley ouviu dois estalidos.

— Material para reflexão — disse Geiger. E continuou: — Me diga uma coisa, Martin.

Corley já esperava o pedido. Ele tornara-se parte do processo, parte do ritual de saída de Geiger. Geralmente, era algo como *Me diga uma coisa...* seguido por uma pergunta, ou *Diga-se de passagem...* e uma notícia aparentemente insignificante seria proferida. Corley sabia que essas últimas interlocuções ajudavam o paciente a produzir um encerramento para um processo que, por sua própria natureza, não possuía fim definido, portanto lhe concedia, dependendo do teor da sessão, um sentimento de controle à despedida.

— Você vai com frequência para sua casa? — perguntou Geiger.

— Não — respondeu Corley.

— Por que não?

Corley colocou o bloco de notas sobre a escrivaninha.

— Precisamos parar agora.

Para Geiger, a caminhada matinal de ida e volta para o consultório de Corley era sempre um banquete para os sentidos. A Central Park West era uma vista caleidoscópica: táxis fazendo fintas no trânsito como pesos médios de pele amarela; ônibus morosos e deselegantes fumegando e chiando; cães e as pessoas que os levavam para passear, fungando e encarando uns aos outros; corredores alongando as pernas em sinais vermelhos enquanto aguardavam para entrar no parque; homens com pele olivácea arrastando-se pelas sarjetas, puxando carrocinhas de cachorros quentes e de *souvlaki* atrás de si como penitentes debilitados. Tudo era puro estímulo para Geiger, um ataque de cores, formas, sons, movimento. Nem os mais sutis sons, cores e gestos passavam despercebidos nem eram ignorados, mas nenhuma reação secundária mais sofisticada ocorria. Ele absorvia tudo, porém, ainda assim, não retinha nada. Era tanto um vácuo como um poço sem fundo.

Ele morava em Nova York havia quinze anos, e sua chegada à cidade marcava o início da única vida da qual conseguia se lembrar. No dia 6 de setembro de 1996, Geiger nasceu como um homem quase totalmente maduro, de idade indeterminada, no momento em que o motorista de um Greyhound o sacudiu pelo ombro quando ele dormia em um banco na última fileira de um ônibus que acabara de chegar ao terminal Port Authority, em Nova York, no cruzamento da rua 42 com a Oitava Avenida. O garoto/homem supôs que ele devia estar no fim da adolescência, mas, fora isso, era tão estranho para si mesmo quanto as pessoas por quem cruzava nas calçadas da cidade. Ele era um corpo dolorido e cicatrizado, a mente livre de pensamentos, uma máquina humana sem um cartão de memória. Funcionava somente por instinto.

No dia seguinte, enquanto caminhava pelas ruas do Harlem, ele parou para observar uma obra, um dos trabalhadores serrava uma nova moldura de janela para um edifício decrépito feito de tijolos marrons. Um instante depois, atravessou a entrada sem porta e pediu um emprego. Foi um ato genuíno, impensado, e quando o chefe da equipe perguntou se sabia trabalhar com carpintaria, ele respondeu que *sim*, mas não sabia por quê.

Ele trabalhara com reformas durante quatro anos — jamais permanecendo muito tempo na mesma empreiteira, optando por turnos à noite, não afiliados a sindicatos, principalmente no Harlem, no Brooklyn e no SoHo, dormindo clandestinamente nos porões dos prédios onde trabalhava, economizando. Todas as empresas pagavam em dinheiro não declarado — nada de números de identidade, nada de impostos, nada de papéis que pudessem ser rastreados. Inicialmente, havia usado o nome Gray, depois Black. Um dia, passando por uma livraria Barnes & Noble, viu um livro sobre a arte de H. R. Giger. As imagens bizantinas encantaram-no, assim como o nome com os dois "g"s. Por uma questão de simetria visual, ele acrescentou um *e*, tornando-se, portanto, Geiger.

Certa noite, depois de terminar o turno de trabalho em um prédio de tijolos marrons, em Williamsburg, Geiger dormira em um espaço sob o piso, no porão do prédio. Foi despertado às três da madrugada por passos descendo os degraus. Permaneceu deitado, observando os feixes de luz das lanternas dançarem entre as estruturas de cinco por dez centímetros, ao mesmo tempo que ouvia dois homens discutirem o trabalho enquanto o executavam — deviam colocar cabos atrás de paredes de gesso fresco para a instalação de uma escuta, que tentaria gravar conversas incriminatórias a respeito de certo Carmine Delanotte.

— Ouvi dizer que Delanotte possui uma dezena desses — disse um dos homens.

— Meu cunhado trabalha no ramo imobiliário — afirmou o outro. — Ele diz que tudo aqui vai valer uma fortuna quando expulsarem os latinos e os pretos. Comprar barato, reformar, vender caro.

— Esse grampo é perda de tempo, sabia? Delanotte é esperto demais.

— Talvez. Mas ouvi dizer que estão prestes a dobrar um dos tenentes dele.

— Sim, tudo bem. Eles tentam e dobram um monte deles, mas a maioria não fala. Jogam tudo que têm contra os caras... Fodem com as cabeças deles, fazem chantagens, às vezes até chegam a espancá-los. Os putos não abrem a boca.

— Deve ser um trabalho muito estranho.

— O quê?

— Tentar fazer pessoas falarem. Resolver casos difíceis. Você não pode simplesmente encher os caras de porrada. É preciso ser mais sutil que isso, entende?

— Mas existem caras que sabem fazer isso. Interrogadores, especialistas... Eles sabem como fazer as pessoas falarem.

Enquanto os dois homens — técnicos do FBI, presumivelmente — seguiam conversando, Geiger permaneceu deitado na escuridão e sentiu o nascimento de algo. Era uma coisa sem peso, que flutuava livremente, mas poderosa o bastante para concentrar seus instintos em uma direção e em um curso de ação. Já sentira tal desabrochar e aquela atração uma vez antes; parado diante do prédio de tijolos marrons dilapidado no Harlem, um ímpeto crescera dentro dele como se brotasse de um nível molecular. Estava acontecendo novamente, naquele momento, uma espécie de chamado genético, uma sensação tão poderosa e isenta de análise quanto uma avalanche destruindo tudo em seu caminho.

3

Harry Boddicker levantou o olhar para os estais resistentes e fortemente iluminados da Ponte do Brooklyn, e depois para um helicóptero conforme ele pairava sobre o East River, zunindo no céu de verão azul-arroxeado como um vaga-lume gigante.

Olhou para a van azul-escura estacionada sob o acesso da FDR. O Jones estava na traseira, amordaçado, amarrado e preso com fita adesiva, dentro de um baú de metal. Era um dos intermediários de Carmine responsáveis por carregar o dinheiro ilegal de uma pessoa para outra. Quinze minutos antes, quando três dos capangas do mafioso fizeram a entrega, informaram a Harry de que, quando pegaram o sujeito — capturaram-no enquanto comia a namorada no apartamento dela — precisaram agir com violência. Deixaram-no com os olhos roxos e talvez o nariz quebrado, além de um par de costelas fissuradas.

Agora, Harry precisava telefonar para Geiger. Na última vez que recebera um Jones danificado — um gerente executivo de Providence — Geiger tinha falado sobre estados necessários, origens comprometidas e potencial reduzido, com sua voz suave jamais se elevando ou baixando, e depois cancelou o serviço. Como Carmine receberia o desconto habitual, o trabalho valia apenas 12 mil dólares, mas a ideia de perder sua parte, 3 mil, correu diretamente do cérebro de Harry para seu estômago e bombeou uma bolha de gás amarga que subiu pelo esôfago. Eles não haviam sido requisitados para nenhum trabalho há cinco dias. Harry tomou mais dois antiácidos. Fosse lá o que tivessem acrescentado à mistura parecida com giz, para tornar o produto antigo "novo e aprimorado", não fazia diferença para seu estômago. Ele continuava incomodando e rosnando como sempre.

Afastou-se um pouco da van e digitou furiosamente no celular. Geiger atenderia depois do terceiro toque. Não um ou dois, tampouco quatro. Sempre três.

— O que é, Harry? — atendeu Geiger.

— Sobre hoje à noite. Há um problema. Produto danificado.

— Detalhes, Harry.

Harry suspirou.

— Um olho está fechado de tão inchado. O nariz pode estar quebrado. Costelas.

Depois de uma breve pausa, Geiger disse:

— Mudança de locação, Harry. Leve-o para o Bronx.

— Certo — disse Harry, fechando os olhos de alívio. Geiger estava disposto a aceitar o serviço.

— E use propofol em vez de Brevital. Dois miligramas.

— Certo. Propofol. Dois miligramas.

Quando Harry telefonou, Geiger estava no quintal fazendo flexões com apenas um braço: cinquenta com o esquerdo, cinquenta com o direito, depois quarenta, depois trinta, a brisa secando o suor em seu corpo nu. O quintal era um oásis verde de 7m × 5m no centro de uma densa área urbana de concreto geométrico, tijolos e asfalto. O pedaço de grama, com um banco de carvalho e uma árvore modesta bordo norueguês, era cercado em três lados por uma cerca alta de madeira, que Geiger construíra com mais de cem tábuas verticais de mais ou menos três metros de altura. O lado mais extenso da cerca, oposto aos fundos da casa, estendia-se do leste para o oeste, e ele cortara o topo de cada tábua até um comprimento específico e depois raspara ou entalhara cada uma para que, quando vista dos degraus nos fundos da casa, toda a extensão fosse uma réplica perfeita, em escala menor, da silhueta dos edifícios que se erguiam diretamente atrás dela.

Mais cedo, Geiger havia estudado o arquivo do Jones e construído em sua mente um panorama. John "Jackie Cats" Massimo — um dos homens de Carmine, e durão em todos os aspectos — tinha 42 anos, era corpulento mas musculoso e estava habituado à violência física. Na juventude, fora esfaqueado no peito e levara um tiro de escopeta na coxa. E amava gatos: tinha seis deles. Mas, agora, Massimo já sofria de dor física e poderia estar com a visão comprometida, de modo que Geiger teria que reorganizar tudo: a sala de sessão, as táticas, a metodologia. Contudo, nem cogitou cancelar o trabalho, pois não faria aquilo com Carmine.

Carmine dera a Geiger seu primeiro trabalho em OI, onze anos antes. No dia seguinte ao que entreouvira a conversa entre os técnicos do FBI, Geiger foi a um *cybercafé* e encontrou uma foto de Carmine Vincent Delanotte, renomado chefão da máfia, além do endereço de seu restaurante, La Bella Ristorante, em Little Italy. Leu diversos artigos sobre Carmine e descobriu que ele era uma espécie de visionário. No começo da década de 1980, havia começado a adquirir prédios de tijolos marrons decrépitos em diversos bairros, praticamente de graça. Aparentemente, agarrara todas as possibilidades — as casas forneciam a ele uma fachada legítima, meios para lavar dinheiro e fechar contratos ilegais — e, quinze anos depois, uma enxurrada de dinheiro começou a fluir em sua direção. Um dos artigos citava uma fonte no FBI que alegava que, nos últimos tempos, Carmine ganhava mais dinheiro no ramo imobiliário do que na agiotagem e na corretagem de apostas juntas.

Naquela noite, Geiger entrou no restaurante de Carmine e entregou ao maître um envelope lacrado.

— Entregue essa carta ao Sr. Delanotte — disse Geiger.

Talvez seus modos tenham exercido um impacto imediato, ou talvez o maître costumasse entregar envelopes ao proprietário; de qualquer forma, ele pegou a carta sem dizer uma palavra sequer e afastou-se. Geiger reparou em Carmine, que estava em uma mesa no canto com três outros homens. O brilho de seus olhos azuis e do cabelo com traços grisalhos cintilavam a cada inclinação da cabeça, como se uma corrente alternada passasse através dele.

O maître reclinou-se para se aproximar do patrão, sussurrou ao ouvido dele e lhe estendeu a carta. Carmine olhou para a oferta, depois se virou para Geiger. O olhar frio avaliou-o, e o visitante viu o ar vazio de não reconhecimento dar lugar a um lampejo de curiosidade nos olhos grandes e cerúleos do homem. Ele abriu o envelope com um floreio da unha polida do polegar, retirou a única folha de papel e a leu. Depois, dobrou-a metodicamente, rasgou-a ao meio, em seguida rasgou-a pela segunda e terceira vezes. Colocou os pedaços de papel em uma xícara de porcelana sobre a mesa, acendeu um palito de fósforo e queimou-os.

Os lábios de Carmine moveram-se e as palavras fizeram com que os outros se movimentassem. O maître afastou-se, os três homens se levantaram e ficaram de pé atrás dele, contra uma parede decorada com tecido brocado vermelho-sangue. Carmine olhou novamente para Geiger, ergueu dois dedos grossos e os balançou, dando ao visitante um comando imperial para que se aproximasse.

Quando estava a um metro de distância, Carmine apontou para ele. Geiger parou. O chefão inclinou-se sobre o papel em chamas e apagou o fogo com um sopro. A fumaça subiu em lufadas lânguidas da xícara, Carmine abanou um pouco dela na direção do próprio rosto e inspirou de forma profunda e voluptuosa. Depois, levantou o olhar para Geiger.

— Não tenho mais permissão para fumar — disse ele com uma voz que ressoava com o eco de milhares de cigarros tragados. Deu de ombros com pesar e recostou-se. — Rapazes... — disse ele.

As três sentinelas se dirigiram para o bar.

— Sente-se — disse. Geiger deslizou em uma cadeira e Carmine se serviu de dois dedos de Chivas. Ele pousou a garrafa diante do visitante.

— Não bebo — respondeu Geiger.

Carmine ergueu o copo e o bebericou.

— Três anos e ainda não consigo me habituar a um Chivas sem um Lucky. — Ele pousou o copo. — Quanto você recebe no turno da madrugada? Quanto pago a você?

— Cento e cinquenta dólares por noite.

— Dinheiro, sem papelada. Portanto, na verdade, está mais para duzentos e vinte por dia.

— Sim.

— É mais do que suficiente para alugar um quarto, não é?

— Sim.

— Mas você está dormindo em uma das minhas casas. Isso não é permitido, Sr. Geiger.

— Eu sei.

— Então, por que faz isso?

— Economizo muito dessa maneira.

Os cantos dos lábios largos de Carmine voltaram-se para cima.

— Está fodendo comigo, Geiger?

— Não.

— Sabe quem sou, certo?

— Sim, Sr. Delanotte. Li a seu respeito.

Os lábios de Carmine concluíram o arco em um sorriso completo.

— Certo — disse ele. — Em primeiro lugar: você não vai dormir mais nas minhas casas. Segundo: agradeço o aviso quanto aos federais. Vou cuidar disso. — Ele deslizou a mão para dentro do paletó e tirou uma carteira de couro cinza-amarronzado. — Quinhentos dólares soam justo?

— Não quero seu dinheiro — disse Geiger.

— Não? Está tão abastado por dormir de graça nas minhas casas que não precisa dele?

— Tenho uma pergunta.

— Pergunte.

— É sobre seus "tenentes". Como vai descobrir qual deles trairá você?

Carmine fez uma careta.

— Pode ser qualquer um entre cinco ou seis. Conheço um cara. Ele vai descobrir.

— Eu poderia fazer isso — disse Geiger.

— *O que* você poderia fazer? — perguntou Carmine.

— Descobrir o que precisa saber.

— E como faria isso, Geiger?

— Vou fazer perguntas aos tenentes e eles vão me dizer a verdade.

— Portanto... Quando você não está fazendo reformas em imóveis, está no ramo da verdade?

— Obtenção de informações.

A cabeça de Carmine inclinou-se, como a de um cão ouvindo um apito distante. Ele estava avaliando o tom de voz; Geiger tinha dito as palavras sem o menor indício de ironia ou sarcasmo.

— *Obtenção de informações* — repetiu Carmine. — Compreendo. Muito bem... Sendo assim, o que estou pensando nesse instante?

— Não sou um leitor de mentes, Sr. Delanotte. — Geiger virou a cabeça para a direita; houve um estalido praticamente inaudível. — Mas, provavelmente, você está se perguntando se eu poderia ser maluco... ou retardado.

O sorriso de Carmine espreitava logo abaixo da superfície, como um tubarão em águas rasas.

— Suponho que eu não possa realmente solicitar um currículo, ou posso? Você possui experiência em... obtenção de informações, é isso? No negócio da verdade?

— Sei reconhecer quando alguém está mentindo. Sei muito sobre as pessoas apenas olhando para elas. — Geiger virou a cabeça para a esquerda. Outro estalido. — Você é canhoto — acrescentou ele.

— É verdade. Como poderia saber isso?

— Suas sobrancelhas.

— Minhas sobrancelhas, hein? Agora vai ler a palma da minha mão e dizer o meu futuro?

— Não sei fazer isso. Mas você enxerga melhor com o olho direito do que com o esquerdo... E teve dois, talvez três, dedos da mão esquerda deslocados muito tempo atrás. Eles ainda doem. Deve ser artrítico.

Carmine flexionou involuntariamente os dedos da mão direita, depois se debruçou na direção de Geiger até que os rostos dos dois ficassem a poucos centímetros de distância.

— Alguém já falou que você é um filho da puta muito estranho?

— Sim. Muitas pessoas. — Os dedos de Geiger tamborilaram sobre a mesa. — Me deixe ir ao primeiro interrogatório.

Carmine franziu a testa e serviu-se de outros dois dedos de bebida. Olhou para o copo, e por um instante permaneceu absolutamente imóvel, como que ouvindo o som de dez mil pressentimentos — toda a sua vida baseada neles. Depois, seus olhos começaram a brilhar com a sabedoria da intuição.

— Geiger, você tem um telefone celular? — perguntou.

— Não.

— Compre um.

Com o programa diário de flexões concluído, Geiger voltou para casa e parou diante de sua enorme estante de CDs. Ele próprio a projetara e construíra; com dois metros quadrados, era feita de madeira de cerejeira imaculada, possuía prateleiras abertas sobre roladores, e continha 1.800 álbuns. Ele passou os olhos pelas caixas de plástico e puxou *Dumbarton Oaks*, de Stravinsky, ligou o amplificador e inseriu o CD no aparelho de som. Uma cascata de violinos se derramou das Hyperions.

Ele caminhou até uma porta e a abriu. Dentro, havia um pequeno closet, com apenas um 1,30m × 1,30m, e paredes espelhadas do chão ao teto. A música fluía para dentro dali através de duas minicaixas *Bose* fixas.

Ainda nu, Geiger olhou para seu reflexo triplo. Inspecionou os músculos tesos sob a pele firme, as patelas tortas e os calombos pronunciados nas partes externas dos tornozelos. Ele girou o corpo e virou o pescoço para ver a leve curva escoliótica da parte superior da coluna e as cristas ilíacas estranhamente achatadas na bacia. E, como sempre, observou com uma intensidade especial a miríade de cicatrizes finas como navalhas que corriam em colunas horizontais ao longo dos tendões das pernas e panturrilhas até o tendão de aquiles. Pareciam marcas pacientes e meticulosas gravadas por um prisioneiro na parede de uma cela.

Geiger entrou no closet e deitou-se de lado, encolhendo-se como uma bola para caber no interior. Esticou a mão e puxou a porta, fechando-a. Cerrou os olhos. Enquanto a música girava ao seu redor, cada nota explodia em uma gota de luz radiantemente colorida que deixava uma trilha evanescente como a de uma estrela cadente em um céu noturno. Ele conseguia saborear os sons, também; cada instrumento e cada tom proporcionavam um sabor distinto. O violoncelo pintava longos feixes verde-mar com um sabor doce e fresco. Os violinos salpicavam linhas vermelhas quentes com traços de canela.

Ele estava na escuridão agora. Precisava pensar.

4

Jackie Cats despertou ao som lamentoso de um gato miando. Seus olhos doíam, e só conseguia abrir um deles. Lembrava-se de ter sido arrancado da cama, amarrado com fita adesiva e colocado à força em um grande baú de alumínio parecido com um caixão; e que, mais tarde, um cara abrira o baú e enfiara uma agulha em seu pescoço. O restante era uma lacuna — até agora.

Ele estava na escuridão e não conseguia ter noção das dimensões do lugar. Percebeu que estava suspenso na vertical, com os membros esticados no centro de uma estrutura geométrica feita de barras de aço aparafusadas umas nas outras em ângulos retos, formando um cubo oco com pouco mais de 3m × 3m. Estava nu, braços e pernas esticados em ângulos de 45 graus, punhos e calcanhares amarrados com firmeza às barras horizontais, superiores e inferiores, por correias de couro. Abaixo dele, no chão, havia uma grade circular de metal com cerca de 1,30m de diâmetro.

Seu corpo machucado estava banhado pelos feixes de luz que brilhavam das oito quinas do cubo. Não havia nenhuma outra iluminação e, fora do cubo, o chão e o teto pretos fundiam-se com a escuridão. Ele não sabia onde estava, mas sabia o porquê e o que estava por vir. Puxou as correias, testando-as. Elas não cederam.

O miado diminuiu para o uivo gutural de um felino furioso, e logo depois outro uivo lento e oscilante se juntou a ele, anunciando um segundo gato.

Jackie Cats gritou:

— Calem as merdas dessas bocas!

Ele não conseguia acreditar no quanto havia sido otário. Um estúpido idiota de merda. Ele tinha esperado anos por sua chance, aturado as babaquices de Carmine, formado a equipe certa, executado o plano sem problemas. Livre, limpo e rico. Se tivesse seguido o planejado, estaria agora a 12 mil metros de altitude, com seis pequenas garrafas de Chivas na mesinha dobrável, ouvindo *Como aprender português* em seu iPod. Mas tinha ido à casa de Nicki para comê-la mais uma vez e, em vez disso, acabara fodendo a si próprio. Balançou a cabeça com pesar, o que fez os olhos latejarem.

— Puta merda!

Os uivos aumentaram para silvos e rosnados guturais. Depois, os gatos que estavam além de seu campo visual se atracaram. O som de corpos pequenos colidindo, rosnados ferozes e gritos, como giz arranhando um quadro-negro, teciam uma cacofonia aguda. O som fez Jackie ranger os dentes, o que provocou dor em seus olhos outra vez.

Os uivos cessaram e ele foi cercado por um silêncio denso, pulsante. Logo além do limite da luz, ele viu dois olhos que não piscavam flutuando na escuridão, encarando-o.

— Aqui, gatinho, gatinho — chamou, rindo.

Ele tinha feito as pazes com o medo muito tempo atrás. Já havia olhado fundo no cano de uma escopeta, sentido um estilete afundar em sua carne, cumprido cinco anos e meio no presídio de Attica com todos os tipos de marginais. E tinha uma teoria sobre o medo. Tudo girava em torno do arrependimento. Se você faz o que quer da vida e não engana a si próprio em relação às escolhas que faz, então não há arrependimentos, e um homem sem arrependimentos não tem medo de nada.

Mesmo assim, ainda desejava não ter feito aquela última visita a Nicki...

Os olhos dispararam na direção dele e algo balançou rumo à luz com um zunido — era um grande remo de madeira — e atingiu-o de lado no esterno. O corpo de Jackie tentou se dobrar por reflexo, mas as amarras o impediram, de modo que ele tremeu e teve espasmos como um peixe grande em um anzol. Depois, lentamente, acalmou-se.

— Fi-lho da pu-ta. — Saiu da boca dele.

A dor prolongou-se até seu pescoço e inundou os olhos de lágrimas. Alguém estava de pé, fora do cubo; vestia preto e usava luvas e um capuz. Jackie Cats sabia que não estava lidando com Carmine nem com nenhum dos rapazes. Eles o tinham levado para um profissional. Ele se lembrava de Carmine ter mencionado dois caras no passado. Um nome começava com *D* — Denton, Durbin, algo parecido. Ele não conseguia recordar o nome do outro sujeito.

— Nossa — disse ele. — A porra de um *remo de bote*?

A ponta do remo atingiu-o na base das costas. Seu corpo tentou se curvar para a frente e o remo acertou-o no estômago. Os golpes estavam massacrando seus reflexos involuntários. Antes que os músculos pudessem se recuperar de um espasmo violento, sofriam o choque de outra pancada. Jackie contorcia-se por dentro. Ele sentia como se partes dele estivessem sendo arrancadas das entranhas. A bile subiu por sua garganta como magma vulcânico.

— Você escolheu um meio maldito de ganhar a vida, seu merda doentio. Deve ser bem remunerado. Não se incomoda se eu vomitar, não é?

O almoço de Jackie esguichou no chão. Ocorreu-lhe que aquela provavelmente fora sua última refeição, e ele não a apreciara. A vitela estava dura. Ele inspirou avidamente o ar para os pulmões.

— Não vou entregar ninguém, babaca — grunhiu.

Atrás dele, uma voz suave disse:

— Preciso dos nomes dos homens que ajudaram você a roubar o dinheiro, John.

Jackie Cats virou a cabeça o máximo que conseguiu. O cara estava ali atrás, mas tudo que conseguia ver era a escuridão.

— Você ouviu o que acabei de dizer? — rosnou.

— Preciso dos nomes dos homens que ajudaram você a roubar o dinheiro, John.

— Você é surdo, porra? Ou...

A lateral do remo colidiu com seu peito em um estrondo. Ele uivou, a cabeça girando para trás a tempo de ver o remo desaparecer. A voz estava atrás dele, então como o sujeito poderia estar diante dele? Haveria mais de um?

— Diga a Carmine... que ele tem seu dinheiro de volta e tem a mim, portanto deixe para lá. Não vou dedurar. E você pode chupar meu pau.

Ele ouviu um estalido e sentiu um fluxo de líquido morno se derramar sobre sua cabeça e seus ombros e escorrer pelo corpo, encharcando-o e pingando para dentro da grade.

— Que merda é essa?

O líquido que caía diminuiu para um filete e parou, e os feixes de luz ficaram mais intensos. O produto ardia nos olhos, como cloro em excesso em uma piscina. Tinha um gosto amargo.

— É uma mistura de água com três agentes químicos — disse a voz. — Sob as luzes, vai começar a aquecer à medida que secar na pele. É agradável, no começo.

Durante alguns minutos, foi agradável. Jackie Cats lembrou-se de quando se deitava no teto de cimento da casa da família, perto da Flatbush Avenue, quando era garoto. O sol no rosto e o calor subindo através da toalha e aquecendo suas costas. Mas agora sua pele queimava de tão quente. Ele se sentia como um pedaço de carne em um espeto. Quase conseguia ouvir o corpo fritando.

— E então, como funciona? — perguntou à escuridão. — Você não é pago a menos que eu revele os nomes? É isso? Porque, se for assim, você está fazendo esse trabalho *pro bono*. Estou dizendo: pode esperar até que eu esteja torrado como a porra de um carvão, mas Jackie Cats não vai abrir a boca.

— Eu já falei o que preciso, John, mas no momento não estou pedindo nada a você. Ainda não está na hora.

— Então, quem é você? Denton ou o outro cara?

— O nome dele é Dalton.

— Tanto faz.

A pele dele parecia estar encolhendo, ficando justa sobre os ossos. As mãos ficaram dormentes. Ele havia começado a se sentir muito estranho: suspenso daquela maneira, estava perdendo contato com a noção de onde o próprio corpo começava e terminava. Se ao menos pudesse tocar em alguma coisa...

— Que tal o seguinte? De um babaca perverso e louco para outro. Acredite em mim quando digo que não vou entregar ninguém, então que tal irmos direto ao assunto e você me solta agora mesmo? Acabamos logo com isso.

Ele ouviu o sibilar, um instante antes de o remo atingir sua patela esquerda. Seu berro soou rouco e estranho.

— Devo entender isso como um não? — Ele gargalhou, o que também soou diferente agora. Metálico e agudo. — Vou explicar o seguinte a você, então. Tente entender por que dá no mesmo me matar agora.

Outro sibilar antecedeu a pancada do remo atingindo a patela direita. Os dentes de Jackie morderam seu lábio inferior. Ele sentiu o gosto de sangue. Luzes intensas se acenderam de repente nas paredes e no teto. A mudança ótica causou tamanho impacto visual que o corpo dele enrijeceu como se tivesse sido golpeado mais uma vez.

A sala era grande, com cerca de 36 metros quadrados. Não havia mais nada nela exceto um homem de pé diante dele, muito próximo da estrutura de aço. Completamente vestido de preto, segurando o remo.

— Prazer em te conhecer, filho da puta — disse Jackie Cats.

Geiger removeu a máscara de esquiador. Estava satisfeito com o andamento das coisas. Havia utilizado força de maneira moderada, apenas o suficiente para manter os sentidos primários de Massimo concentrados naquele momento, enquanto o cubo e a solução de soda caústica executavam gradualmente seu trabalho. Aos poucos, o senso concreto do eu físico do homem iria se alterar e diminuiria, por fim afetando sua mente e enfraquecendo seu senso de determinação, prioridades, lealdades. Massimo dizia a Geiger o quanto era durão, explicando por que não poderia ser derrotado. Era um bom sinal.

— Prossiga, John — pediu Geiger. — Me diga por que deveríamos encerrar logo a sessão. Estou ouvindo.

— Pois bem. Compreenda, da maneira que vejo as coisas, vida e morte são uma questão em que não dá para sair perdendo. Sinto isso há trinta anos e vou continuar a me sentir dessa maneira, não importa o que você faça comigo. Sabe por que é assim?

Geiger começou a caminhar lentamente ao redor do cubo. O remo pendia para baixo ao lado de seu corpo.

— Me diga, John.

— Aqui está o porquê: com o tipo de vida que levo no meu mundo, se alguém quiser me eliminar, ótimo. Faça o melhor que puder e veja se vou ser derrubado. Se eu for, ei, tudo certo por mim, porque então vou estar morto e cagando para tudo. Não me importo que tenha batido em mim, ou que esteja fodendo minha esposa ou mijando na minha sepultura. Foda-se, faça a merda que quiser, ou não. Está me acompanhando, Sr. X?

— Prossiga, John.

— Mas caso tente me apagar e eu *não* cair... Bem, você precisa saber que vou voltar para pegar você e que vai ter um caminhão cheio de justiça compensatória estacionando na frente da sua porta. Porque vou estar me sentindo como Deus em um fim de semana prolongado sem nada para fazer, fora alguns estragos realmente terríveis. E antes de terminar com você, você vai mandar sua esposa se ajoelhar e chupar minha pica até engasgar. Para me fazer parar com sua dor, vai implorar que eu faça coisas com ela que você jamais se permitiu pensar em fazer com a puta mais miserável na qual pudesse enfiar seu pau. Entendeu?

Geiger percebeu que não demoraria muito.

— Portanto, de um jeito ou de outro — disse Jackie Cats —, morto ou vivo, vou me sair bem... percebe? Vida e morte são uma questão em que não dá para sair perdendo; uma beleza entregue numa puta bandeja de prata. E não vou dedurar. *Jamais.*

— Tenho uma pergunta, John.

— É?

— E se você fosse o outro cara?

— Que outro cara?

— O cara na sua história, a quem está punindo... Que opta por oferecer a esposa a sofrer degradações sexuais para dar cabo da própria tortura física. Está dizendo que não faria essa escolha se fosse ele?

— É isso mesmo, porra! O que acabei de tentar dizer a você?

— Sendo assim, no que você difere dele? — Geiger entrou no cubo. Assim tão perto, conseguia sentir o cheiro do resíduo da solução de soda cáustica. Ele aplicaria uma segunda dose em breve. — Me diga, John. O que o torna diferente dele?

O rosto avermelhado de Jackie Cats contorceu-se em uma confusão raivosa.

— De que merda está falando?

— Por que você não afunda até tais profundezas? O que há de interessante em você? Força física? Você é mais durão?

Geiger ergueu o remo e, movendo-o para baixo, atingiu o lado externo do tornozelo direito de Jackie Cats com um estalo agudo.

— Você tem uma resistência maior à dor?

Ele golpeou o tornozelo esquerdo e Jackie Cats rosnou.

— Você é mais corajoso?

Geiger pegou o remo de forma diferente e cravou a extremidade arredondada dentro da clavícula direita de Jackie Cats. Uma arfada profunda escapou pelos lábios sangrentos.

— Ou mais nobre... Ou leal?

Geiger enfiou o remo na clavícula esquerda, escolhendo os pontos nos quais infligiria uma dor intensa sem quebrar nada.

— Ou mais amoroso?

Geiger ergueu o remo como uma lança, de modo que a parte superior do nariz de Jackie Cats tornou-se um alvo preciso. Enquanto ele movia o remo com força para a frente, Jackie Cats retraiu-se diante do impacto iminente — e o remo parou a dois centímetros dele. Seus olhos rolaram para trás e a sua cabeça inclinou-se para o lado.

— John, o que tenho a dizer agora é importante, portanto concorde movendo a cabeça se estiver me ouvindo.

— Vá... se... foder.

Os dedos de Geiger iniciaram uma dança ao lado de sua coxa.

— Nesta sala, John, tentamos lidar com a verdade, e permanecemos aqui até que a encontremos. Agora, eu realmente acho que você acredita que o que acaba de me contar sobre si mesmo seja verdade. Creio que seja quem você pensa que é... Mas discordo de você. — Ele saiu do cubo. — John, meu trabalho é obter informações, mas, para conseguir isso, talvez precise primeiro ajudá-lo a se tornar mais consciente de seus pontos fortes e de suas fraquezas, do que é capaz de fazer e do que não é. Descobrir seu verdadeiro eu, John... Isso é o que realmente importa aqui.

Geiger caminhou até a parede bem em frente a Jackie Cats.

— Portanto, tente dar uma olhada em quem você realmente é quando todas as poses e apelidos são removidos. Faça uma tentativa, John, e então você e eu vamos conversar de novo e ver o resultado. Posso até chegar a pedir que me diga a informação da qual preciso.

Geiger esticou a mão até um painel de controle preto na parede, pressionou um botão e outra ducha caiu sobre Jackie Cats, que grunhiu mas quase não se moveu. Geiger pressionou outro botão e todas as luzes se apagaram, exceto os pequenos spots do cubo.

— Já fiz isso, filho da puta — murmurou Jackie Cats.

O som dos gatos miando e uivando recomeçou, e então a voz de Geiger falou em meio à escuridão, como fizera mais cedo.

— Preciso dos nomes dos homens que ajudaram você a roubar o dinheiro, John.

A frase tornou-se um *loop* de áudio. Entremeada com a confusão felina, a voz repetia incessantemente as palavras.

Preciso dos nomes dos homens que ajudaram você a roubar o dinheiro, John. Preciso dos nomes dos homens que ajudaram você a roubar o dinheiro, John. Preciso dos nomes... Então, um ruído escapou de Jackie Cats. Mesmo no estado debilitado em que se encontrava, o som o atordoou. Tinha sido um choramingo.

5

Bebericando seu café matinal, sentado à mesa da sala de estar em Brooklyn Heights, Harry olhou pela janela, para o East River. Ele deslizou a mão para dentro da calça de moletom e apalpou cuidadosamente a área, esboçando uma careta, que parecia uma ferradura incrustada no rosto com a barba por fazer. Na noite anterior, durante um de seus banhos maratônios, havia descoberto algo que o fizera estremecer em meio à fumaça quente do chuveiro — *algo* pequeno, subcutânea, na virilha. O nódulo era do tamanho de uma uva e um pouco duro.

Durante os anos nos quais estivera na seção de obituários do *New York Times*, onde trabalhava antes de conhecer Geiger, Harry havia desenvolvido a convicção de que se você vivesse além dos 40 anos, mais cedo ou mais tarde teria um câncer. A pequena porcentagem que não chegava aos 40 — aqueles que morriam num acidente de carro, eram assassinados ou sofriam um AVC — *teria* desenvolvido câncer caso tivesse vivido mais tempo. Agora, Harry estava com 44 anos, e seu corpo, outrora um irmão de armas contra o mundo, não era mais digno de confiança. Ele sabia, através de todas as vidas que examinara, que dentro de todo homem existem seus próprios César e Brutus, e a partir daquele ponto, a carne poderia traí-lo. O momento *Et tu* chegaria, não como uma adaga nas costas, e sim como um nódulo inchado sentido ao engolir, ou uma pupila dilatada vislumbrada no espelho, ou uma massa do tamanho de uma uva descoberta pela ponta do dedo durante uma ducha.

Em momentos como aquele, Harry invejava Geiger. Não trocaria de lugar com ele por nenhum preço — claramente, o homem tinha mais demônios do que uma pintura de Hieronymus Bosch —, mas o coração e a mente do sócio, semelhantes a armadilhas de aço, exerciam um grande apelo sobre Harry. Nada jamais parecia fora do comum para Geiger. Ele era como uma espécie de engenheiro místico que descobrira uma forma de desativar os altos e baixos dos acasos e seus impactos. No começo da amizade entre os dois, Harry estava certo de que o outro tomava algum estabilizador de humor, um daqueles medicamentos que lixavam e removiam as extremidades ásperas das experiências. No entanto, eventualmente, mudara de opinião. Se Geiger estivesse sob o efeito de alguma droga, era algo produzido no próprio cérebro, e seja lá qual fosse aquele coquetel quimioneural, Harry o cobiçava.

Eles haviam se conhecido onze anos antes no Central Park, às três da madrugada. Harry estava bêbado, seu hábito noturno na época, e estava sendo chutado na cabeça por dois *skinheads*. Alguns anos antes, havia se tornado um homem sem sonhos — não daqueles que se tem ao dormir, mas alguém que desistira de qualquer noção de perspectivas, de qualquer promessa do novo e inusitado, de qualquer esperança de *algo diferente*. Os sonhos da juventude estavam tão mortos quanto as pessoas sobre quem escrevia, cinzas e pó, de modo que as pancadas sem ritmo das pontas das botas na carne, a dor sufocante e a possibilidade de ser conduzido para fora do mundo, tudo parecia quase correto. A derrota tornara-se uma parceira; estava sempre por perto, seguindo-o bamboleando poucos passos atrás dele. O pensamento de finalmente dizer adeus já estava esticando os lábios feridos de Harry em um sorriso sobre dentes quebrados quando Geiger interrompeu sua corrida noturna apenas pelo tempo necessário para nocautear os vândalos em um borrão de mãos e pés letais e depois seguiu seu caminho, antes que Harry conseguisse inspirar ar suficiente para falar.

Duas semanas depois, com trinta pontos na cabeça e dois dentes novos, Harry deu início a uma vigília noturna no local de sua humilhação. Não precisou esperar muito: na segunda noite, sob chuva, Geiger surgiu na pista vestindo uma camiseta e calças de moletom, e Harry bloqueou sua passagem. O outro freou, correndo parado.

— O que você quer? — perguntou Geiger.

— Queria só agradecer.

O cabelo preto de Geiger brilhava como cera. Gotas de chuva escorriam de suas sobrancelhas e caíam nos olhos, mas não pareciam incomodá-lo. Harry percebeu que ele quase nunca piscava.

— Meu nome é Harry. Harry Boddicker. — Estendeu a mão, mas Geiger sequer olhou para ela. — Posso te pagar uma bebida? — perguntou Harry.

— Eu não bebo.

— Bem, só achei, considerando que você salvou minha vida...

— Foi sorte, Harry. Não teve nada a ver com você. Se estivessem chutando um cão, eu teria feito o mesmo.

— Então, que tal um café? Você bebe café, não bebe?

Por um instante, Geiger o encarou com os olhos fixos, que não piscavam, e não disse nada. Harry de repente sentiu-se desconfortável; o homem parecia estar inspecionando-o, julgando-o. Então, Geiger assentiu e disse:

— Está bem, Harry.

Eles foram para um bar na Broadway e escolheram um canto nas sombras, com cheiro de amônia. Enquanto Geiger bebericava café puro, Harry tomou três Wild Turkeys. Ao longo das três horas seguintes, ele atuou em um monólogo biográfico, que era em parte um ato ansioso por compartilhar e em outra uma tentativa de reafirmação, como se a correia que o prendia ao passado estivesse perigosamente puída e recontar eventos pudesse sustentar seu lugar no presente.

O ritmo da história se acelerou quando Harry contou a Geiger sobre a conquista de um emprego de pesquisador no *Times,* assim que deixara a faculdade comunitária.

— Foi quando descobri que tinha um talento para desencavar coisas. Me chamavam de "Pá". É engraçado como às vezes leva algum tempo até que você descubra que é bom em alguma coisa.

Ele contou a Geiger sobre noites dedicadas a entrar sorrateiramente em redes de computadores usando softwares que ele mesmo criara, sobre utilizar tais habilidades para desencavar segredos e ligar pontos, sobre escrever uma matéria importante a respeito da elaboração de perfis psicológicos com base em aspectos raciais que gerara sua reputação como repórter.

— Certa manhã, ali estava, na segunda seção da primeira página. "*Por Harry Boddicker*". Foi algo do tipo: "Ei, sou *eu*."

Enquanto Harry falava, Geiger disse pouco além de responder sim ou não algumas vezes. Ele concordava ou balançava a cabeça em negação para outras indagações, e apesar dessa ser toda a extensão de sua participação ativa, em nenhum momento sentiu vontade de ir embora. Percebeu que o homem tendia cada vez mais a um estado melancólico à medida que o álcool fazia efeito, e que suas recordações tornavam-se menos detalhadas e mais aleatórias conforme a história se desenrolava. Geiger também sentiu que ele estava deixando de fora um capítulo importante: falava da própria vida como se tivesse vivido duas etapas distintas, mas nunca mencionava o evento que fizera a primeira terminar e despertara a seguinte. Na primeira fase, o conto de Harry era cheio de animação e de orgulho por suas realizações, mas depois guinava para becos mais sombrios. A paixão pelo trabalho minguara; fatos eram imprecisos, prazos eram perdidos. Beber deixara de ser um hobby e tornara-se um hábito. Depois de meses de advertências, o *Times* havia concedido a ele uma última chance e uma mesa na seção de obituário.

— Você conhece aquela sensação — disse Harry — de sentir que atingiu o fundo do poço, e então perceber que está no lugar ao qual realmente pertence?

Harry disse a Geiger que ser relegado ao obituário tinha sido como voltar para o lar: ele vivia com fantasmas e seus passados, submerso em seus feitos e declínios. Mas também o estimulara a criar programas de busca cada vez mais sofisticados e inteligentes. Preencher as lacunas, dar continuidade ao caos — aquilo tornara-se uma obsessão, um tipo estranho de ressurreição.

Ouvir aquela história épica havia sido uma experiência singular para Geiger. Durante aquelas três horas, aprendeu mais sobre Harry do que jamais soubera a respeito de qualquer pessoa, e enquanto corria para casa ao amanhecer, ocorreu-lhe um pensamento como que entregue por uma mão invisível. Aquela não seria a última vez que veria Harry Boddicker.

O sinal do computador de Harry indicava uma visita ao site. O som era sempre um tônico. Significava trabalho, o desafio de montar o quebra-cabeça da vida de alguém, e dinheiro. Ele descobrira a apreciação pelo dinheiro somente depois que havia passado a trabalhar com Geiger e a faturar muito. O dinheiro era útil, é claro, mas também atuava como um bálsamo para a vergonha relativa ao modo como ele o ganhava.

Harry jamais tinha presenciado uma sessão, mas passara a compreender que, para Geiger, a importância do trabalho não estava relacionada a dinheiro. Só Deus sabia *ao que* estava relacionada, mas Harry nunca ousou perguntar. Seria como perguntar a Van Gogh por que ele pintava, ou perguntar a Jack, o Estripador, por que saía para caminhar à noite. Com o passar do tempo, ele compreendera que Geiger *precisava* fazer o trabalho, e, assim como tudo o mais a respeito do homem, aquilo o intrigava. Recordou vagamente aquela sensação, a agitação de uma corrente submarina forte, capaz de puxá-lo até algum mar agitado. Geiger, apesar de toda a estranheza estoica, lembrava a Harry de como costumava ser a sensação da paixão.

Harry observou o site no monitor. Noventa e cinco por cento dos acessos no DoYouMrJones.com eram de fãs de Dylan, que encontravam uma *home page* com uma fotografia do cantor. Mas o sinal significava que alguém clicara em “senha” para se aventurar mais a fundo no site. A senha deveria ser uma frase de cinco palavras baseadas nas letras de “mamão”, a fruta favorita de Harry. Caso acertassem, a indicação era legítima.

Harry bebericou o café e sorriu quando o visitante digitou: “Muitos aqui mentem aos outros.” Nada mal, pensou. Obviamente, nada jamais se equiparara ao primeiro *log-in* de Carmine, em 1999. “Minestrone, antepasto, macaroni, amaretto, ossibuchi.” Uma refeição italiana clássica de cinco itens, de um homem cujo apetite e senso de humor eram tão grandes quanto seu senso de vingança. Alguém que levara a vida da mesma maneira que exercera o poder: com o máximo de intensidade.

O site aceitou a frase e solicitou uma referência. Quando o visitante digitou o nome: “Colicos”, ele o reconheceu. Colicos era um barão do ferro-velho que tinha usufruído dos serviços de Geiger duas vezes no passado. Harry aguardou enquanto o visitante seguia as instruções e informava seu nome, número do celular, a identidade do Jones e o motivo pelo qual precisava dos serviços de Geiger.

Mais uma vez, Harry espremeu delicadamente o caroço na virilha e cogitou pedir que alguém desse uma olhada. Mas odiava ir a médicos quase tanto quanto saber que tinha um motivo para fazê-lo. Geiger o havia ensinado a criar diversas identidades falsas, mas o seguro-saúde era arriscado demais para alguém que vivia fora do sistema, portanto ele pagava as contas médicas em dinheiro. Não apreciava a ideia de abrir mão de altas quantias para exames, testes, biópsias e todo o restante.

A página da web foi preenchida com todas as informações e, em seguida, outro sinal indicou a saída do visitante. Harry pressionou "imprimir" e conferiu as horas no relógio. Lily chegaria em breve.

Seu olhar voltou-se para a fotografia dela na mesa do canto; encolhida em um sofá, olhava para ele com seu sorriso travesso que parecia dizer "sei de um segredo". Mas sua irmã não tinha mais aquela aparência há muito tempo. Dez anos atrás Harry colocara-a em um asilo e, desde então, dois domingos por mês, viajava até New Rochelle para visitá-la. Sentado ao lado da irmã enquanto ela olhava para o nada e cantava trechinhos de canções antigas, ele ouvia uma voz que parecia anciã, como se ela já tivesse vivido um período equivalente a doze vidas. Ela parecia ter se transformado em algo saído de um filme de ficção científica, um ser dominado por uma forma de vida alienígena, com movimentos desajeitados, de fala estranha e desconjuntada, e motivações inescrutáveis.

Ainda assim, Harry estava convencido de que Lily mantinha uma firme compreensão do absurdo da própria vida, e a persistência dela o assombrava. Ele tinha tentado treinar a si mesmo a não pensar nela, mas a irmã havia se tornado uma invasora em sua consciência quase desocupada, recusando-se a ser despejada. A culpa dele não girava em torno do sentimento de tê-la abandonado — ele pagava uma fortuna para mantê-la no asilo. Em vez disso, Harry era atormentado pela verdade inquestionável que tinha se instalado nele há tempos. Ele não gastava mais de cem mil dólares por ano porque amava Lily; fazia aquilo porque desejava que ela estivesse morta. Atualmente, seis dígitos pareciam o preço a pagar por sua culpa.

A campainha do térreo tocou. Harry caminhou até a porta e pressionou o botão da entrada na parede. Quatro meses antes, em um ato repentino de contrição, ele providenciara para que Lily fosse trazida para seu apartamento por uma das enfermeiras psiquiátricas em seu dia de folga e descobrira que, em comparação a visitar o deserto alvejado do quarto dela no asilo, recebê-la em seu apartamento exercia um efeito positivo temporário sobre sua raiva. Recentemente, agendara mais uma noite na qual ela dormiria lá — para hoje.

Harry abriu a porta e recuou alguns metros, ouvindo os passos que subiam os degraus. Uma mulher de 20 e poucos anos, cabelos negros de espantalho, trajando uma saia-calça verde e tênis de cano alto, transpôs o umbral da porta carregando uma pequena mala de lona para pernoite.

— Olá, Sr. Jones.

— Olá, Melissa.

Ela virou-se, estendendo uma das mãos para o saguão, que não podia ser avistado dali.

— Venha, Lily. Vamos.

Uma voz suave e sedosa disse:

— Hora de ir.

— Isso mesmo — falou a enfermeira, e puxou Lily para dentro do apartamento.

Os medicamentos e a loucura haviam deixado a irmã de Harry pequena e acinzentada. Ela vestia a blusa cor-de-rosa de mangas curtas e a calça três-quartos lilás que ele havia comprado para ela alguns anos atrás. Os cotovelos, os ossos dos pulsos e das bochechas de Lily destacavam-se com proeminência sob a pele opalescente, e agora, como sempre acontecia quando a via, Harry precisava lembrar a si próprio de que a irmã era seis anos mais nova que ele.

— Como ela está? — perguntou.

— Igual — disse Melissa. — Bem. Certo, Lily?

Havia uma imobilidade nela; praticamente nada parecia se mover, como se a psicose fosse um câncer que tinha dissolvido todos os músculos, tendões e nervos. Ela parecia leve como o ar — uma figura de *origami* gigante e bela. Quando seus olhos azuis afundados no rosto por fim se moveram e pousaram em Harry, encararam-no sem qualquer indício de reconhecimento.

Ele avançou em direção à irmã. O olhar dela estava fixo na pequena cavidade sob seu pomo de adão. Ele ergueu uma das mãos e bateu três vezes com os nós dos dedos no topo da cabeça de Lily.

— Alguém em casa?

Os lábios de Lily curvaram-se muito delicadamente sob o toque do irmão.

Harry olhou para Melissa.

— Costumávamos fazer isso quando éramos crianças.

A irmã caminhou para a ampla janela panorâmica.

— Gosto daqui — disse Lily. — Tudo se move tão rapidamente. Gosto de ver tudo se movendo rapidamente.

O East River, perturbado apenas por pequenas ondulações, carregava na superfície um reflexo perfeito da silhueta de Manhattan. Em dias de verão como aquele, a cidade parecia ter uma gêmea brilhante que jazia logo abaixo da água.

Lily apoiou a cabeça no vidro e colocou as palmas das mãos nele. Começou a cantar pausadamente em sílabas leves e dançantes.

— *Muito fundo... abaixo do oceano...*

Harry começou a acompanhá-la.

— *Onde desejo estar, ela pode estar.*

Lily parecia surda diante da interação do irmão.

— Conhece essa canção, Melissa? — perguntou Harry. — "Atlantis"?

— Nã-ão — disse ela. — Tem café?

— No bule. Pode fazer um novo se quiser.

Harry sentou-se recostado na mesa, e seu peito subiu e desceu com uma respiração profunda em um suspiro ainda mais profundo. Ele pegou uma folha de papel da impressora. Ao ler, começou a balançar a cabeça para cima e para baixo. Ele gostou do que viu.

— Melissa, precisarei sair por um tempo.

— Tudo bem. Vamos ficar bem... Lily está bem.

Harry levantou os olhos com um sorriso enviesado.

— É mesmo — disse ele. — Lily está bem.

6

Estavam sentados em um reservado na lanchonete da Columbus Avenue. Harry frequentava o local desde a década de 1980, quando ele e a irmã moravam na vizinhança. Agora, era um lugar onde ele e Geiger tomavam o café da manhã duas vezes por semana. Ele comia omelete de cheddar com bacon e o sócio tomava café preto. Costumava falar sobre o trabalho — uma modificação no codec do e-mail, novos spywares customizados, algum banco de dados que conseguira hackear — e Geiger ouvia, às vezes respondendo com uma observação de uma única frase. Harry trazia o *Times* e, quando terminava de falar, os dois liam o jornal, mas ele jamais pegava a primeira seção porque Geiger lia somente as cartas para o editor.

Harry esvaziou um terceiro sachê de leite no café para aplacar o estômago, enquanto Geiger abria a pasta e extraía dela três folhas de papel. A primeira era uma impressão do formulário preenchido no site pelo cliente em potencial. O nome dele, Richard Hall, e seu número de celular eram seguidos pela solicitação:

> Represento o proprietário de uma coleção particular de arte. Há dois dias, uma pintura, uma De Kooning, foi roubada. Acreditamos que o ladrão seja um negociante de artes que atuou como intermediário em aquisições para meu cliente. Ele acredita que notificar as agências da lei não necessariamente vai ajudar a recuperar a pintura, portanto contatei você.

Harry observou os olhos cinzentos de Geiger deslizarem de um lado para o outro. Mesmo depois de trabalhar para ele durante mais de uma década, sabia pouco a respeito do sócio. Traçara um perfil limitado a partir de observações aleatórias — sabia que ele não era de Nova York, que era amante de música, vegetariano, que não possuía uma TV e vivia em algum lugar na cidade —, mas, havia muito tempo, parara de fazer até as perguntas pessoais mais casuais. Qualquer conhecimento mais particular que pudesse ter sobre ele fora obtido através de uma inclinação da cabeça de Geiger enquanto escutava, ou de um comentário ocasional sobre um trabalho. Harry passara a ver a natureza da ligação entre eles no mais simples dos termos: necessidade. O sócio, por motivos que ele não compreendia, lhe tinha confiado uma parte significativa de sua vida, e Harry colocara a tarefa de servi-lo no centro da própria. Eram os sócios mais estranhos: como se fossem gêmeos siameses, mas separados por anos-luz de distância.

O formulário de Richard Hall prosseguia:

> O homem em questão é David Matheson. Tem 34 anos, mora no número 64 da rua 75 Oeste, cidade de Nova York, estado de Nova York, e o número de seu Seguro

Social é 379-11-6047. Ele está sob minha vigilância e estou capacitado a "entregá-lo", como fui informado de que é seu procedimento-padrão. É provável que Matheson tivesse um comprador certo *antes* do roubo, portanto é crucial que o assunto seja resolvido logo. Estou autorizado a pagar um adicional de 200 mil dólares caso você obtenha informações que levem à recuperação da pintura. Por favor, contate-me antes das duas horas ou vou procurar outra pessoa. Atenciosamente, Richard Hall.

Geiger pousou a primeira folha de papel na mesa.

Harry sorriu.

— Nada mal, hein? Você faria um trabalho urgente?

— Um passo de cada vez, Harry. Temos um jeito de fazer as coisas.

Harry concordou e conteve um arroto.

As outras páginas eram pesquisas tanto sobre o Jones como sobre Richard Hall. Harry se aprofundara em uma dezena de diferentes "veias" — como gostava de chamá-las — enquanto procurava informações sobre David Matheson. Ele obtivera um diploma em relações internacionais, um mestrado em história da arte e trabalhara dez anos como avaliador, consultor e comprador de obras de arte. Estava em listas negras na Grécia e no Egito por se encontrar com operadores suspeitos do mercado negro de antiguidades. Morava em Nova York há treze anos e era divorciado; o único filho vivia com a mãe na Califórnia. Tudo o que Harry sabia sobre Hall era a data de nascimento, o número de Seguro Social, sua dispensa honrosa da Guarda Nacional em 1996 e os treze anos de pagamentos de impostos compulsórios pela Elite Services Inc., uma empresa de investigações da Filadélfia.

Rita, a garçonete com o cabelo descolorido preso num coque estilo colmeia que costumava servi-los, chegou com o bule de café. Ela sabia que não deveria se dar ao trabalho de falar com Geiger. Com ele era sempre o mesmo: café preto, reabastecido duas vezes, e praticamente nenhuma palavra. Às vezes, os olhos dele encontravam os dela, mas não havia receptividade neles. A princípio, ela tinha entendido o jeito dele como frieza, mas havia percebido com o tempo que estava errada, pois interpretara a ausência de ternura por sua expressão contrária enquanto, na verdade, não havia emoção alguma. Ela puxou a xícara dele e serviu o café, depois a deslizou de volta e olhou para Harry.

— Querido?

Ele dispensou a oferta abanando a mão.

— Já passei do meu limite, Rita, e estou pagando por isso.

— Quer o café da manhã de sempre, Harry?

— Nada hoje, meu bem.

Rita seguiu em frente. Geiger recolocou as folhas na pasta.

— Então, o que acha? — perguntou Harry.

— Não há muito aqui com o que se possa trabalhar — disse Geiger.

O outro franziu a testa.

— Não tive muito tempo.

— Não estava criticando seus esforços, Harry.

Harry concordou com a cabeça. Não houvera qualquer tom negativo nas palavras; jamais havia. O tom neutro de

Geiger era como um teste de Rorschach auditivo. Harry ouvia o que queria, dependendo unicamente do próprio humor. Às vezes, aquilo o enlouquecia.

— É muito provável que o cliente de Hall não tenha adquirido a pintura de forma legal — disse Geiger. — É por isso que não querem a polícia.

— Isso passou pela minha cabeça. Mas não importa... Certo?

— Você descobriu se algum De Kooning foi roubado ou desapareceu nos últimos cinquenta anos?

— A-hã. Dois. Em 1979 e 1983.

Os dedos de Geiger dançaram sobre o tampo da mesa.

— Harry, mesmo que eu obtenha a informação que Hall deseja, não é possível assegurar que o cliente dele vai conseguir realmente reaver a pintura. Jamais vamos ver o dinheiro extra.

— Poderíamos fazer disso parte do acordo. Se Matheson confessar, eu poderia acompanhar Hall quando fosse reaver a mercadoria. Assim, saberíamos.

— Não. O trabalho acaba quando a sessão termina. Não cruzamos essa linha. O interior contra o exterior, Harry. Você sabe disso.

A cabeça de Harry balançou para cima e para baixo e seus ombros arqueados se abaixaram.

— Eu sei, eu sei. É só um monte de dinheiro.

Geiger pegou o café, assoprou-o e bebericou-o. Harry observou, como fazia com frequência, que mesmo aquela simples ação era executada com a finesse de um dançarino de balé.

— Harry, quanto faturamos ano passado?

— Pouco mais de um milhão.

— Vinte e cinco por cento disso são... ?

— Duzentos e cinquenta.

— Que daria quanto se você pagasse impostos?

— Quatrocentos e cinco. Certo, certo.

Geiger encostou a xícara de café no queixo. Em um cenário de urgência, o Jones é o fator determinante e o relógio está avançando. Normalmente, ele não gosta de contar com a sorte, mas quando o cliente tem pressa, não há escolha: é obrigado a esperar que o interrogado abra a boca. Mais cedo do que tarde, o Jones precisaria mostrar algo — uma fraqueza, uma fobia, um demônio —, e, depois disso, Geiger apostaria tudo. Trabalhos urgentes são sempre arriscados, mas apresentam um estilo próprio de desafio.

Ele colocou a xícara na mesa. Não emitiu nenhum som.

— Diga a Hall que está de pé — disse.

Os lábios de Harry levantaram-se nos cantos, em um sorriso de aleluia.

— Faça-o capturar Matheson logo — disse Geiger. — Providencie a sessão para a meia-noite, na Ludlow Street.

Geiger tinha uma sessão com Corley agendada para aquela tarde, mas queria ir ao Museu de Arte Moderna antes, pois Harry dissera que havia alguns De Koonings lá. Ele jamais tinha ido a um museu. Certa vez, Carmine o levara a uma galeria no SoHo — ele era um colecionador sério —, mas Geiger não ficara emocionado. Pinturas, esculturas, fotografias — não eram como a música. Eram imagens imutáveis, e olhar para elas era, na sua opinião, um fenômeno estático. Mas conseguir reconhecer as qualidades da paixão de um Jones era um recurso valioso em OI, portanto, ele veria o que David Matheson cobiçava.

Atravessou o Central Park a pé. O sol era como um decalque amarelo colado no céu, e times de *softball* jogavam ao ar livre, os integrantes completamente uniformizados. Foi no parque que ele começou a estudar esquilos. Eram maravilhas da economia psíquica, cada reflexo e movimento governado pelo medo. Às vezes, Geiger observava um esquilo parar no meio de um passo e ficar congelado com a pata elevada durante trinta segundos enquanto ponderava uma ameaça em potencial.

Pouco depois de se mudar para a casa, Geiger iniciara um experimento para descobrir se conseguiria mudar e controlar o comportamento dos esquilos. Durante uma semana, colocou uma pilha de sementes de girassol ao lado da bétula no quintal e assistiu da varanda aos esquilos comendo. Então, numa certa manhã, sentou-se junto à árvore, a mão aberta no colo, cheia de sementes. Permaneceu absolutamente imóvel durante uma hora. Ao longo de três manhãs, um esquilo se aventurava até dois metros ou pouco menos dele, paralisava-se, e depois fugia disparado. Geiger percebera que, à medida que os animais se aproximavam, sua própria ansiedade amplificada gerava mudanças em seu corpo — pulsação, olhar, padrão respiratório — que disparavam os alarmes internos dos esquilos. Precisava mudar as próprias reações para mudar as deles.

Na manhã seguinte, sentou-se ao lado da árvore com os olhos fechados, tocando uma sinfonia na cabeça, negando aos próprios sentidos toda percepção do exterior. Em dois dias, estavam pegando sementes de suas mãos, depois de quatro dias comiam empoleirados em seu calcanhar ou na coxa.

Geiger transportou a experiência para a sala das sessões: a capacidade de mudar de comportamento para se adequar a um cenário e criar um estado de horror no Jones enquanto permanecia capaz de agir e fazer escolhas. Se a estrutura mental de um esquilo permite o alívio do medo somente quando ele está no alto de uma árvore, o objetivo de Geiger não era fazer com que os Jones temessem nunca mais poder subir na árvore, mas fazê-los esquecer completamente que as árvores existem.

Recentemente, Geiger contara a história dos esquilos a Corley. Foi uma das poucas vezes que fornecera de maneira voluntária informações sobre algum evento contemporâneo, e Corley reagira perguntando se ele se sentia "desligado das pessoas".

Geiger respondeu:

— Martin, se você nunca esteve ligado, não pode se sentiu desligado.

Ele tinha consciência do quanto era diferente. Das 168 horas da semana, passava aproximadamente cinco com Harry, uma com Corley e, em média, quinze com os Jones. Ficar o restante do tempo sozinho não era uma opção. Era seu estado orgânico. As partes de si que Geiger conhecia, ele conhecia muito bem. As que não conhecia, desconhecia totalmente. A vida antes de Nova York era indefinida — uma sala escura — e quando ele olhava para dentro, a escuridão fornecia respostas vagas. Mas quando o sonho começava, era como se um clarão de luz enchesse a sala, e ele conseguisse ver que o lugar era infinito, sem limites. O sonho proporcionava a ele um vislumbre de meio segundo do que havia dentro da sala: inúmeros rostos, corpos, árvores, formas irreconhecíveis. Era ali que Corley entrava em cena. Geiger contou a ele sobre o sonho e as variações, e usou os olhos do terapeuta para ajudá-lo a enxergar dentro da sala negra e descobrir quem ele era e o que havia sido. Fazia isso porque o quanto mais soubesse sobre si mesmo, mais poderia acrescentar ao trabalho. Tudo girava em torno da OI.

Na noite anterior, o sonho voltara e a consequência tinha sido a mesma. Ele despertou às quatro da madrugada e viu os flashes de luz anunciando a poderosa enxaqueca que já se movia como uma tempestade invadindo o lado esquerdo do cérebro. Os detalhes do sonho mudavam, mas a estrutura era sempre a mesma: Geiger, pré-adolescente, fugia correndo de algum lugar e tentava alcançar algum destino que nunca era claro. Durante a jornada, repleta de obstáculos, mais cedo ou mais tarde ele começaria literalmente a se desmantelar: primeiro caíam os dedos das mãos, depois os membros. Quando a cabeça estava prestes a cair, ele despertava.

Ao ouvir a respeito das enxaquecas pela primeira vez, Corley prescreveu Imitrex, mas Geiger recusou-se a aceitar a receita. Não tomava pílulas para a dor; em sua mente, aquilo representaria atacá-la de fora para dentro. Lidava com a dor de dentro para fora, e como a maioria dos processos mundanos da vida cotidiana, seu método era descomplicado e ritualizado.

Quando uma enxaqueca começava, Geiger colocava música, sempre rica e cheia de detalhes, e encolhia-se no chão do closet. Fechava a porta, colocava os fones Sennheisers e entregava-se à escuridão e ao som. Depois, esticava os braços até as profundezas e os envolvia em torno da dor, e quando ela se tornava a única coisa que ele sentia, ficava tão poderoso quanto ela. Era quando ele agarrava a dor pela garganta e a matava.

Instalado em algum recanto de seu cérebro havia o conhecimento de que existe mais do que uma maneira de lidar com a dor. Geiger passara boa parte da vida viajando por essa estrada — como fera, como cavaleiro — e o que poucos compreendiam a respeito da dor era seu potencial duplo. Ela podia ser utilizada tanto pelo infligidor quanto pelo receptor, e, como sensação primal, poderia ser explorada como fonte de força. Quanto mais intensa, mais forte seu poder — ele sabia disso. Geiger também compreendia, de alguma forma, que a dor fizera dele quem ele era.

7

— Tive o sonho de novo — disse Geiger, os dedos tamborilando no divã.

Corley rabiscou *freq aumentada de sonho* no bloco de notas. O sonho era um mapa do tesouro, rico em detalhes; era também um ingresso em potencial para o eu interior. Exceto por imagens dispersas e aleatórias, Geiger não tinha nenhuma memória de sua vida antes de chegar a Nova York, mas era na repetição da narração do sonho e de suas variações que sombras de catástrofes do passado esgueiravam-se para dentro da luz, para que Corley as visse. Os sonhos eram redemoinhos de ambivalência nos quais a necessidade crítica dele de *agir* entrava em combate com sua necessidade desesperada de *não* agir. Os impulsos opostos criavam uma tempestade tão furiosa dentro dele que, no sonho, ela literalmente o despedaçava. Em suas anotações, Corley o batizara de “Sonho de fim de jogo”, e apesar de ainda não o compreender por completo, adquirira uma certeza quanto a um de seus sentidos: quando criança, Geiger buscara desesperadamente fugir de alguma espécie de situação intolerável, mas fazê-lo gerara uma desintegração psicológica, ou pelo menos a morte da parte dele capaz de regozijar-se com a própria liberdade.

— Está ocorrendo com mais frequência agora... o sonho — disse Corley. — Três vezes nas últimas cinco semanas.

— Quatro — corrigiu Geiger.

Corley sentiu uma contorção leve e desconfortável no peito.

— Quatro? A perua, a bicicleta, a moto...

— E o skate.

Corley soltou um murmúrio e rabiscou o papel com a caneta.

— Consigo ouvir a caneta, Martin. O que está escrevendo?

— Que me esqueci de um dos seus sonhos. Como se sente em relação a isso? — perguntou ele.

— Em que sentido? Se considero você menos imperfeito do que qualquer outra pessoa?

— Bem, creio que haja uma certa confiança por parte do paciente de que vou me lembrar do que é dito nesta sala. É uma questão de confiança.

— Confiança — repetiu Geiger. — Você confia em mim, Martin?

O tom quintessencial de Geiger — liso como um espelho, isento de inflexão — obrigava o ouvinte a desconstruir a afirmação para tentar descobrir a atitude dentro dela ou a intenção por trás. *Você confia em mim, Martin? Você* confia *em mim, Martin? Você confia em* mim, *Martin?*

Corley apoiou o bloco de notas no carpete e recostou-se na poltrona.

— Me conte sobre o sonho — pediu.

Os dedos de Geiger pararam, as mãos pousadas sobre a barriga.

— Estou correndo em um túnel escuro... de madeira, vigas de madeira como em uma mina abandonada. Há uma luz à minha frente.

— Você tem 10, 11 anos?

— Sim. Ouço o estrondo do túnel cedendo atrás de mim. Ele soa vivo, quase como um animal furioso. Mergulho na luz quando a entrada desmorona e sou tomado por um senso de determinação, apesar de não saber para onde estou indo. Depois, estou em uma calçada... em Nova Orleans, eu acho... Mas não posso atravessar a rua porque uma procissão funerária está passando, centenas de pessoas batendo palmas e gritando "aleluia!" enquanto uma banda toca *dixieland*. O caixão aproxima-se, pequeno e preto, em uma carroça puxada por quatro cavalos de brinquedo.

— Quer dizer pôneis Shetland?

— Não, cavalos de brinquedo... cavalos de pau com rodas. Lindamente trabalhados. Preciso atravessar a rua, então salto sobre o caixão, mas meus pés esbarram nele e, ao mesmo tempo que me estatelo no chão, o caixão cai de lado e um garoto de brinquedo sai de dentro dele. Mesma idade que a minha, terno azul, sapatos engraxados. Não se parece comigo, mas sei de imediato que sou eu. O eu morto parece tão tranquilo que quero apenas ficar deitado ali com ele, mas a necessidade de chegar aonde estou indo é mais forte, então me levanto e corro.

Corley pega de novo o bloco de notas e escreve: *De luto por quem — ou o quê?*

— Pouco depois, chego a um rio e há uma lancha em uma doca. Pego o cabo do motor e puxo, e puxo. O motor gira, mas não liga. Como sempre, meus macacões estão cheios de ferramentas e tento tirar uma chave para desaparafusar a tampa do motor. Giro os parafusos, mas a chave não se firma, então meus dedos começam a cair, seguidos pelos meus pés e minhas pernas. Minha cabeça começa a se soltar... Então acordo.

Corley fez outra anotação.

— Você disse que o desmoronamento do túnel soava "como um animal furioso". Com o que ele está furioso?

— Acho que está furioso por ficar preso no desmoronamento.

— Certo. Ele poderia estar furioso com alguma outra coisa?

— Como o quê?

— Talvez esteja furioso com *você*.

— Por quê?

— Porque você estava fugindo da caverna.

— Portanto... talvez eu não esteja apenas fugindo da caverna, mas esteja fugindo do animal?

Um calor já familiar incensou Corley por dentro, o impulso de acalmar e confortar, de proteger o garotinho sempre preso em algum lugar — em um edifício em chamas, em um quarto escuro com uma porta sem maçaneta, e agora uma caverna. Ele se irritava com a verdade terapêutica quase absurda: a de que para libertar a criança, precisaria trazer o tormento à tona e fazer a criança revivê-lo.

Corley sabia que a consulta estava quase no fim, mas não queria parar.

— Uma coisa que sempre me impressiona em relação ao sonho é a ausência de medo. Você nunca fala do passado, mas deve ter vivenciado o medo. No sonho, você atravessa eventos angustiantes, mas nunca sente medo. Nunca se perguntou por quê?

— Porque não há mais nada a temer.

— No sonho?

— No sonho... na vida real. Qualquer um. Nos dois.

— Você disse que "*não há mais nada a temer*".

Os dedos de Geiger deslizaram sobre o couro macio.

— Estamos passando do tempo... Não estamos, Martin?

Corley fez uma anotação final.

O que aconteceu com o pai?

Desde o divórcio de Corley, os fins de semana tinham adquirido um ar de tempo em suspenso, como se deuses maliciosos tivessem enfiado chaves inglesas nas engrenagens do relógio universal. Aqueles dois dias sempre estiveram reservados para o casamento, uma oportunidade para que Sara e ele se reunissem novamente, conversassem, flertassem. Agora, as horas duravam noventa minutos e os sinais vermelhos levavam horas para ficarem verdes.

Ele estava deitado no divã dos pacientes, lendo as anotações sobre Geiger que mantinha em uma pasta de couro. Ligou um abajur; o sol já havia se posto, mas ele tinha demorado a perceber a escuridão se instalar. Agora, passava a maior parte do tempo naquela sala. A sala de estar e o quarto, ainda adornados com as relíquias adquiridas do antigo casamento, eram locais que visitava muito raramente. Quando Sara havia anunciado que iria deixá-lo, disse que ele poderia ficar com tudo. A declaração tinha sido de estilhaçar o espírito... Ela deixara claro que a única coisa que desejava era partir.

Corley passava parte de cada fim de semana lendo as anotações sobre as sessões. No entanto, recentemente, ficara absorvido em especial pelas notas sobre Geiger. Passava horas analisando cuidadosamente o que conseguisse conectar do mínimo de informação que possuía sobre o homem, debruçado sobre um mistério cuja solução e revelações ainda não haviam sido escritas. Como as observações revelaram, ele seguira diversas vezes contra o senso comum — mas não contra seus instintos — à medida que a terapia avançava, em grande parte porque Geiger mantinha tanto em segredo. Corley não sabia de onde era seu paciente, ou onde ele morava, nem qual era sua profissão.

Lá fora, um som agudo e irritante ganhava vida. Corley levantou-se e saiu para a varanda justamente quando uma grande revoada de pássaros negros decolava dos terraços dos edifícios e iniciava um mergulho íngreme. Giravam e desciam em espiral, mudando suas posições como as peças de um caleidoscópio, perfeitamente unidos. Os pássaros fizeram-no pensar em Geiger. Ele era um homem-criança incapacitado, sua psique a obra de uma crueldade incomensurável. Por pura força de vontade, de alguma maneira, ele mantinha todas as suas partes se movendo em sincronia. Durante semanas, Corley sentira uma mudança nas camadas emocionais do paciente, e um evento que se aproximava. Ele não acreditava que o homem tivesse a menor ideia de que o sonho fosse a prova de que estruturas de proteção estavam cedendo dentro dele. O demônio batia à porta, e sua entrada não seria recusada.

Ele observou a revoada de pássaros desaparecer entre as folhas das árvores nas calçadas. Estava cansado da rotina, da mudança inexorável da paixão para o ritual, da sabedoria obtida através do sacrifício do otimismo. Estava cansado dos penitentes, dos pregadores de culpa, dos não Geigers que deitavam no divã, viciados nas próprias imperfeições. E estava igualmente cansado de como os estimulava, das doses de atenção e paciência, com cinquenta minutos de duração dedicados a ajudá-los a dar um sorriso amarelo ou chorar algumas lágrimas antes de mandá-los de volta para o mundo.

Lá dentro, caminhou até a cozinha e acendeu a luz. Os azulejos azuis-claros acima dos balcões ainda o lembravam dos olhos de Sara. Uma grande parte de seus pensamentos era disparada por memórias, e a consciência de que o futuro não seria diferente da vida que levava agora o deixava desanimado.

Corley serviu-se de mais uma xícara de café e sentou-se à mesa da copa. O *New York Times* jazia diante dele, e as manchetes pareciam slogans reciclados. "Cova coletiva descoberta perto de Cabul", "Homem-bomba mata 56 na Tchetchênia", "Corpos encontrados em fábrica no Cairo: Relatadas provas de tortura". A matéria sobre o Egito era acompanhada por uma fotografia de um bunker sem janelas. O chão estava coberto de manchas escuras, e as paredes salpicadas de pontos e traços arqueados — claramente eram as telas de um pintor brutal. Ele bebericou o café e tentou concluir se o mundo se tornara mais barbárico ou se a televisão a cabo, os blogueiros ativos 24 horas e os sites dedicados à deduração, apenas significavam que menos fatos permaneciam ocultos.

Eu poderia simplesmente parar, pensou. Fazer as malas. Lembrou-se da casa em Cold Spring. De todas as posses que acumulara com Sara, era a única que realmente tinha desejado. Desde o divórcio, suas viagens para Cold Spring tornaram-se cada vez menos frequentes, mas apesar de não dar ouvidos à ideia de vendê-la, não estava disposto a considerar o porquê. Talvez devesse tirar férias durante o restante do verão e passar todos os dias em uma rede, com uma caixa de Guinness e um maço de Camels, lendo romances enquanto sua barriga crescia e o fígado e os pulmões apodreciam.

Corley bufou. Ele não iria embora — era tolice até mesmo imaginar outra coisa. Sentaria no consultório com Geiger até a chegada da revelação, até que as muralhas psíquicas desmoronassem, o horror se derramasse e ele tentasse vigorosamente puxar o garotinho da sujeira e dar banho nele.

Um coral repentino, ascendente e furioso, fez com que Corley se virasse para a janela. Eram os pássaros negros. Estavam indo embora.

8

Harry olhava pelo para-brisa da van para uma grande revoada de pássaros barulhentos movendo-se para o sul, vindos da parte norte da cidade. Eles inclinaram-se sobre o East River como uma única asa gigante, depois a revoada se dissipou e desfez-se em meio à treliça da Ponte do Brooklyn, que se estendia ao redor dele.

Horas antes, quando deixara a lanchonete, Harry tinha voltado ao Brooklyn e pegado a van alugada. Richard Hall entregaria o Jones naquela noite, mas era o Procedimento Operacional Padrão de Geiger que Harry tivesse um veículo à mão em todas as sessões — mais um exemplo de pôr os pingos nos *is*, mantendo sob controle as possibilidades de problemas externos inesperados. Depois, Harry havia parado em casa, dado a Melissa uma dúzia dos CDs favoritos de Lily e passado algumas horas no sofá observando a irmã sentada de pernas cruzadas em uma cadeira, passando o dedo em um botão na blusa. Ele tinha tentado fazer algumas perguntas — "Lily, deseja algo para comer?", "Está um lindo dia, não é mesmo?" e "Você lembra o meu nome, irmãzinha?" —, mas ela respondeu uma única vez, à ultima pergunta do irmão, dizendo:

— Eu me lembro de todos os nomes. Sei quais são.

Harry pegou a rampa de saída da ponte e cruzou a cidade rumo à Ludlow Street. Ele amava a atmosfera de Manhattan naquela região. O ar tinha um cheiro diferente da parte norte — mais temperado, mais exótico. Os sons tinham uma afinação mais doce, a luz parecia mais suave, e quando um trabalho era concluído, ele podia caminhar apenas duas quadras até o pequeno restaurante chinês de *dim sum*, na Division Street, sentar-se e comer um banquete por vinte pratas. O melhor negócio na cidade.

Na semana anterior, ele recebera um e-mail informando que os custos para manter Lily aumentariam para 110 mil por ano, de modo que o trabalho urgente daquela noite era uma dádiva. Ele também negociara alto com Richard Hall — 35 mil. Geiger sempre deixara aquela parte do trabalho aos seus cuidados, e ele se tornara bom naquilo. Quem diria?

Naquele dia de junho de 1999 em que saíra do edifício do *Times* para encontrar Geiger esperando-o na calçada com uma proposta de negócio, Harry não tinha ideia de em que estava se metendo, e nenhum meio de tomar uma decisão baseada em uma previsão financeira. No fim das contas, havia tomado uma decisão que mudaria sua vida seguindo uma reação instintiva à apresentação casual de Geiger.

— Vou entrar em uma nova linha de trabalho — dissera Geiger. — Ilegal. Preciso de um parceiro. Você vai receber 25% dos lucros.

À medida que Geiger descrevera sua profissão, Harry tinha se perguntado: qual seria o valor de mercado da tortura? Como se conquista uma clientela? A parte da pesquisa seria moleza, seu ponto forte, mas o transporte de humanos poderia se provar desafiador. Esqueça, por um momento, os aspectos morais e legais. Será que *conseguiria* fazer aquilo? Será que tinha o que era preciso para isso? Ele deixou a animação em seu peito fornecer a resposta.

Harry parou a van diante do portão do terreno ao lado da casa para as sessões, na Ludlow Street, e conferiu o relógio. Hall deveria chegar com Matheson em quinze minutos. Ele saiu, destrancou o pesado portão e empurrou-o para abri-lo. Quando estava prestes a virar-se de novo para a van, sentiu a presença de alguém se aproximando pelas suas costas. Harry congelou e xingou em silêncio o próprio descuido — por que deixara o taco da Louisville Slugger no chão da van? Lentamente, ele se virou.

Um negro maltrapilho, alto como uma sequoia canadense, estava de pé diante dele, com um agasalho esfarrapado dos New York Knicks e calças manchadas de uma cor agora indistinguível. As roupas pendiam em ossos pesados e largos, e ele viu um brilho de fome selvagem nos olhos sem fundo. A mente de Harry calculou os passos até a porta da van. Sete, talvez oito. Uma manobra arriscada, puxar o bastão e tentar chegar até as grades. Ainda mais se o cara fosse ágil — Harry jamais conseguira acertar uma bola com efeito. Mas, caso fosse necessário, morreria tentando. Ninguém o espancaria outra vez.

Uma das mãos do desconhecido, do tamanho de uma luva para fogão, saiu por detrás de suas costas. A palma estendida para cima estava ressecada e profundamente sulcada.

— Me dá alguma coisa, cara — disse o sujeito com uma voz sepulcral. — Cinco pratas.

Harry se deu conta de que não estava respirando; e inspirou.

— Você não deveria se aproximar sorrateiramente das pessoas, cara — disse ele. — Não é legal.

— Vou enviar uma merda de uma carta da próxima vez. Agora, porra, me dá algum dinheiro. — As pupilas dele flamejaram com emoções misturadas. — Vamos lá, filho da puta!

— *Filho da puta?* — disse Harry. — Ei... Devo alguma coisa a você?

As patas enormes do homem agarraram as lapelas do paletó de Harry e puxaram-no para perto de si. As narinas de Harry se irritaram com o cheiro forte e azedo de pele não lavada.

— Muito obrigado por merda nenhuma — disse o homem.

Uma risada graciosa veio de algum lugar muito próximo, então, um rosto pequeno de olhos brilhantes espreitou por trás das pernas de tronco de árvore do homem. A garota usava um macacão laranja sujo e tênis com as frentes envoltas por uma fita adesiva gasta, e o espaço entre seus dentes frontais piscou para Harry quando ela sorriu. Não devia ter mais que 5 anos. Se acreditasse em Deus, ele juraria que era um anjo.

A garota levantou os olhos para ele.

— É — disse ela. — Muito, *muito* obrigada por merda nenhuma.

— Não diga palavrões, Laneesha — disse o homem, mas os olhos dele permaneceram em Harry, que não estava ganhando em sua batalha para conter um sorriso.

— O que significa Laneesha?

— Cara, eu lá sei, porra.

— Bonito nome.

— Gosta dele? Me dá cinco pratas e pode ficar com ele.

— Certo — disse Harry.

O homem olhou de soslaio diante da resposta e largou Harry.

— É? — perguntou ele.

— É. Claro.

Harry colocou a mão no bolso e tirou um clipe de notas. Passou o polegar por elas e franziu a testa.

— Nenhuma de cinco. Vai ter que pegar uma de vinte.

Ele puxou uma nota e estendeu-a. O homem agarrou-a com o polegar e o indicador, enfiou-a no fundo do bolso e parou por um momento para reavaliar seu benfeitor.

— Obrigado.

— De nada.

— Você é um cara estranho — disse o homem. — Legal, mas estranho.

— Questionável quanto à parte legal. — Harry baixou o olhar para a menininha e falou: — Você e eu temos o mesmo nome.

A testa dela franziu com três linhas onduladas de confusão.

— Seu nome não é Laneesha! — disse ela.

— Agora é — comentou Harry, sorrindo. — Acabei de comprar.

Ela estendeu o braço para o alto e deixou a mão minúscula desaparecer dentro da do gigante. Virando-se, desceram a rua caminhando. Havia começado a chuviscar, e as luzes dos postes lançavam sombras em todos os lugares, um padrão entrecruzado irregular, como uma enorme rede estendida sobre o concreto molhado.

Harry voltou para a van, dirigiu terreno adentro e encostou ao lado da parede da casa destinada às sessões. Estacionou ao lado do toldo com a lateral de lona cinza, que se estendia a quase três metros do prédio, bloqueando a visão da entrada das janelas de edifícios adjacentes e de passantes.

Gotas de chuva no para-brisa foram momentaneamente iluminadas por um feixe de luz em movimento. Harry virou-se e observou uma van verde-escura se aproximar do portão aberto e estacionar, parando em ponto morto. Ele desembarcou, caminhou até o clarão dos faróis e sinalizou para que o veículo avançasse, como um balizador de aeronave orientando um jato. Depois, indicou que a van encostasse sob o toldo de lona. O motor foi desligado, a porta se abriu e um homem, carregando uma pasta executiva, saltou do carro e caminhou em direção a Harry. Os faróis definiam o contorno de sua silhueta atarracada com uma aura iluminada.

— Harry? — perguntou o homem.

— Correto. Sr. Hall?

— Sim.

Ao se aproximar, a silhueta de Hall entrou em foco. O terno cinza parecia vir de uma loja de departamentos. Seus traços eram os de um americano comum, sem graça — o rosto de alguém que poderia estar sentado em uma lanchonete em Wichita ou em um cubículo de escritório em Des Moines. Você não repararia nele em meio a uma multidão, mas, frente a frente, Harry via os olhos ocupados, sempre em movimento. Hall era uma daquelas pessoas capazes de olhar para você e ver tudo ao seu redor ao mesmo tempo, o olhar girando em graus mínimos, analisando o entorno como detectores de movimento, obtendo sinais de um centro interno de comando.

Ele estendeu a mão sem alianças e Harry apertou-a. Foi como se seus dedos tivessem ficado presos em um torno.

— Estamos prontos? — perguntou Hall.

— Sim.

— Ótimo. Vamos em frente.

Seguiram para a van. Estava claro que Hall não tinha interesse em conversa fiada, o que não era um problema para Harry. Ele nunca conseguia ignorar o absurdo de uma conversa sobre os Mets ou o trânsito como preâmbulo para a tortura. Os piores eram aqueles que queriam conversar sobre Geiger, e o que ele fazia, e como fazia. Harry passava boa parte de seu tempo construindo uma muralha em torno de seu conhecimento especial a fim de poder se considerar um homem de negócios. Mas as indagações a respeito de Geiger eram tapinhas em seu ombro, sussurros em seu ouvido que o faziam olhar para dentro, e naqueles momentos sua parede de gesso psíquica não conseguia esconder a cabeça de Medusa que ele havia cultivado ao longo da última década.

Ele destrancou e abriu a porta lateral reforçada do prédio, revelando um hall de entrada amplo e bem iluminado.

Embutidos no centro do piso do hall havia quatro fileiras de trilhos de cinco centímetros para transportar baús de aço. Hall puxou a rampa deslizante da van por baixo das portas traseiras e pousou a extremidade nos roladores. Agarrou a alça do baú dentro da van e puxou-o rampa abaixo. Quando o baú deslizou para os roladores, ele e Harry deram-lhe um pequeno empurrão, depois levaram-no até um elevador de carga aberto no fim do corredor.

— Boa infraestrutura — disse Hall.

— É — disse Harry.

Empurraram o baú para dentro do elevador e entraram. Harry fechou a porta pantográfica, manuseou o controle e começaram a subir lentamente, tilintando e chacoalhando.

— Não entro em um desses há muito tempo — disse Hall.

Harry baixou o olhar para o baú prateado entre eles. Era do mesmo tipo que ele usava: um Zarges de cerca de 1,80m, de solda lisa, feito de alumínio anodizado. Harry listara a marca em seu e-mail com as instruções de preparação.

— Alguma dificuldade em encontrar o baú?

— Não, de forma alguma — disse Hall. Ele abriu sua pasta executiva e mostrou seu conteúdo a Harry. — Trinta e cinco mil. Notas de cem e de cinquenta, como solicitado.

Harry moveu a alavanca e desacelerou o elevador até que parasse no segundo andar. A sala era maior do que o espaço no Bronx — 8,5 metros quadrados e 4 metros de altura, com estruturas de caixas de som montadas nas paredes pretas reluzentes e no teto a cada 3 metros.

Quando Harry empurrou o portão para abri-lo, o ruído do metal deslizou pelas superfícies como um punhado de moedas.

No centro da sala havia uma cadeira de rodas motorizada, o couro preto e o cromo reluzindo sob as pungentes luzes do teto. Amarras de couro pendiam dos apoios para as costas, braços e pés. Fora isso, o cômodo estava vazio.

Hall olhou para Harry.

— Uma cadeira de rodas?

Harry fez que sim com a cabeça.

— Ele está aqui?

— Ele está aqui — respondeu Harry.

Arrastaram o baú para fora do elevador e um pensamento, como uma minhoca minúscula que se contorcia sob uma pedra, tomava vida no cérebro de Harry. Algo não estava certo. Estava prestes a levantar a pedra e dar uma olhada quando Geiger entrou na sala.

— Geiger? — perguntou Hall, estendendo uma das mãos.

Geiger aproximou-se deles, movendo uma única vez a cabeça, as mãos permanecendo ao lado do corpo. Vestia um macacão preto de brim e tênis de cano alto. Hall apoiou a pasta executiva no chão.

— Geiger — disse ele —, houve uma pequena mudança de planos.

Harry talvez fosse a única pessoa na terra que compreenderia que, no caso de Geiger, franzir o cenho poderia ser apenas uma mudança imperceptível nos músculos do rosto.

— Que tipo de mudança? — perguntou ele.

— Matheson fugiu de nós. Conseguiu escapar.

Nesse momento, Harry levantou a pedra em sua mente e fez uma careta. Quando carregaram o baú para dentro da sala, ele parecera leve. Leve demais.

— Então, quem está no baú?

— Alguém que acredito saber onde Matheson está. — Hall destrancou o baú. — O filho dele.

Hall começou a levantar a tampa, mas, depois de poucos centímetros, os dedos de Geiger pousaram nela impedindo que subisse.

— Quantos anos? — perguntou Geiger.

— Doze.

Geiger empurrou a tampa até que fechasse. A ação foi lenta, mas firme.

— Não trabalho com crianças, Sr. Hall.

— Não?

As pontas dos dedos de Geiger executavam batidinhas curtas em suas coxas. A mão de Hall entrou no bolso do paletó, saiu com um espesso envelope e largou-o sobre o baú.

— Será que mais cinco mil lhe convenceriam a abrir uma exceção?

— Você deveria ter informado a Harry sobre a situação. Ele teria lhe explicado a nossa política. Sem exceções.

— Você está certo, é claro — disse Hall, concordando com movimentos curtos e bruscos de cabeça. — Mas jamais me ocorreu que alguém em seu ramo teria qualquer... exceção.

Ele olhou para Harry, que encarava pesarosamente a pasta executiva como se fosse um caixão. As notas de cem e de cinquenta no interior dela estavam mortas para ele agora.

— Escute, Geiger — disse Hall. — Como já estamos aqui mesmo, vamos conversar a respeito disso por um minuto. O garoto passou as últimas semanas com o pai, e temos praticamente certeza absoluta de que sabe onde Matheson está, ou para onde está indo. Agora, minha referência me deu dois nomes para o trabalho... o seu e um certo Sr. Dalton. Procuramos você porque ouvimos dizer que seus métodos são mais moderados, enquanto o outro tem a reputação de perder a cabeça. Não quero que o garoto seja ferido, Geiger, mas preciso descobrir o que ele sabe. Estamos realmente correndo contra o tempo agora. Portanto, minha questão é: se você não fizer o trabalho, vamos procurar Dalton. Sendo assim, por que não ficar você com o dinheiro? — As mãos dele ergueram-se ao lado do corpo, palmas para cima, como se tivesse concluído a apresentação de uma estratégia em uma convenção de vendas. — Isso inclui os cinco mil adicionais.

Harry observou o sócio entrar no que ele havia apelidado secretamente de "animação suspensa" — um estado que Geiger visitava quando ele parecia ponderar algo. Olhos sem piscar, peito imóvel, ficava parado completamente estático durante vários segundos. Depois, uma única piscada de olhos parecia trazê-lo de volta à vida.

— Vamos colocar o garoto na cadeira — disse Geiger.

As sobrancelhas de Hall curvaram-se em pontos de interrogação e ele se virou para olhar para Harry, como se Geiger tivesse falado em um dialeto estranho e o outro fosse o tradutor oficial. Harry encarou-o em silêncio. Ele jamais havia entregado um Jones menor de idade, jamais sequer tinha considerado tal possibilidade. Fazia muito tempo desde a última vez que Geiger o surpreendera.

— Certo, então — disse Hall. — Ótimo.

Ele esticou a mão até o baú e levantou a tampa. Harry curvou-se para baixo e pegou o envelope enquanto deslizava para o chão.

Geiger olhou para dentro do baú. O filho de Matheson estava de lado, pulsos e tornozelos atados por amarras de plástico. Três tiras de fita adesiva circulavam sua cabeça, uma cobrindo os olhos e duas, a boca. Seus cabelos longos, louros e ondulados estavam úmidos, grudando na testa e nas bochechas como algas marinhas em uma praia. Vestia uma camiseta azul, shorts prateados de ginástica e um par de tênis Nike Air LeBrons vermelho e preto. A pele de seus braços esguios estava rosada, e sua cabeça repousava sobre um estojo para violino. Ele parecia estar dormindo, ou em coma.

— Qual o nome dele? — perguntou Geiger.

— Ezra.

— Deram algo a ele?

— Não. Mas ele deu trabalho.

Geiger ajoelhou-se ao lado do baú. Harry pensou que havia algo de quase suplicante no ato.

— Ezra... — disse Geiger baixinho, como um pai despertando o filho de uma soneca. O corpo vendado e mudo não demonstrou qualquer reação ao próprio nome. — Ezra, hora de levantar.

Geiger começou a se levantar e, ao fazê-lo, segurou a alça em uma extremidade do baú e, de repente, levantou-a com força, colocando o baú de pé. O garoto e o estojo de violino caíram rolando no chão. Harry deu dois passos involuntários para trás, olhando para o corpo que gemia.

Geiger segurou a amarra de plástico nos tornozelos do garoto e começou a arrastá-lo pelo chão. Ele se contorceu furiosamente, como um agulhão fisgado, e protestos abafados escaparam por baixo da fita adesiva. Já próximo da cadeira de rodas, Geiger agarrou-o por baixo das axilas e ergueu-o bruscamente até o assento. Depois, começou a prendê-lo à cadeira pelos tornozelos, braços e peito.

Hall observou o procedimento com um toque de admiração nos lábios.

— Ezra — disse Geiger enquanto trabalhava —, você vai fazer uma viagem agora. Você não vai lutar contra ela... Vai ficar completamente imóvel nesta cadeira de rodas. Muito em breve, vou fazer perguntas sobre seu pai, e você vai me contar tudo que preciso saber. — O processo de fixar as amarras estava concluído. Geiger estalou o pescoço. Esquerda, direita. — Estou dizendo a verdade a você, Ezra, e você vai me dizer a verdade. É por isso que estamos aqui. Qualquer resposta menos do que verdadeira... E vou machucar você. Não importa que seja criança. Nesta sala, você não tem idade. É como funciona. Concorde com a cabeça se compreende.

Um som fluido, algo entre um soluço e um gargarejo, veio da goela do garoto, e a cabeça dele subiu e desceu, fazendo Harry limpar a própria garganta por reflexo.

— Ótimo — disse Geiger.

Ele pressionou um botão na cadeira de rodas e, quando ela começou a cruzar o piso preto, ele foi até uma parede e pressionou outro botão. O som baixo e lamuriento de uma sirene de alerta de nevoeiro começou a soar, aumentando e diminuindo de volume nas caixas de som em uma sequência aleatória. Quando se aproximava de um canto, a cadeira de rodas fazia uma suave curva para a esquerda e retomava a rota, circum-navegando a sala, passando a centímetros das janelas. O barulho apresentava-se ao garoto como um som cada vez mais distante, ou uma presença crescente, ou como explosões laterais repentinas que o faziam estremecer nas amarras.

Enquanto Hall e Harry observavam o espetáculo, Geiger caminhou até eles.

— Harry... — disse Geiger, quase num sussurro.

Harry pegou a pasta executiva, recuou um passo, entrou no elevador, fechou silenciosamente o portão e desceu, sumindo de vista. Geiger apontou para uma porta ao lado de um espelho quadrado em uma parede, e Hall o seguiu até lá, entrando em uma sala de observação idêntica em decoração e conteúdo à de Ludlow Street. Ambos se viraram para o espelho falso e observaram o ritual circular da cadeira de rodas.

— Desorientação? — perguntou Hall.

— Sim. A cadeira tem um temporizador — disse Geiger. — Cinco minutos, depois vou começar. Algo para beber?

Hall olhou para o bar cromado.

— Vinho. Tinto.

Geiger caminhou até o bar e começou a servir uma taça de *pinot noir.*

— Seu cliente sabe que você capturou o filho? — perguntou ele.

— Meu cliente quer a pintura de volta. Como vou resgatá-la cabe a mim.

Geiger entregou-lhe a taça. As luzes faziam o líquido cinabre cintilar. Hall tomou um longo gole e deixou o vinho permanecer na boca antes de engolir. Ele assentiu, satisfeito.

— Você sabe qualquer coisa sobre ele, Sr. Hall... Além do que constava em seu relatório?

— Não. Mora a maior parte do ano com a mãe. Tenho o celular dele... Dois telefonemas nas últimas 24 horas, uma com um código de área de New Hampshire e outro com um código de área de Manhattan, que deduzimos que seja de Matheson. Encontramos o violino no apartamento de Matheson. Imaginei que pudesse ser útil a você.

— Algo mais no quarto dele?

— Não reparei. Importa?

— Tudo importa, Sr. Hall.

Harry sentou-se no banco do motorista da van. Ele havia começado a contar o dinheiro, mas parou quando um sentimento de melancolia avançou, acompanhando o ar úmido da noite. Quando Geiger tirou o garoto do baú, foi um momento do tipo há-algo-errado-com-essa-situação. Mesmo que pudesse manipular sua lógica ética mais uma vez, seria uma tarefa complicada adequar a virada de Geiger a tudo que ele fizera no passado. Harry tinha se tornado semelhante à lua, vivendo em uma órbita estável ao redor do sócio, dependente da força gravitacional dele e preso a ela, de modo que experimentar uma mudança no eixo de regras de Geiger tinha algo de vertiginoso.

Vê-lo fazer o inesperado era como ver a Estátua da Liberdade sorrindo para ele.

Harry suspirou, e voltou a contar o dinheiro.

A cadeira de rodas com o passageiro vendado continuou a traçar um círculo, enquanto o lamurioso alerta da sirene de nevoeiro saía das paredes. Hall olhou o relógio novamente.

— Apenas um pouco mais — disse Geiger. — Um leigo poderia pensar que menores de idade são fáceis de dominar, mas isso não é necessariamente verdade. Em um contexto de medo intenso, a criança é propensa a se voltar para dentro e se fechar... ou a mentir, a falar qualquer coisa, e dizer de modo convincente. — Ele serviu um copo d'água. — Sr. Hall, caso esteja muito preocupado com o tempo, você pode me dizer de que isso realmente se trata e tornar meu trabalho mais fácil... e mais rápido. Depende de você.

Hall observou-o beber toda a água do copo.

— O que quer dizer?

— Quero dizer que está mentindo. É o que faço, Sr. Hall... Avalio se alguém está dizendo ou não a verdade.

Hall bebericou o vinho.

— Tudo com o que você precisa se preocupar é em fazer o necessário para que o garoto fale.

— Pois bem. Estou apenas tentando ser útil.

Geiger olhou para o garoto. Por um instante, a natureza do tempo, e a percepção que tinha dela, mudou. Ela deixou de ser perpétua e fluida e se solidificou em instantes mensuráveis. Cada breve instante tinha o próprio princípio e fim, como os fotogramas de um filme vistos um de cada vez, mesmo quando rodados juntos.

— Acho que está na hora — disse ele, e seu punho direito disparou, certeiramente, para a frente, os nós dos dedos colidindo contra o peito de Hall dois centímetros e meio abaixo do esterno, expulsando o ar dos pulmões do outro com um grunhido alto.

O homem tropeçou para trás e caiu de joelhos, o peito subindo e descendo, as mãos apoiadas nos quadríceps. Um som, como o de uma serra de arco cortando um cano de cobre, cravou suas garras na garganta de Hall, enquanto o diafragma lutava para se livrar dos espasmos e puxar o ar para dentro.

Geiger agachou-se ao lado dele. A saliva tingida de cor-de-rosa pelo *pinot noir* começava a borbulhar na boca. Os lábios afastaram-se levemente em um prefácio para a fala.

— Uhhnnf... uhhnf... — Foi o que saiu.

A gravação da sirene de alerta de nevoeiro cessou e Geiger se levantou para olhar pelo vidro. A cadeira de rodas rolou até parar; o garoto não se moveu. Geiger ajoelhou-se de novo. Hall parecia incapaz de virar a cabeça, mas seus olhos úmidos conseguiram girar nas órbitas até encontrar o olhar inexpressivo de seu agressor.

— Sr. Hall.

As lágrimas caindo pelo rosto de Hall faziam-no parecer profundamente infeliz, como se a pose de durão fosse uma fachada e Geiger tivesse dito algo perverso e doloroso.

— Mmmmm... merda. — Ele arfou.

— Não sei quem você é, Sr. Hall... Mas sei quem não é.

A superfície das palavras de Geiger tinha uma pátina tênue e arenosa incomum e levemente desconcertante. A violência imprevista havia aumentado de maneira irreversível o pulso e a respiração dele e alterado a topografia de sua voz.

— Quer me dizer quem você realmente é? — perguntou Geiger.

A cabeça de Hall pendeu para baixo, os ombros esticando-se, o corpo procurando alguma acomodação física, um meio de respirar. A cabeça voltou a se levantar; ele piscou, tossiu e depois voltou a piscar, como se tivesse apresentando uma resposta em algum código secreto que acreditava que o outro conhecesse.

Geiger pousou com firmeza a palma da mão aberta sobre o rosto de Hall e, em seguida, empurrou com força o crânio dele para trás, contra a parede. O som quebradiço anunciou o esmagamento de algo — madeira ou osso, ou ambos —, e os olhos de Hall se esbugalharam ainda mais, surpresos antes de se fecharem.

Geiger manteve a cabeça de Hall pressionada, observando cada instante que passava. Algum capricho em sua rede ótica reduziu a profundidade das imagens que chegavam ao seu cérebro, formando-as mais planas do que o normal, como fotografias tiradas com uma Polaroid. Finalmente, ele retirou a mão e Hall desmoronou de lado, no chão, revelando uma depressão do tamanho de um coco na parede. Tinha dois centímetros e meio de profundidade, e úmidos pontículos vermelhos misturavam-se às fibras esmagadas.

Os bolsos das calças de Hall continham o esperado: uma carteira com cartões American Express e Diners Club, cerca de 600 dólares em dinheiro, uma carteira de motorista da Pensilvânia, um cartão de seguro da State Farm para um Lexus coupé prateado 2006. Nos bolsos do paletó havia um maço de Camels, um isqueiro e dois telefones celulares, um BlackBerry e um Motorola Droid, que Geiger presumiu ser do garoto. Um coldre de couro preto afivelado ao cinto de Hall portava uma Taurus Millennium Pro semiautomática de 9 mm.

Geiger enfiou os telefones no bolso e se levantou. A pulsação latejava em seus olhos, produzindo um minúsculo desvio em sua visão, uma distorção abaulada de objetos e superfícies. Ele colocou a pistola sobre o balcão e atravessou a porta para a sala destinada às sessões. Detectou um leve odor enfumaçado nas narinas, e seu fôlego vinha em inspirações longas e fortes, como se fosse um corredor ajustando o ritmo nos estágios iniciais de uma maratona.

Ele caminhou até o garoto, plenamente ciente de que suas maquinações a cada momento eram, pela primeira vez, não premeditadas. Sobrepujando todos os pensamentos e sentidos estava a pura e leve sensação de estar se movendo rumo a uma direção desconhecida. Era um sentimento novo para sua consciência, mas familiar a outro domínio. Ele a conhecia dos seus sonhos.

O garoto estava sentado imóvel na cadeira de rodas, a cabeça inclinada. Geiger tinha ajustado a temperatura da sala para 17 graus, mas o garoto suava, camisa e shorts úmidos e grudados no corpo, a pele exposta coberta por um lustro de medo. Geiger observou a artéria carótida no pescoço dele pulsar, dilatando-se e comprimindo-se, com a batida acelerada do coração.

— Ezra...

O corpo do garoto enrijeceu-se como um soldado obedecendo a ordem de um sargento.

— Ezra, não vai haver perguntas agora.

A garganta do garoto inchou com um grunhido agudo. Geiger pegou o celular e pressionou uma tecla. Harry atendeu antes do fim do primeiro toque.

— Isso foi rápido — disse Harry.

— Suba... E traga o dinheiro.

O silêncio na linha tinha um ponto de interrogação no fim.

— O dinheiro? Tudo bem.

Geiger caminhou de volta para a sala de observação. Hall não se movera; estava deitado sobre o lado direito em uma posição quase fetal. Na parede havia um rastro molhado e curvo, pintado pelo ferimento quando a cabeça deslizara do ponto de impacto até o chão.

Geiger ouviu uma música baixa despertando de forma involuntária dentro de si. Viu lampejos de violeta e verde-limão começarem a oscilar ritmadamente atrás de seus olhos, e depois o ranger de uma porta se abrindo e um feixe de luz poeirenta invadindo sua essência escura como breu. Sentiu dor nos tornozelos. Levantando-se como um bailarino, na ponta dos pés, e alongou o tendão de aquiles e a panturrilha. A dor e a música pararam, e o feixe de luz desapareceu.

A porta do elevador chacoalhou.

— Geiger? — disse Harry.

A palavra chegou até ele como se tivesse sido gritada do outro lado de um desfiladeiro. Ele virou-se e viu Harry de pé na porta, com uma expressão de perplexidade em seu rosto.

— Jesus Cristo. Que diabos aconteceu?

Geiger olhou para Hall.

— Estamos de partida — disse ele, como se estivesse informando ao corpo no chão em vez de ao sócio.

Harry colocou a valise nos pés.

— Ah, merda. O que fez com ele? Ele... ele está morto?

— Não. Precisamos ir agora.

Geiger andou até a porta e Harry ergueu as mãos como um guarda de trânsito. O sócio parou, encarando as palmas erguidas.

— Espere um segundo — disse Harry. — Só espere, certo? Jesus Cristo. — Levou as mãos ao rosto. — Que diabos está acontecendo com você?

— Precisamos partir.

— Podemos falar sobre isso por um minuto?

— Nesse instante, Harry, é mais importante irmos embora.

— Eu discordo, cara. Isso é loucura. Isso é muita loucura, sacou?

— Harry — disse Geiger. — É provável que um dos homens de Hall o tenha seguido até aqui e esteja esperando nas redondezas. Concorda?

— Não tenho a menor ideia, porra.

— E é por isso que precisamos partir... agora. Quanto mais esperarmos, mais complicadas as coisas vão ficar.

— *Complicadas?* Você acabou de nocautear um cliente!

Harry olhou para o balcão, para a paisagem multicolorida das garrafas. Não tomava um drinque desde o dia em que aceitara a oferta de Geiger. Fora a única exigência dele — que parasse de beber — e, conscientemente ou não, a sobriedade tinha se tornado outra razão para ver o sócio como seu salvador. Mas, mesmo depois de onze anos, ainda conseguia sentir o sabor de bourbon barato no fundo da boca. Harry começava a compreender o que o corpo no chão significava, como ele provavelmente redefiniria sua vida a partir daquele momento, e queria um drinque para aplacar a pulsação retumbante em seus ouvidos.

— Vamos embora agora, Harry. Pelos fundos.

— Para onde?

Geiger suspirou. Harry estava atordoado; percebeu que jamais vira o sócio suspirar antes. Não teria ficado mais surpreso se ele gritasse.

— E deixamos o dinheiro — disse Geiger.

A afirmação lançou uma pontada cega através do peito de Harry, mas de certo modo tinha previsto aquilo. Ele assentiu tristemente.

— Se deixarmos o dinheiro, você acha que isso tudo pode ser resolvido?

— Acho que não.

— Por que não?

— Porque não creio que o dinheiro seja importante para Hall... e porque vou levar o garoto comigo.

— *Com* você?

Harry olhou pela porta. Ele tinha se esquecido do garoto. A visão dele, silencioso e inerte, disparou um berro furioso em seu estômago. Virou-se para Geiger.

— Isso é absolutamente insano, merda. Você diz a Hall que não trabalha com crianças, depois muda de ideia e diz sim. Então, enche ele de porrada. *Por quê*, cara?

— Precisamos de um carro, Harry. Saia pelo beco...

— Que merda é essa, Geiger?

— Pegue um táxi até a locadora de veículos. Eles ficam abertos até tarde...

— Geiger...

— Pegue um carro, traga-o até o beco, entre de ré e bata na porta. Nós vamos...

Uma tosse irrompeu de Hall, e ambos se viraram e viram uma das pernas do homem se mover, mudando de um ângulo de 90° para cerca de 45°. Geiger agachou-se ao lado dele.

— Geiger — disse Harry —, você ao menos parou para refletir sobre isso?

Geiger desatou a gravata de Hall e começou a enrolar com ela os tornozelos dele.

— Para começar — disse Harry. — Você desobedeceu seu próprio primeiro mandamento: *Jamais deixe o exterior mudar o interior.* Não estou dizendo que acho que você estivesse errado... Ele é apenas um garoto... Mas não sei onde diabos isso nos deixa.

Geiger terminou de amarrar os tornozelos de Hall e apertou o nó.

— Segundo, talvez ainda haja uma chance de que possamos resolver essa situação... *talvez*... mas se você pegar o garoto, então acaba de se aposentar. Entende isso? A notícia se espalha e estamos acabados, cara. Acabados. Nem Carmine vai se envolver com a gente. Jesus... você não pensou em nada disso?

Geiger levantou-se e encarou Harry.

— Não, não pensei em nada disso.

— Bem, talvez fosse melhor se você...

— Harry, escute.

— Merda, não posso acreditar que você acaba de...

Geiger agarrou o parceiro e arremessou-o contra o batente da porta.

— Você não está me ouvindo, Harry. Pare de falar, respire fundo, e me escute.

Harry sentia-se completamente incapaz de respirar fundo, mas fez sim com a cabeça.

— Certo — disse ele. — Certo.

As pupilas de Geiger flamejavam. Eram como dois canos de escopeta em uma névoa cinza mirando em Harry.

— Isso tudo — disse Geiger — não tem a ver com um quadro.

Ele o largou, caminhou até o balcão, serviu outro copo d'água e começou a beber. As escápulas de Harry doíam do impacto contra a parede. Foi a primeira e única vez que Geiger tocou nele. Claramente, seria uma noite cheia de primeiras vezes — e, provavelmente, de últimas. Observou o pomo de adão de Geiger subir e descer até ele baixar o copo vazio.

— O Sr. Hall — disse Geiger — não é um detetive particular trabalhando para um homem rico com uma coleção de arte.

— Como você sabe?

— Ele disse que veio a mim porque sabia que eu era mais "brando" do que Dalton, mas se eu recusasse o trabalho ele levaria Ezra a Dalton de qualquer maneira, sabendo que ele poderia acabar como uma massa ensanguentada, um "limpro". Você faria isso se estivesse procurando um quadro roubado?

— Então, quem ele é?

— Não sei. — Ele virou-se de novo para Harry. — Mas quem quer que seja, não creio que vá parar... E a descrição do cargo dele pode incluir assassinato como opção aceitável.

— Posso perguntar mais uma coisa a você?

Geiger aguardou, os dedos mexendo-se ao lado do corpo.

— O que aconteceu, Geiger?

— O que aconteceu?

— Com você. Algo aconteceu.

— Não sei o que quer dizer — disse Geiger.

Harry balançou a cabeça.

— É, bem... nem eu.

E é isso, pensou Harry. Sem mais perguntas, porque Geiger não tinha respostas. Uma mudança drástica tinha acontecido dentro daquele cômodo, e agora ele estava perdido em alto-mar, a cabeça flutuando ligeiramente acima das ondas, nenhum sinal de terra à vista, nenhuma noção de para qual direção nadar, nenhuma garantia de que alguém não explodiria sua cabeça assim que se arrastasse até a costa, caso fosse sortudo o bastante para alcançá-la. A única coisa da qual tinha certeza era que se jamais pisasse novamente em terra firme, não haveria nenhuma pasta cheia de dinheiro aguardando por ele. A repercussão de tal pensamento — de que poderia haver um certo ajuste de equilíbrios cósmicos em andamento, de que algum sentido renascente havia estimulado Geiger a cometer um ato de bondade espontânea — fez com que ele sorrisse tristemente, como alguém que limpa uma gaveta entulhada da escrivaninha e encontra uma fotografia velha de um ente querido que se foi há tempos.

— Você está sorrindo, Harry. Por quê?

— Não é importante.

— Então vá pegar o carro.

— Certo.

Harry permitiu-se um vislumbre final da pasta e partiu.

Geiger observou-o entrar no elevador e descer. Interagir com Harry o havia deixado novamente de prontidão. Os atos de ouvir e responder atuaram como uma estrutura, envolvendo-o, fechando rachaduras e estabilizando-o novamente no tempo.

Os membros de Hall moviam-se em contrações sutis e lentas com o retorno gradual à consciência. Geiger caminhou até a sala das sessões e foi até o garoto.

— Ezra?

O garoto virou-se com dificuldade, como se o período passado na cadeira tivesse enrijecido as articulações e tornado até o menor movimento um esforço.

— Vamos partir em breve, para um lugar seguro. — O garoto concordou lentamente com a cabeça. — Vou deixar a fita adesiva até chegarmos lá. — Não houve movimento da cabeça agora, apenas um choramingo curto.

Geiger caminhou até uma parede, encostou-se nela com as costas bem eretas e fechou os olhos. Sentia-se como alguém que havia dirigido em uma estrada sem fim. Como se estivesse observando o motorista a uma grande distância, pensou: você esteve ao volante por tanto tempo que o tremor dele em suas mãos embotou seus sentidos. Sua cabeça pende, você está começando a cochilar, e de repente desperta por completo e pisa nos freios. Você para no acostamento. Olha pelo para-brisa, pelo retrovisor, pelas janelas laterais, e descobre que está em um refúgio oculto, no qual árvores, colinas e curvas na estrada, adiante e atrás de você, são um véu para todas as visões. Você não tem certeza absoluta de quando nem por quanto tempo cochilou, mas agora não tem a menor ideia de onde está.

Você poderia estar em qualquer lugar.

9

Quando Geiger atendeu ao telefonema de Harry anunciando que chegara ao beco, ele verificou o estado de Richard Hall: semiconsciente, mas com pulsação regular. Empurrou o garoto na cadeira para dentro do elevador e fechou a grade com um puxão. Através da porta pantográfica de aço, viu o estojo de violino largado no chão da sala das sessões. Voltou, pegou o objeto, retornou ao elevador e desceu até o porão e até a porta que dava para o beco. Ele tinha instalado aquela saída para o caso de, algum dia, uma partida clandestina se mostrar necessária — sem trancas e sem maçanetas no exterior, a porta era de aço sólido com dobradiças internas, trincos deslizantes e uma maçaneta interior.

Antes de deixar o prédio, ele disse ao garoto o que aconteceria: ele seria colocado no banco traseiro de um carro, deitado, e levado para uma volta que duraria cerca de meia hora. Quando entrasse e saísse do veículo, não deveria tentar fugir... Não haveria punição caso tentasse, mas seria perda de tempo, e agora o tempo era importante.

Geiger deslizou os trincos, destravando-os, e abriu a porta. Um Taurus quatro portas estava parado no beco escuro com o motor ligado. De pé, ao lado dele, a silhueta de Harry reluziu por um momento sob a cobertura da chuva fina.

— Posso dizer uma coisa? — perguntou Harry.

— O que é?

— Poderíamos abandoná-lo em uma delegacia de polícia. Ele nunca nos viu. É só manter a fita no lugar, parar diante da delegacia, mostrar a porta para ele e dar o fora.

— Má ideia, Harry. Nada de polícia.

— Estou só tentando ajudar.

— Isso não tem nada a ver com você.

Harry sentiu um calor subir por sob a pele.

— Não? Como diabos chegou a essa conclusão?

— Harry, chega de papo. Vá para casa.

— Não vou com você?

— Não. Deixe a van caso Hall tenha um olheiro aqui fora, e fique longe da Ludlow Street.

— E se Hall tentar me contatar?

— Imagino que vá fazer isso. Duvido que o Sr. Hall seja do tipo que simplesmente deixa para lá. O mais seguro a se fazer é ir para casa e ficar lá... Até vermos como isso vai se desenrolar. E se o Sr. Hall tentar contatar você através do site, não responda.

Geiger voltou para o interior do prédio. Harry teve a sensação desconcertante de que sua posição no mundo físico estava se desalinhando. Ou a paisagem estava se afastando dele ou ele estava diminuindo, encolhendo.

Geiger saiu, conduzindo o garoto vendado pela mão. As amarras dos tornozelos tinham sido removidas. Ele abriu a porta traseira do Taurus e jogou o estojo de violino lá dentro.

— Curve-se, Ezra, e deite-se aqui.

Com os braços atados estendidos, o garoto fez exatamente o que lhe foi mandado, sem hesitar e sem emitir qualquer som. Geiger fechou a porta do carro e depois a porta do prédio. Contornou o veículo, passando por Harry, e ocupou o banco do motorista. Sentou-se com as costas eretas e suas mãos acomodaram-se delicadamente no volante, nas posições de nove e três horas. Para Harry, havia algo vagamente infantil na postura dele. Não era a primeira vez que tal pensamento lhe ocorria.

— Está bem para dirigir?

Os olhos de Geiger percorreram os mostradores do painel e ele fez que sim com a cabeça. Virou-se para trás a fim de olhar para o garoto, que estava encolhido, deitado de lado.

— Vamos partir agora, Ezra.

Um ruído baixo e gutural de compreensão veio do menino.

Geiger virou-se para a frente.

— Não me ligue — disse a Harry. — Eu ligo para você.

Não, você não vai fazer isso, pensou Harry. Ele recuou e observou o carro descer lentamente o beco.

Geiger dirigiu para o norte ao longo da Décima Avenida. Passou por duas patrulhas fazendo a ronda na faixa da direita, mas o tráfego estava livre, basicamente composto por táxis. Manteve a velocidade abaixo de 55 km/h e percorria cerca de oito quadras entre sinais vermelhos. Ele havia tirado a carteira de motorista cinco anos antes, e, todo mês de abril, desde então, passara a alugar um carro e dirigir pela West Side Highway para praticar durante uma hora, traçando sempre a mesma rota. Da locadora na rua 57, dirigia duas quadras para o oeste até a rampa de acesso à autoestrada, dirigia para o norte até a saída para a rua 96, contornava sob a autoestrada, tomava-a de novo rumo ao sul e saía na rua 56. Dirigia em círculos, cinco voltas no total. Agora, naquela noite que tinha se libertado do que o prendia, estava dirigindo de fato para algum lugar, com alguém, pela primeira vez.

Sua visão de longo alcance estava normal, mas o foco de curto alcance ainda era interrompido por pequenas distorções esporádicas, de modo que, mesmo tendo o chuvisco se tornado uma chuva mais forte, ele ajustou a frequência dos limpadores de para-brisa de alta para intermitente depois de uma dezena de quadras, pois a varredura contínua deles piorava a anomalia em sua visão. Gotas de chuva escorriam como sangue pelo para-brisa, manchadas pelas cores das luzes do trânsito. Ele passava várias quadras sem ver uma alma sequer.

Quando o sinal ficou amarelo na rua 60, Geiger reduziu até parar e virou-se para trás. O garoto estava deitado com o rosto voltado para o encosto do banco, ombros subindo e descendo de leve.

— Vamos chegar logo — disse Geiger.

A cabeça do garoto moveu-se um pouco sobre o banco em um sinal horizontal de aquiescência, e Geiger voltou-se para o volante. Podia sentir sua pulsação ecoando nas veias — não mais acelerada, mas com uma batida pesada no lugar do ruído habitual. Ele sabia que precisava se afastar do movimento e do som do mundo. Precisava da escuridão e da música para conduzi-lo de volta a um ponto de partida. Sua vida era toda equilíbrio, calibragem, detalhes. Ele precisava zerar sua balança interior.

Quando o sinal ficou verde, ele pisou no acelerador e só então viu o borrão de um ciclista atravessando o cruzamento em alta velocidade. Geiger desviou para a direita, mas ouviu o para-choque dianteiro do carro chocar-se com a roda traseira da bicicleta, seguido pelo arranhão metálico do estanho raspando no asfalto. Ele pisou fundo no freio, fazendo o garoto cair com um baque no chão do carro.

O ciclista tinha parado depois de colidir com um carro estacionado, preso sob sua bicicleta de dez marchas retorcida. Não se movia. Geiger se virou para verificar o garoto: estava preso de lado na parte de trás dos bancos dianteiros, grunhindo por baixo da fita que cobria sua boca.

Geiger esticou o braço para baixo e levantou-o, colocando-o no banco traseiro.

— Tudo bem?

Um estrépito alto fez a cabeça de Geiger virar-se para a janela do motorista. Fora do carro, o ciclista estava de pé brandindo uma bomba para pneus em um punho cerrado na altura da cabeça. Sob a nebulosa iluminação da rua, era impossível distinguir se as manchas escuras no rosto furioso do ciclista eram de sangue ou sujeira.

— Saia do carro, filho da puta! — gritou o ciclista do outro lado da janela.

Ele era alto e tinha o corpo esculpido, músculos tesos expandindo-se sob a camiseta e sob os shorts de ciclismo feitos de Lycra. As partes superiores dos braços eram adornadas com tatuagens de arame farpado. Depois de puxar a maçaneta da porta e descobrir que estava trancada, marretou novamente a janela com a bomba de ar. Uma rachadura, parecida com uma teia de aranha do tamanho de uma moeda de cinco centavos, brotou no vidro.

— Saia logo daí, porra!

Os ouvidos de Geiger zumbiam. Ele sentia como se o interior de seu crânio estivesse lotado, como se o cérebro tivesse crescido demais para seu recipiente. Seus olhos dançaram focados adiante, assimilando ao mesmo tempo o que viam no para-brisa e no retrovisor. Faróis na chuva avançavam tranquilamente em sua direção.

— Você vai sair desse carro ou sou eu quem vai *entrar*?

Geiger virou-se para o ciclista, e ali, bem ao lado da janela, havia um homem de macacão. Sua testa chata e larga brilhava de suor; na mão, segurava algo fino e brilhante. Pelo período equivalente a meia batida de coração, o pai de Geiger ficou diante dele. Depois, sumiu.

A bomba para pneus atingiu outra vez a janela e o vidro explodiu em mil pedacinhos. O ciclista esticou o braço para dentro do carro e agarrou o macacão de Geiger.

— Saia daí, babaca!

A mão direita de Geiger disparou pela armação da janela, ancorou-se no cabelo do ciclista e puxou-o até a metade do corpo sobre o banco da frente. Grunhindo de raiva, o homem tentou passar os braços pela abertura da janela para tentar alguma forma de ataque, mas as pontas dos dedos da mão esquerda de Geiger cravaram-se na cavidade macia acima da clavícula do homem. Os grunhidos se transformaram em gritos.

Geiger puxou o homem até que ficassem nariz com nariz, seus dedos relaxaram e os gritos cessaram.

— Vá... embora... agora — disse Geiger.

O ciclista encarou-o com os olhos esbugalhados, sem fôlego, gotas de chuva caindo como lágrimas pelo seu rosto.

— Entendido? — perguntou Geiger.

O homem concordou com a cabeça. Geiger soltou-o e o outro se contorceu ao sair pela janela, tropeçando de volta para a rua, levando as mãos ao pescoço.

O pé de Geiger encontrou o pedal do acelerador e ele partiu, mantendo o ponteiro do velocímetro exatamente entre 50 e 65.

O quarteirão de Geiger estava tranquilo. Nada se movia, exceto pela água da chuva nos bueiros. Havia poucos prédios residenciais na rua, e a loja de uniformes e a bodega só abriam às seis; a oficina e o armazém, uma hora depois. O prédio de Geiger ficava entre uma revendedora de produtos para banheiras e chuveiros e uma loja vazia. Construído com tijolos amarelados, o edifício tinha quase sete metros de largura, dez de profundidade e dois andares. As janelas eram mantidas fechadas com tábuas e assim estavam havia muito tempo.

Anos antes, o lugar pertencera a um sérvio com quem Geiger tinha trabalhado na área de reformas. Quando os empregos ficavam escassos, o sérvio servia comida chinesa aos amigos e companheiros de trabalho em troca de ajuda na demolição de todo o interior do prédio, e antes que Geiger entrasse em seu atual ramo de atividade, passara várias noites derrubando paredes e pisos podres. Cinco anos depois, ele havia voltado. Tábuas cobriam as janelas, e a caçamba de entulho no beco estava cheia de pedaços ressecados de parede, feita sem argamassa, tão mofados que obviamente não era esvaziada havia meses. Mas o sérvio ainda morava lá; convidou Geiger a entrar, contou-lhe que tinha ficado sem dinheiro e que o sonho havia morrido. Na mesma tarde, os homens fizeram um acordo, e dois dias depois Geiger pagou ao sérvio em dinheiro vivo. Ele tinha em mãos dois terços do valor e pegara o restante emprestado, em termos amigáveis, com Carmine.

Geiger fizera por conta própria todo o trabalho no imóvel. Isolou o segundo andar, deixando-o à prova de som, modernizou o encanamento e a fiação elétrica e cercou o quintal dos fundos. Antes de fazer a placa de reboco, construiu ao longo de todas as paredes, do chão ao teto, uma camada de blocos de concreto com uma mistura de nitroglicerina e RDX em explosivos moldados que detonariam para o interior. Ele pintou as paredes com um tom claro de cinza que encontrou na Sherwin-Williams, chamado Tradewind.

Depois, começou a criar o chão.

Ele estivera com o projeto na cabeça havia anos. Três ou quatro dias por semana, vagava entre locais em reforma no Brooklyn e no Harlem — casas de tijolos marrons, pequenos prédios, fábricas — procurando e comprando assoalhos antigos descartados. Algumas vezes, voltava com uma prancha de dois metros de castanheiro, em outras, com alguns quadrados de vinte centímetros de madeira de cicuta. Os empregados nas empresas madeireiras e de reaproveitamento dos bairros vizinhos passaram a esperar as duas visitas semanais de Geiger enquanto ele procurava os tipos mais exóticos de madeira dos quais precisava.

Não importava o tipo, em qual estado ou forma o pedaço se encontrasse, o processo era sempre o mesmo. Geiger serrava, raspava e aparava — tanto por instinto como por uma precisão minuciosa — para criar o formato da figura da sua imaginação. Três extensas sessões de lixação, com lixas cada vez mais finas, traziam de volta a superfície original, natural, da madeira. Em seguida, depois de tratar todos os lados da peça com uma mistura caseira feita a partir de cera real e óleo chinês para madeira, encaixava-a no todo. Um após o outro, os pedaços tornavam-se parte de um gigantesco quebra-cabeça de 55 metros quadrados.

Geiger começou pelas bordas externas e trabalhou de fora para dentro. Ele usou mais de 700 peças, algumas tão longas que quase chegavam a 1,80 m de comprimento e 10 cm de largura, outras não maiores do que uma tampa de garrafa. A madeira era de teca, muiracatiara brasileira, carvalho, mogno, freixo, cicuta, elmo, castanheiro, pinho. Ele levou sete meses para completar o fantástico mosaico, uma criação que deixaria um visitante maravilhado, caso qualquer um a tivesse visto. Na verdade, o garoto seria o primeiro que colocaria os pés no lugar.

Geiger encostou o carro e estacionou a sete metros da sua porta. Olhou no retrovisor e estudou seu reflexo. Podia sentir o cenho começar a franzir; do horizonte distante de sua mente, uma tempestade tinha começado a se aproximar.

Ele virou-se e falou com o garoto, que permanecia estendido no banco traseiro.

— Vamos entrar agora. Vinte passos na calçada, depois três degraus e entramos.

Ele saiu, abriu a porta traseira e esticou o braço para dentro. Pegou uma das mãos atadas do garoto e puxou-o para que ficasse sentado.

— Pronto?

A cabeça mascarada concordou demonstrando cansaço; o garoto mal conseguia manter o queixo erguido. A fita que cobria os lábios tinha um vinco horizontal e côncavo onde a boca tentara reflexivamente tragar o ar durante horas. Geiger agarrou o estojo do violino e olhou para os dois lados do quarteirão. Ninguém em vista.

— Vamos caminhar rápido agora. Cuidado com a cabeça.

Segurou a mão do garoto enquanto ele deslizava do banco em direção à porta. Quando balançou as pernas para fora, Geiger levantou-o rápido e o garoto virou prontamente o rosto cego para a chuva, como que buscando alguma forma de purificação.

— Vamos — disse Geiger.

Ele entrelaçou o braço com o do garoto e conduziu-o em direção à casa.

— Três degraus — disse ele, e subiram sem incidentes até a porta da frente que, exatamente como a de Ludlow

Street, era feita de aço de alto calibre e não possuía trancas nem maçanetas. Na parede ao lado da porta havia um teclado; Geiger digitou o código e um trinado baixo antecedeu um estalido mais alto de câmaras sendo destrancadas. Depois, a porta se moveu um ou dois centímetros, e Geiger abriu-a totalmente com um empurrão e conduziu o garoto para dentro. A porta bateu atrás deles, as fechaduras estalando ao se trancarem automaticamente.

Geiger sabia que seus atos haviam posto em movimento algo sísmico e que seu lugar no universo estava sendo redefinido de alguma maneira. Contudo, por um momento, o silêncio foi um paliativo, uma manifestação de boas-vindas ao lar. Depositou o estojo de violino no chão, tirou um canivete suíço de um bolso e cortou as amarras dos pulsos do garoto.

— Vou retirar a fita agora — disse ele.

Geiger tentou, com o polegar e o indicador, segurar uma ponta da tira sob o lóbulo da orelha esquerda do garoto. A umidade e o suor tinham saturado a fita e emulsificado a cola, e ela não descolava.

— Isso vai doer.

O garoto emitiu um grunhido que pareceu exauri-lo da pouca força que ainda lhe restava e cambaleou como um bêbado de primeira viagem. Geiger o segurou e o guiou por alguns passos até o sofá.

— Sente-se — disse ele, baixando o garoto sobre o couro castanho macio. — Vou pegar um pouco de álcool... vai ajudar a remover a fita. E quando eu terminar de removê-la, vamos conversar sobre sua mãe e seu pai.

Ele seguiu pelo corredor e entrou no banheiro. Havia um pequeno chuveiro, um vaso sanitário, uma pia com pedestal e um espelho oval do tamanho de um rosto acima dela. Geiger ajoelhou-se diante de um carrinho cromado, descansando os joelhos sobre um piso marchetado com padrão de losangos, de freixo e teca, e esticou a mão para a prateleira inferior.

Ocorreu-lhe que a própria voz tinha soado como a de um intruso. Exceto por telefonemas com Harry e diálogos mínimos com o gato, jamais tivera razão para falar em casa. A falta de clareza mental contribuía para a estranheza, produzindo um som metálico nos ouvidos que parecia suceder suas palavras, como os rastros de um navio.

Ele encontrou o álcool, puxou alguns lenços de papel da caixa e retornou pelo corredor.

— Nós vamos resolver as coisas. Precisamos ser cautelosos ao...

Olhou para o garoto, deitado de lado no sofá. A respiração suave do sono entrava e saía das narinas dele.

Geiger foi até a porta dos fundos, destrancou-a e saiu para o alpendre. O sensor de movimento no alto foi ativado; sete metros adiante, um solitário esquilo insone congelou na grama, preparado para uma catástrofe.

PARTE DOIS

10

As agulhas quentes de água do chuveiro lancetavam a ansiedade de Harry como a um furúnculo, e ajudavam a removê-lo para um lugar onde seus pensamentos podiam recuperar o fôlego e ele poderia começar a obter um vislumbre do novo futuro.

Harry havia caminhado para casa pelas ruas estreitas e nebulosas de Chinatown e cruzado a ponte do Brooklyn, considerando os piores cenários. Já tinha 70 mil dólares guardados em um cofre. Se precisasse de mais do que isso, não teria problemas em vender o apartamento. Teria de fazê-lo por baixo dos panos, em dinheiro vivo, e mais provavelmente através de Carmine, portanto teria algum prejuízo. Mas estava bem-informado em relação aos valores de compra e venda de apartamentos de dois quartos em prédios de tijolos marrons, em Brooklyn Heights, com vista para Manhattan, de modo que tinha certeza de que conseguiria embolsar mais 300 ou 400 mil.

Esse era o cenário número um, baseado na premissa de que jamais trabalharia de novo. Não podia se imaginar conseguindo outro emprego. Sem nenhum registro de ocupação atual e nenhuma referência, quem o contrataria? E o que faria? Consertaria placas-mãe na sala dos fundos de uma loja de manutenção de computadores? Venderia software roubado on-line? Dirigiria um táxi? De jeito nenhum, mas pelo menos poderia levar uma vida sem emprego, com o dinheiro, por sete ou oito anos. No que dizia respeito ao governo, Harry Boddicker tinha deixado de existir. Suas contas de gás, eletricidade, aquecimento e telefone eram endereçadas a Thomas Jones. Ele não pagava impostos há décadas. Poderia muito bem desaparecer.

Mas havia o cenário número dois, que acrescentava sua irmã à equação. A menos que Lily finalmente abrisse mão do "assento no ônibus dos malucos" ou o caroço maligno na virilha dele o matasse primeiro, em quatro anos ela gastaria até o último centavo de Harry sem nem ao menos saber que ele existia.

Quando chegara em casa, a perspectiva de ter de conversar com alguém o deixara nauseado. Despertou a enfermeira, deu-lhe cinquenta dólares a mais e enxotou--a porta afora, dizendo que telefonaria no dia seguinte quando estivesse pronto para mandar Lily de volta. Uma espiada no segundo quarto, no fim do corredor, revelou a irmã adormecida sobre as cobertas em posição fetal, aninhada. Ela sempre dormira assim.

Harry fechou o chuveiro e saiu. O CD dos maiores sucessos de Ray Charles que ele tinha programado para tocar repetidas vezes estava na metade de mais um ciclo, e a voz, de lavar a alma, fez com que se sentisse um pouco melhor. Resistiu ao impulso de tatear a virilha enquanto se enxugava com uma das enormes toalhas Frette, da Bed Bath & Beyond. Sorriu languidamente — não voltaria a gastar quarenta pratas em uma toalha — e caminhou para a sala de estar. Ele não tinha acendido as luzes ao entrar, e lá fora, o nascer do sol era apenas um indício do dia que estava por vir, de modo que só viu a figura no sofá quando estava quase na frente dela.

— Sente-se, Harry.

A declaração de Hall era um terço um convite e dois terços uma ordem, e sua voz tinha a aspereza rouca de quem está lidando com uma dor física intensa. Por mais surpreso que Harry estivesse, estava igualmente constrangido pela própria nudez.

— Posso vestir algo?

— Sente-se, Harry. *Agora*.

Harry sentou-se em sua poltrona de couro favorita. Ela era quente, e grudava nas costas, coxas e bunda nuas. Da maneira mais casual que conseguiu, ele colocou as mãos no colo, cobrindo a genitália.

— Seu parceiro é um cara muito estranho — disse Hall. — Cheio de surpresas.

— Como se eu não soubesse.

— Ele cometeu um grande erro, Harry.

— É. Já disse isso a ele.

— Ele concordou com você?

— Geiger e eu não temos esse tipo de conversa. — Harry mudou de posição na cadeira, a pele úmida emitindo um som de sucção ao se desgrudar do couro. — Eu poderia ao menos pegar meu casaco? — Ele apontou para o paletó que jazia no sofá, onde o havia jogado ao entrar em casa. Hall o arremessou para ele, que o abriu sobre o colo.

— Quero o garoto, Harry. Imediatamente.

— Você recebeu o dinheiro de volta. Acredito que é o melhor que vai conseguir.

Hall inclinou-se para a frente, os antebraços apoiados nas coxas.

— Não me importo com o dinheiro, Harry. — Ele respirou fundo, os lábios separando-se em uma careta inexpressiva e franzida. A mão dele foi até o esterno e as pontas dos dedos exploraram delicadamente a área machucada. — Filho da puta — murmurou ele. — O que tem para beber?

— Lamento, não bebo mais. Gostaria tanto de ainda beber.

Hall levantou-se, caminhou até a janela e olhou para o East River. Sob a luz fraca, Harry conseguiu ver que a parte posterior da camisa e da gola de Hall tinham uma comprida mancha vermelha, e a parte de trás da cabeça estava com um pequeno curativo branco. Enquanto Ray Charles terminava de cantar "Georgia", reflexos das luzes na ponte flutuavam na superfície da água como massas de óleo dourado.

— Linda voz — disse Hall.

— Com certeza.

— Onde eles estão, Harry?

— Não sei.

— Onde Geiger mora?

— Também não sei.

— São sócios há quanto tempo?

— Onze anos.

— E não sabe onde ele mora?

— Nunca fui à casa dele. Como você disse... ele é um cara muito estranho.

Harry estava fazendo o máximo para permanecer sentado, sem se mexer muito, e manter o tom de voz tranquilo, pois começava a se sentir verdadeiramente apavorado. Não era um medo visceral, de o coração subir à garganta, de violência iminente. Mas algo a respeito de Hall, algo em relação à atmosfera na sala, algo sobre *tudo* estava lentamente afetando Harry, reunindo dúvidas soltas e confusão como combustível para uma grande fogueira e acumulando o medo dentro dele.

— Deixei você terminar o banho porque queria que estivesse relaxado, pensando direito. — Hall virou-se para a sala. — O que vê em mim, Harry... Nesse exato momento?

— Está sentindo muita dor.

— O que mais?

— Ficando sem paciência?

— Bingo. Agora... — Hall enfiou a mão no bolso da calça e tirou de lá o celular de Harry. — Verifiquei seu celular... Não há chamadas feitas nem recebidas.

— Ele é programado dessa maneira.

— Não importa, mas preciso que telefone para Geiger agora mesmo... E diga a ele que se não me devolver o garoto o mais rápido possível, você vai passar por maus bocados, de verdade. Talvez eu até leve você para Dalton. Acha que consegue fazer isso?

Harry sentiu uma rápida bolha de pânico ascender, mas depois viu-se mordendo a língua para se impedir de gargalhar. Ele não duvidava da sinceridade de Hall, mas os acessórios daquele pequeno drama — sua nudez ridícula, a voz triste de Ray Charles, o amanhecer de verão alcançando o rio —, tudo conspirava para decorar o horror do momento com um embrulho cafona, com sabor de paródia. Por mais que tentasse, não podia ignorar a possibilidade de que o destino estivesse delineando seus últimos momentos na Terra para que provocassem risos.

Harry inspirou e se recompôs.

— Geiger não vai atender — disse ele. — Ele me disse para não telefonar e afirmou que me ligaria, caso precisasse. Mesmo que eu deixasse um recado e dissesse a ele o que você planeja fazer, não creio que isso mudaria os planos dele, sejam lá quais forem. De qualquer forma, eu não telefonaria para ele.

— Não? Você não está apenas ganhando tempo?

— Não. Juro pela minha vida.

Enquanto Ray Charles cantava intensamente o segundo refrão de "Hit the Road, Jack" — *"and don't you come back no more, no more"* —, Hall virou-se e marchou em direção às luzes vermelhas brilhantes do aparelho de som. Ele agarrou o CD player, arrancou-o com um puxão e atirou-o contra a parede. A caixa do aparelho espatifou-se e a música parou.

— Odeio essa música de merda — murmurou Hall.

— Eu também. Obrigado.

Hall retornou para o sofá e grunhiu baixo ao se acomodar nas almofadas. Harry olhou para a pistola no coldre preso ao cinto do outro. Ele também possuía uma pistola: uma Beretta Tomcat calibre .32 com um pente de sete projéteis, que mantinha em um coldre preso à parte inferior de sua mesa de trabalho. Ele a havia comprado no ano anterior através de Carmine, depois de ouvir a respeito de uma série de invasões a um quarteirão dali. Jamais a tinha usado e apenas a havia retirado do coldre algumas vezes para limpá-la, seguindo instruções rigorosas de Carmine.

— Os trinta e cinco mil estão na minha van, Harry. Pegue o dinheiro e ligue para ele.

— Não. Não durariam muito tempo comigo... tenho algumas obrigações dispendiosas.

— Não é o que todos nós temos? — disse Hall. Ele suspirou, abriu o celular de Harry e pressionou algumas teclas. Harry ouviu um toque e que alguém tinha atendido. — Suba — disse Hall, e fechou bruscamente o telefone.

O olhar de Harry desviou-se para o monitor sobre a mesa. O protetor de tela de Jackson Pollock brilhava com um close-up de bolhas pretas e brancas sobre uma superfície fulva. Parecia uma foto da NASA de algum território alienígena. Ele desejou que estivesse lá; tinha certeza de que em Marte ou Vênus não havia assassinos treinados esperando um telefonema para subir a escadaria e colocar uma bala em seu crânio.

Hall olhou para ele e balançou a cabeça.

— Você faria isso por Geiger e um garoto que nem mesmo conhece?

— Não tem nada a ver com eles, Sr. Hall, ou seja lá qual for seu nome verdadeiro.

Harry se perguntou se o vizinho estaria em casa. Ele dividia o prédio com um corretor de *commodities* tagarela que era o proprietário do andar de baixo; eles trocaram conselhos desnecessários na calçada há algum tempo, e o sujeito havia mencionado que levaria a esposa para a Europa para passar parte do verão, mas ele não conseguia se lembrar de quando o vizinho viajaria. Caso estivessem no andar de baixo e Harry começasse a gritar, eles poderiam ouvir. No entanto, assim que a ideia lhe ocorreu, ele soube que não faria aquilo. Não deixaria o mundo como um covarde, mesmo que tivesse passado tempo demais de sua vida sendo um. Durante um segundo, esteve de volta ao Central Park, bêbado na noite vazia, caído no chão, cuspindo sangue e dentes, enquanto os ladrões sobre ele perguntavam mais uma vez: "Vai falar para a gente a merda da senha do caixa eletrônico?" Ele havia olhado na direção deles e citado Bob Dylan: "*Something's happening here but you don't know what it is, do you, Mr. Jones?*" Eles tinham voltado a chutá-lo, então Geiger aparecera...

A porta foi aberta. Harry e Hall viraram-se ao mesmo tempo e viram uma silhueta alta no corredor escuro.

— Nada feito? — perguntou um homem.

Harry conhecia a voz; reconheceu-a do mesmo modo que se capta o vislumbre de um rosto familiar em uma multidão, mas sem conseguir se lembrar do contexto do qual o conhece.

— Nada feito — respondeu Hall.

Conforme a silhueta avançava para o interior do apartamento, Hall esticou a mão até a mesa de canto e acendeu o abajur.

— Jesus — falou, sentindo o mundo ser removido lentamente debaixo de seus pés.

O mendigo ao qual dera vinte dólares na Ludlow Street ficou parado, encarando-o com uma careta.

— Harry — disse Hall. — Esse é Ray.

— Oi, Ray — disse Harry.

— Há uma mulher dormindo no quarto no fim do corredor — disse Hall a Ray. — Pegue-a.

Comichões elétricas de terror correram pelas palmas das mãos de Harry. Ele tinha se esquecido de Lily.

Ray marchou até o segundo quarto e Hall virou-se para Harry.

— Ela é sua esposa ou namorada?

— Irmã.

Ray carregou Lily até a sala de estar e sentou-a em uma cadeira. Ainda semiadormecida, ela inclinava-se de um lado para o outro.

— Não faça isso com ela, Harry — disse Hall.

Harry olhou de volta para ele, e então abriu um sorriso.

— Qual é a graça?

— Me deixe ver se entendi direito — respondeu. — Você pensa que ela é seu ás na manga, certo? — Ele se levantou, amarrando as mangas do casaco ao redor da cintura para permanecer coberto.

— O que está fazendo, Harry? — perguntou Hall.

— Apenas observe, certo? — Ele caminhou até a irmã e deu batidinhas com os nós dos dedos na cabeça dela. — Há alguém em casa?

— Podemos sair para uma caminhada? — disse Lily.

— Qual é o meu nome, maninha?

— Para onde devemos ir? — perguntou ela.

Harry forçou uma risada leve e áspera e expeliu-a para eles.

— Amigos, apresento a vocês minha irmã mais nova, Lily. Ela é uma esquizofrênica catatônica. Não sabe quem sou há mais de uma década... e, por mais de cem mil por ano, ela é um peso fodido nas minhas costas. — Harry balançou a cabeça para eles. — Quer dizer, não gostaria de vê-la sendo ferida, mas se você pensa que isso vai me fazer mudar de ideia... — Harry riu para eles mais uma vez. — Rapazes, permitam-me colocar do seguinte modo. Toda noite fico de joelhos e rezo para que ela morra. Vocês fariam um favor para nós dois se a partissem ao meio.

Hall e Ray trocaram um olhar inexpressivo.

— Harry — disse Ray. — Ela pode ser uma doida varrida, mas isso não significa que não vai sentir dor.

— Hora de dar aquele telefonema, Harry — disse Hall.

— Estou dizendo a vocês... Geiger não vai atender.

— Apenas faça a ligação — disse Hall. — Assumimos as coisas a partir daí.

Harry via o reflexo do sol nascente arrastando-se, subindo as laterais de dois edifícios envidraçados do outro lado do rio. A terra estava girando em uma velocidade incompreensível. *Assumimos as coisas a partir daí.* Se Hall fosse capaz de localizar Geiger por meio de um telefonema não atendido de um celular, deveria ter acesso a alguma tecnologia de altíssimo nível.

— Bem — disse Harry. — Estou achando que isso não se trata de um quadro roubado.

— Vá se foder — disse Ray.

Ele ergueu Lily e arremessou-a através da sala. Ela chocou-se com o chão como uma boneca de trapos, praticamente sem emitir nenhum som. Ficou deitada com o rosto voltado para baixo, membros desalinhados, e depois começou a choramingar em soluços curtos e intensos. Olhando para ela, Harry imaginou de repente que a tristeza que inflava dentro dele esmagaria seu coração contra as costelas e o mataria.

Ray se virou para Harry e cutucou a testa dele com um dedo do tamanho de uma salsicha.

— É *disso* que estou falando, Harry.

— Sabe de uma coisa, Ray? Você é uma fraude de merda, filho da puta perverso. — A mão enorme de Ray moveu-se como um raio e o agarrou pela garganta. — E — grasnou Harry —, você me deve vinte pratas, babaca.

Os lábios do homem se entreabriram em um sorriso traiçoeiro, e por um instante Harry achou que ele morderia a isca.

— Siga o plano, Ray — disse Hall. — Ponha ela de pé. Vejamos se o irmão mais velho tem um coração tão frio como ele diz.

Quando ele o soltou, Harry arriscou sua última e melhor tentativa.

— Sua atuação lá na rua foi muito boa, Ray — disse ele. — Me diga uma coisa: você faz outras coisas, ou o sinhô Hall sempre manda você fazer o papel do negão desabrigado?

O braço de Ray se levantou em um movimento cruzado, como se estivesse rebatendo uma esquerda perfeita em um jogo de tênis. O antebraço atingiu o crânio de Harry na altura do ouvido, e o golpe lançou-o pelos ares.

Harry caiu no chão, longe de onde esperava, mas logo fez um rolamento desajeitado, rezando para que parecesse realista. Parou deitado com o rosto virado para cima contra uma das pernas da mesa de trabalho. Havia um zumbido alto em sua cabeça, lágrimas nos olhos, e uma visão borrada mas desobstruída da Beretta no coldre.

Hall estava de pé.

— Jesus, Ray! O que você é? Um maldito novato? Hein?

— Foi mal — murmurou Ray.

Harry fechou os olhos. Sua patela direita tinha recebido todo o peso do corpo e agora latejava cada vez mais forte. Aglomerados de estrelas cruzavam o interior de suas pálpebras. Acreditou que poderia desmaiar por causa da dor e se xingou por não ter considerado tal possibilidade antes. E agora que a pistola estava ao seu alcance, ele sentia minúsculas correntes de pânico arrastando-se para cima e para baixo ao longo de sua espinha. Ele não tinha nenhum plano para como proceder a partir daquele ponto.

Harry ouviu Lily choramingar outra vez e sentiu as lágrimas acumulando-se sob as pálpebras. O show de fogos de artifício em sua cabeça foi interrompido abruptamente por uma visão desbotada e ondulante. Ele estava no banheiro da família na rua 94, afundado na banheira e lendo sobre as mais recentes façanhas do seu amado Lanterna Verde. A porta se abriu e Lily entrou — ela não devia ter mais do que 7 anos. Levantou a tampa da privada e depois sua saia plissê xadrez, antes de se sentar e começar a fazer xixi. Virou-se para o irmão e abriu um sorriso magnífico.

— Ouviu? — disse ela. — É por isso que chamam de xixi, porque é o som que faz. Posso entrar aí com você?

— Não.

— Por que não?

— Porque não.

— Antigamente eu entrava.

— Eu disse não, não disse? É surda?

— Como poderia ser surda se estou respondendo a você, seu burro? — Ela se inclinou para falar com Harry e bateu três vezes com os nós dos dedos no topo da cabeça do irmão. — Tem alguém em casa?

Agora, deitado sob a mesa de trabalho, a parte mais triste, mais furiosa dele desejava arrancar a Beretta do coldre e encher a sala de balas até que o pente ficasse vazio e o coração de nenhum deles jamais pudesse bater outra vez.

— Harry? — Era a voz cansada de Hall. — Harry, levante-se.

Ele não se moveu. Ouviu um longo suspiro atravessar as narinas de Hall. Sabia que o homem não estava interessado em nenhuma parte daquela atividade. Seu único interesse era por informação, precisão, ângulos desobstruídos. Estava irritado com a perda de tempo.

— Juro por Deus, Ray — disse. — Se ele estiver desmaiado...

— Estou ouvindo — disse Harry.

— Então, levante-se e sente-se na cadeira. Ray, ponha Lily no sofá para que Harry possa vê-la bem.

Harry abriu os olhos. Quando Ray pegasse Lily, passaria bem ao lado dele. Então, Harry rolou para o lado e posicionou-se, sugando o oxigênio para contrabalançar a tonteira.

Ele observou Ray agachar-se para pegar Lily, agarrar a parte de trás da blusa dela e começar a arrastá-la pelo chão em direção ao sofá. Ela poderia ser confundida com um manequim a caminho de uma vitrine.

— Levante-se e ao trabalho, Harry — disse Ray.

A mão direita de Harry ergueu-se e agarrou a borda da mesa para se apoiar. Tal ação lhe proporcionou por um segundo um vislumbre periférico da localização de Hall — ele continuava de pé diante do sofá. Harry deslizou a mão esquerda sob a mesa e fechou-a em torno da coronha texturizada de borracha rígida justamente quando Ray passava na sua frente.

Ray parou e abriu um sorriso calculado.

— O show está prestes a começar, cara.

Harry puxou a pistola do coldre e fixou-a na testa larga e lisa de Ray.

— Mexa um centímetro e juro por Deus que essa vai ser a última estupidez que você já disse.

Harry gostou de como aquilo soou, e também apreciou a entonação. Observou as pálpebras de Ray se levantarem ao ponto máximo, revelando furiosas íris cor de mogno.

— Jesus Cristo — disse Hall. — Não acredito nessa merda.

Harry pressionou com mais força a boca da pistola contra a carne fina.

— Mãos para cima.

As articulações da mandíbula de Ray se contraíram e ele fez uma careta como se tivesse mordido algo muito amargo. Depois, soltou Lily e levantou as mãos acima da cabeça.

— Vire noventa graus comigo — disse Harry —, para que eu tenha o Sr. Hall no meu campo de visão atrás de você. Passinhos bem curtos... e *devagar.*

Os dois homens viraram no eixo que compartilhavam. Agora, Harry podia olhar para Ray e também ter uma visão direta de Hall de pé a pouco mais de três metros.

— Sr. Hall — disse ele. — Pegue sua arma e jogue-a em direção à porta do banheiro.

— Calma, Harry — disse Hall. — Você parece bastante irritado.

— Estou irritado. Muito.

— Não vamos matar ninguém, certo?

— *Você* disse que iria *me* matar.

— Coisas acontecem, Harry, e as coisas mudam. Você elabora um plano, depois o reconfigura. Portanto, relaxe. É você que está com a arma na mão.

— Agora jogue a sua, como mandei.

— Harry...

— *Obedeça!* Antes que eu reúna coragem suficiente para atirar em alguém!

Hall inclinou a cabeça e sorriu.

— Harry, às vezes você possui um jeito peculiar de se expressar.

A mão direita de Hall moveu-se para o coldre em seu cinto. Ele segurou a arma com o polegar e o indicador, ergueu-a lentamente, removendo-a do coldre, e arremessou-a através da porta do banheiro. A pistola atingiu o piso com um som agudo e deslizou pelo chão.

— Agora, sente-se no sofá — ordenou Harry.

Hall obedeceu, o sorriso ainda despontando nos cantos da boca.

Harry recuou e afastou-se um passo de Ray, mantendo a arma apontada para a covinha entre as sobrancelhas do homem. Ambos perceberam que a mão de Harry tremia.

— Com medo, babaca? — perguntou Ray.

— Mal de Parkinson. Esqueci de tomar meus remédios. — Harry passou a segurar a arma com ambas as mãos, o que ajudou a reduzir o tremor. — Agora, se ajoelhe, Ray.

O homem balançou a cabeça.

— Não vai rolar, cara. Você não vai atirar em mim, e eu não vou me ajoelhar.

Harry viu o queixo de Hall mergulhar fatigado para o peito.

— Ray, não temos tempo para isso. Faça o que ele manda.

— Não faz parte do meu trabalho.

— Ray — disse Hall. — *Fique de joelhos, porra!*

Enquanto Ray se agachava, Harry teve quase certeza de que viu faíscas de fúria cintilando em seus olhos.

— Hora de pegar sua pistola, Ray. Faça a mesma coisa.

— Filho da puta... — disse Ray, o resto do pensamento sibilando em um murmúrio enquanto ele removia um reluzente revólver de cano curto e o arremessava atrás de Harry.

Ele não conseguia manter os olhos tanto em Hall como em Ray e ainda ver Lily, mas não se sentiu confiante para espiar rapidamente na direção dela.

— Lily — chamou. — Consegue se levantar?

— É claro que consegue — disse Ray. — E depois vai recitar a merda do Juramento da Bandeira.

Harry sentia como se sua cabeça estivesse fora do lugar, o joelho estava mole e quente. Por um instante, ele se esqueceu de que estava segurando a arma.

— Sabe de uma coisa, Ray? — disse ele.

— O quê?

Harry baixou o olhar para ele, a mente subitamente vazia. Sua intenção era dar uma réplica esperta, mas quando nada lhe ocorreu, balançou os braços o mais rápido e com o máximo de força que conseguiu. A Beretta atingiu a carranca de Ray com tamanha força que ele arqueou o corpo para trás e estatelou-se de costas, enquanto o sangue que jorrava dele ainda estava suspenso no ar. Uma onda de gotas flutuou e depois caiu, salpicando de vermelho as calças e o agasalho de Ray.

Hall se levantou do sofá com um salto enquanto a sala era tomada pelo som reflexivo de Ray tentando respirar.

Harry virou a arma na direção de Hall.

— Pare!

Harry baixou o olhar para Ray, que tinha rolado de lado para não sufocar e emitiu um gemido pesado. As mãos dele seguravam o rosto com firmeza, mas o sangue escorria entre os dedos.

— Fidaputa. — Ray gorgolejou.

A luz do sol se espalhava por quase toda a sala agora, e Harry deixou seu olhar vagar através dela por um instante, sabendo que o que tinha sido seu lar, seu santuário, estava perdido. Mas o que doía de verdade era o reconhecimento de que tudo que deixaria para trás tinha chegado a ele por causa da profissão que havia escolhido.

O som viscoso vazando sob as palmas de Ray ficava mais alto. Ele finalmente conseguiu se erguer até ficar sentado sem mover as mãos. Harry deu um passo para trás.

— Merda — disse ele. — Não pretendia fazer isso.

Hall bufou e sentou-se novamente no sofá.

— Sim, pretendia, Harry. Imagino que estivesse com vontade de fazer isso há muito tempo. Apenas não sabia até agora.

Para o próprio desgosto, percebeu que havia sentido, na verdade, algo que relaxou as articulações, uma liberação purificadora. Ele virou-se e olhou para Lily. Ela estava sentada, mãos no cabelo, dedos enrolando e desenrolando uma longa mecha negra em um ritual mudo, particular.

— Vou vestir umas calças — disse Harry.

Ele pegou a arma de Ray e caminhou para o banheiro, os olhos ainda em Hall. Colocou a pistola na pia, puxou o paletó enrolado na cintura e pegou as calças que estavam sobre a tampa da privada. Ao vesti-las, ouviu Ray cuspir algo espesso e viscoso. Harry tentou não pensar sobre o que deveria ser aquilo.

— Vou fumar um cigarro — disse Hall. — Vou colocar a mão no bolso, tá?

Vestindo uma camisa e depois o paletó enquanto trocava a pistola de mão, Harry voltou para a sala de estar.

— Fique à vontade.

Hall pegou um maço de Camels e um isqueiro do bolso. Acendendo um cigarro, falou:

— Por que Geiger fez aquilo, Harry?

— Ele deduziu que, como você estava disposto a levar o garoto para Dalton, ele era dispensável... Então, talvez todos nós fôssemos. Vou sair daqui agora, com minha irmã. Preciso levar todas as armas?

— Se estiver perguntando se vou sair pela rua correndo atrás de você, atirando para todo lado... Então não, não precisa levar as armas.

Harry enfiou os pés nos mocassins, pegou uma toalha no banheiro e voltou para a sala de estar. Estava se acostumando com o peso da Beretta na mão, mas se sentia como um estranho num corpo estranho.

Chegou à metade do caminho até Lily e parou. Virando-se para Hall, estendeu uma das mãos.

— Meu celular.

Hall atirou-o para ele. Harry levantou Lily e abraçou-a com força. Podia sentir o coração dela batendo no peito. Ela começou a cantarolar algo muito baixinho, parando e recomeçando a intervalos regulares, repetitivos. Soava vagamente familiar para Harry, mas ele não conseguia identificar a melodia.

— Há quanto tempo ela está assim? — perguntou Hall.

— Tempo demais — respondeu Harry. — Preciso perguntar a você, Hall. Matar vocês dois acabaria com tudo isso?

— Acha que conseguiria fazer isso?

— Estritamente hipotético. Acabaria?

— De Koonings são difíceis de encontrar.

Harry concordou e olhou para Ray.

— Ei, Ray — disse ele.

O homem levantou a cabeça com as mãos enormes encharcadas de sangue ainda coladas ao rosto. Harry jogou-lhe a toalha. Ela caiu nos joelhos dele, que esticou as mãos para pegá-la.

Harry viu que a Beretta tinha causado danos enormes ao rosto do outro. O nariz arrebitado, aquilino, estava quebrado e deslocado, e o lábio superior, esmagado e em carne viva. Os dentes escondidos sob o plexo ensanguentado estavam quebrados.

Harry colocou Lily de pé, virou-se de costas para ela e vomitou. Ele assistira a DVDs das sessões de Geiger com o olhar interessado de um analista, mas aquilo foi de sua própria execução. Correu a língua pelos três dentes incisivos postiços e lembrou-se deles em pedaços, da consciência lancinante da dor e da fratura, do conhecimento perturbador de que a morte é uma aposta de probabilidades iguais. E endireitou o corpo.

Ray pressionava a toalha contra a boca, e seus olhos fitavam Harry como uma presa sob mira. Ele murmurou algo indecifrável, mas a promessa de vingança era cristalina. Harry pegou as mãos de Lily nas suas.

— Vamos, Lily. Precisamos sair.

— *We gotta get out of this place...* — Ela cantou. — *If it's the last thing we ever do...*

Harry começou a conduzi-la em direção à porta, caminhando de costas com a pistola ainda na mão, mantida na altura da cintura.

— Adeus — disse ele.

Hall concordou com a cabeça.

— Diga a Geiger que eu o vejo por aí.

Hall sentia dor da cintura ao topo da cabeça. Ele jamais tivera problemas em lidar com o aspecto físico da dor, mas ela fazia com que se sentisse burro, pois em seu trabalho a dor significava uma pisada na bola. Nele, o estado mental era sempre o de atenção, o de "só por garantia". Você sempre presumia que uma chave inglesa estava empoleirada em algum lugar, prestes a cair e travar as engrenagens. Mas as últimas 24 horas trouxeram três desastres seguidos: Matheson escapa deles, Geiger decide brincar de relativista moral, um nerd em computadores se transforma no Rambo. Hall deu a última tragada no Camel, apagou-o na mesa de centro e foi até Ray.

— Me dá o seu celular.

Ray cuspiu uma grande bolha de sangue e puxou um telefone celular do bolso. Hall digitou os números.

— Esteja preparado, Mitch. Boddicker está saindo... Com a irmã.

— Irmã? — disse Mitch. — O que aconteceu aí?

— Boddicker e Ray se atracaram, mas vamos deixar isso para mais tarde. Preciso de alguém para costurar o rosto de Ray.

— Tão ruim assim? Nossa, Richie. Estamos nos transformando nos Três Patetas, merda.

— Fique por perto, Mitch... mas não demais — mandou Hall. — E nada de gracinhas. Você sabe que ele é nossa melhor chance de capturar Geiger.

— Quer saber o que acho? Acho que talvez alguém que faz tantas escolhas ruins deveria parar de falar o tempo todo como se soubesse que merda está fazendo.

Hall desejava socar o sujeito na cara durante anos, mas reprimiu um suspiro e desligou. Desde o começo daquela porra de desgraça, ele vinha presumindo que se as coisas piorassem muito, os três acabariam atacando uns aos outros, mas ainda não podia permitir que isso acontecesse. Precisava dar outro telefonema, e para este, sentou-se na cadeira de Harry e respirou fundo, expirando em uma velocidade controlada. Digitou, e a chamada foi atendida no primeiro toque.

— Sim?

— É Hall. Temos um problema, senhor.

— "Problema" é uma das palavras de que menos gosto. Qual é o "nosso" problema?

— Perdemos o garoto... Antes de obter qualquer informação. Geiger está com ele.

— *Está* com ele?

— Pegou o menino, senhor.

— Então encontre Geiger.

— Sim, senhor. Esse é o plano. Mas não sabemos onde Geiger está... ainda.

— Hall...

— Sim, senhor.

— Começo a me perguntar se deveria me preocupar. Ontem você disse que tinha Matheson na sua mira. E agora isso.

— Compreendo, senhor, mas não há necessidade de...

— Encontre Geiger.

— Sim, senhor.

— E me mantenha informado. Não gosto de ouvir a respeito de "problemas" depois que já tenham acontecido. Caso preveja mais complicações, quero saber delas antes que ocorram.

— Sim, senhor.

A ligação terminou. Hall podia sentir a casa começar a cair, e a menos que virasse o jogo nessa tarefa, ele certamente cairia também. Ray, com um gemido alto, levantou-se com esforço e agarrou a parede com uma das mãos para evitar cair.

— Fidaputa...

— Ray, cale a merda dessa boca!

11

O garoto não dormiu muito tempo. Seu sono foi repleto de contorções e barulhos balbuciados, até que algum demônio dos sonhos o perseguiu e fez com que despertasse. Geiger sentou-se ao lado dele com o álcool e uma toalha de rosto. Colocou um copo de água no chão.

— Vou remover a fita. Me diga se doer demais.

Ezra concordou com um movimento de cabeça, e Geiger começou a puxar lentamente uma ponta da fita em cima de um olho, umedecendo com o pano a pele recém-exposta a cada meio centímetro. O garoto encolheu-se algumas vezes, mas não emitiu som algum. Depois que Geiger passou pelo primeiro olho — o esquerdo — o resto da fita se descolou com mais facilidade. Os olhos do menino eram de um tom verde-claro impressionante, da cor de um mar cristalino. Havia um medo persistente neles, e confusão, o que não deixava nenhum espaço para confiança.

Geiger começou a trabalhar na tira que cobria a boca de Ezra enquanto o garoto o encarava com atenção. Puxou a fita cuidadosamente e ela saiu. As bochechas e as têmporas do menino tinham duas faixas vermelhas horizontais de irritação química. Ele passou a língua nos lábios algumas vezes.

— Sede — falou com a voz rouca.

Geiger entregou-lhe o copo e o garoto bebeu toda a água. Eles se estudaram mutuamente, como estranhos compartilhando um espaço no início de uma longa viagem.

— Você vai me machucar? — perguntou Ezra.

A voz dele era de um tom médio, e ouvia-se um guincho pré-adolescente esporádico. Mas havia também um inesperado fundo rouco; Geiger achou aquela voz estranhamente tranquilizadora, como um violoncelo num quarteto de cordas.

— Não — disse Geiger.

Ezra passou uma das mãos em sua testa viscosa.

— Está muito quente aqui dentro. Você pode ligar o ar-condicionado?

— Não tenho ar-condicionado.

— Sem ar-condicionado? Então pode ligar um ventilador?

— Não tenho ventilador.

— Você não sente calor aqui dentro?

— Sinto.

O garoto tentou analisar a expressão no rosto de Geiger, procurando algum indício de humor nos traços finos e nos olhos pétreos e cinzentos. Ele tinha uma boa antena para sarcasmo. Era sempre o tom preferido dos pais, e eles o usavam para gracejar, repreender, jogar conversa fora e em brigas ferozes. Mas Geiger parecia absolutamente direto.

— Posso tomar um banho?

— Pode.

Ezra ergueu uma das mãos, tocou delicadamente a própria bochecha e retraiu-se. Para Geiger, o gesto, a presença física de outra pessoa ali, parecia possuir um efeito mágico, alterando a forma do lugar e reduzindo seu tamanho. As mãos do garoto pousaram ao lado das coxas, espalmadas na almofada de couro, como se ele necessitasse do apoio adicional para evitar tombar para o lado. Recostou a cabeça no sofá e suas pálpebras fecharam-se.

— Por que você faz isso? — perguntou.

— Faço o quê?

— Seu trabalho. — Ele reabriu os olhos. — É o que faz, não é? Machucar pessoas?

Geiger pegou o copo vazio de Ezra e levantou-se. Foi quando percebeu que não tinha nenhum lugar específico em mente para ir. Virou-se de novo para o garoto.

— Ezra, você sabe que isso tudo é por causa do seu pai? Que queriam descobrir se sabe onde ele está?

— Ah-hã.

— Você sabe onde seu pai está?

O garoto inclinou a cabeça e ajeitou o corpo magrelo no sofá.

— Como sei que você não é um deles? Talvez esteja apenas fingindo ser legal para que eu revele coisas a você.

A porta dos fundos ficava na cozinha. Geiger caminhou até lá e destrancou-a digitando um código num teclado.

— Aonde você vai? — perguntou o garoto.

— Para os fundos, fumar um cigarro.

Geiger caminhou para além do alpendre, até o quintal. Vindo do outro lado da cerca, o cheiro de óleo de motor alcançou-o enquanto acendia o cigarro e inalava a fumaça profundamente. Enquanto tragava, Geiger visualizou o rosto do pai acima dele, olhando para baixo, a fumaça perolada serpenteando para fora de suas narinas. Até a viagem antes do amanhecer no carro alugado, aquela era a única imagem do pai que carregava em seu bloco de anotações mental. Ele sabia agora que havia mais por vir. As páginas seriam preenchidas, independentemente de sua vontade ou disciplina mental.

— Posso sair?

O garoto estava na porta. Geiger suspirou e o rosto do pai desvaneceu.

— Não. Fique aí.

O mundo exterior seguiria vazando pelas rachaduras e o passado usurparia o presente, gradualmente assumindo o controle. Geiger podia sentir sua pulsação nas entranhas, um tímpano interno, sangue e órgãos como martelo e bigorna. Ele começou a caminhar pelo quintal em seu passo peculiar, dedos dançando ao lado do corpo.

— Ei — disse Ezra. — Posso perguntar o seu nome?

— Geiger.

— Como o medidor?

— Sim. Como o medidor. Pare de falar agora. Preciso pensar em algumas coisas.

Geiger deu mais uma tragada no cigarro, depois o deixou cair e observou a última coluna de fumaça da guimba flutuar. Ele quis acender outro.

Harry pressionou o fone do telefone público com força no ouvido para conseguir ouvir a voz sintetizada da secretária eletrônica em meio ao barulho da lavanderia. Sua outra mão segurava a de Lily; ela parecia ter descoberto um ritmo na confusão da competição entre o ribombar das lavadoras e o das secadoras, e balançava levemente, acompanhando-o. Harry ainda sentia subir, pela mão e pelo braço os efeitos do tremor de quando sua Beretta atingira o rosto de Ray e algo havia recebido o impacto.

— Sou eu — disse Harry depois do sinal da secretária eletrônica. — Precisamos conversar. É muito, muito importante. Sobre Hall, Matheson e o garoto, e a merda toda. Estou em uma lavanderia em Flatbush. Hall apareceu na minha casa... não sei como... com outro cara, tentando descobrir onde você está e como recuperar o garoto. Esses caras jogam pesado. Hall tem ácido de bateria nas veias. Estou em um telefone público porque ele pode ter grampeado meu celular, então não ligue para o meu celular. Está desligado. Vou telefonar para você de novo. Ou ligue para esse número... Por favor!

Ao desligar, Harry reparou que alguns clientes tinham parado de separar e dobrar as roupas para observar o cara berrando ao telefone. Ele não havia percebido que tinha falado gritando. Conduziu Lily até uma fileira de cadeiras encostadas em uma parede e sentou-se. Seu joelho lesionado e dolorido tinha a sensação de um balão de água.

— Sente-se, Lily — disse ele.

Harry deu um pequeno puxão, mas ela permaneceu de pé, balançando para a frente e para trás de um pé para o outro, absorta pela cacofonia de motores. Depois de deixar o prédio, ele a tinha arrastado por três quadras até conseguir chamar um táxi. Quando o motorista havia perguntado para onde queriam ir, Harry ficou mudo por quase dez segundos. Em uma cidade com infinitos destinos, ficou emudecido pela percepção de que não tinha *nenhum lugar* para ir. Por fim, disse ao motorista que precisava de um telefone público e eles percorreram a Flatbush Avenue em silêncio, até as lâmpadas fluorescentes da lavanderia chamarem a atenção do taxista.

Observando os tambores das máquinas girando e rodando, Harry avaliou a situação. A história do De Kooning despencara para zero de plausibilidade. David Matheson tinha alguma coisa, ou sabia de algo, e Hall desejava desesperadamente a tal coisa ou ele. Era óbvio que Hall era um sujeito conectado, e parecia ter acesso aos tipos mais sofisticados de tecnologia de rastreamento. Sequestros e violência não eram problema. O homem tinha *carte blanche* em um mundo *à la carte*. Mas Harry não conseguia decifrar como descobriram sua casa. Ele havia se tornado impossível de rastrear, ou encontrar. Como Hall havia chegado à sua sala de estar, esperando que saísse do banho? Harry passou a língua pelo interior da boca. Ele tinha tomado dois antiácidos para matar o gosto persistente de vômito, mas não haviam funcionado.

Lily largou a mão do irmão e começou lentamente a traçar uma linha na própria bochecha direita com a ponta do dedo médio, do osso da face até a mandíbula, subindo e descendo, como um acompanhamento rítmico, quando começou a cantar.

— *Hello, darkness, my old friend. I've come to talk with you again...*

— Você tem estado muito falante nos últimos tempos, Lil. O que fez você começar a cantar essa música? As lâmpadas fluorescentes?

Ele recostou-se e fechou os olhos. Lily vagueou na direção de um garotinho, de 3 ou 4 anos, que estava sentado de pernas cruzadas no chão aos pés da mãe enquanto ela dobrava lençóis decorados com um Homem-Aranha disparando teias e voando entre um "Wham!" e um "Pow!" em letras grandes.

Harry flutuou através das íngremes muralhas da memória até seu apartamento em University Heights na década de 1990, depois que as engrenagens internas da rmã começaram a apresentar falhas e ele a tinha acolhido e instalado em seu quarto. Ele costumava ficar semiadormecido no sofá da sala de estar nas horas mais solitárias da noite, e Lily se aproximava arrastando os pés, debruçava-se sobre ele e sussurrava: "Harry?" Era menos uma pergunta do que um convite para que compartilhasse com ela as aventuras fantásticas conjuradas por sua mente em deterioração. Até que as visitas cessaram, e, às vezes, à noite, Harry espiava dentro do quarto e a via sentada na cadeira ao lado da janela, falando com a cidade do outro lado do vidro. Ela havia encontrado um novo ouvinte que ninguém mais conseguia ver.

Harry abriu os olhos e, em um instante, estava de pé. Lily havia se ajoelhado diante do garotinho, que olhou para ela, levantando os olhos dos super-heróis de plástico em seu colo.

— Oi — disse o garoto.

— Maravilhoso — disse Lily.

Ela encarava o garoto como Copérnico descobrindo a verdadeira localização da Terra no cosmos. Harry foi até a irmã justamente quando ela estendeu a mão e pegou a do garoto. A mãe olhou para baixo quando Harry chegou.

— Ei! — rosnou ela.

— Está tudo bem — disse Harry. — Ela apenas...

— *Aparta las manos!* Não tocar! — disse ela.

Harry segurou a irmã pelo braço e puxou-a para que se levantasse e ficasse perto dele. A mão de Lily permaneceu estendida quando a do garoto lhe escapou.

— Sinto muito — disse ele. — Ela é um pouco... estranha.

— *Qué?*

— *Excéntrico. Muy excéntrico.*

A mulher inclinou a cabeça e, enquanto estudava a expressão de Harry, o mau humor em seu rosto relaxou em um sorriso triste, pesaroso.

Ele conduziu Lily de volta às cadeiras. Ele pousou a cabeça nas mãos, mas isso disparou uma dor latejante resultante do golpe de Ray, e Harry endireitou o corpo.

— O que vou fazer com você, irmãzinha?

— Maravilhoso — disse ela, seus olhos brilhantes observando o garotinho, que tinha voltado para seus bonequinhos e reiniciado a eterna batalha entre o bem e o mal.

Enquanto Geiger andava no quintal, Ezra observava os movimentos estranhos porém precisos do corpo do homem. Grande parte do trabalho parecia ser executada nos quadris e nos tornozelos. O movimento parecia quase natural, mas não era; o homem estava claramente se adaptando a algum ferimento ou doença. Ezra perguntou-se se ele teria sofrido algum acidente terrível — talvez uma batida de carro, ou algo que ocorrera em uma guerra.

— Geiger, estou com muita fome.

— Vou preparar algo para você comer.

Geiger atravessou o quintal e os dois entraram na cozinha. Um balcão preto de madeira de castanheiro estendia-se ao longo de duas paredes. Havia uma cafeteira e um moedor de grãos, uma pia e um fogão Viking de duas bocas. Abaixo dele uma geladeira compacta revestida com mogno tinha sido instalada. Sobre um balcão estavam um faqueiro feito de um bloco de madeira com duas facas, um carrinho de madeira para utensílios com duas colheres, duas facas e dois garfos, e duas grandes tigelas de aço inoxidável, uma delas cheia de frutas e legumes. Penduradas em um cavalete preso à parede estavam uma frigideira de metal fundido e uma panela de aço inoxidável. Em um canto havia uma lavadora-secadora. Tudo reluzia sob quatro pontos de iluminação pendentes. O cômodo era belo e minimalista — não tinha nada fora do lugar.

Geiger abriu a torneira, colocou um pouco de brócolis e aspargos sobre o balcão e tirou uma faca da fenda onde ficava.

— Estranho — disse o garoto.

— O quê?

— Você não tem nenhum armário ou gaveta.

A única ocasião na qual Geiger passara algum tempo na presença de uma criança acontecera em uma tarde, anos antes, quando estivera no La Bella para entregar a Carmine o pagamento mensal do empréstimo e havia sido convidado a ficar para almoçar com ele e seu sobrinho. Como sempre, a oferta tinha sido uma ordem sorridente apresentada em forma de convite. Ficara sentado em silêncio enquanto Carmine regalou a ele e ao garoto esquisito, que tinha mais ou menos a idade de Ezra, com histórias de seu tempo na Marinha e no sindicato dos caminhoneiros. Então, se inclinou para perto de Geiger e falou:

— Quando você entrou pela porta, meu sobrinho disse uma coisa. Michael, conte a Geiger o que você me falou.

O garoto estava com o nariz voltado para baixo, apontado para seu macarrão primavera.

— Não me lembro. — Seu olhar para o tio era sombrio e continha uma pergunta desanimada: *Por que está me obrigando a fazer isso?*

O sorriso de Carmine era bondoso, o que não significava muito, pois sempre era.

— Michael, conte a ele o que disse.

— Eu disse... — balbuciou o garoto, e olhou para Geiger. — Eu disse que você parecia estranho.

— Seja específico, Michael. — Carmine impeliu o sobrinho.

O garoto parecia resignado ao próprio destino.

— Eu disse: Veja aquele cara. Aposto que é louco ou retardado.

— Ótimo — disse Carmine, e afagou o cabelo do garoto. Ele recostou-se na cadeira, um sábio preparando-se para transmitir sabedoria. — Bem, há uma razão para que eu tenha forçado você a fazer isso, Michael... É para que não se esqueça das lições que são aprendidas aqui. Lição número um: jamais insulte alguém que não conheça para outra pessoa, porque a pessoa com quem estiver falando pode respeitar aquela a quem você insultou ou gostar dela, como gosto de Geiger... Nesse caso, você insultou *os dois* homens. Compreende?

O sobrinho concordou, os lábios movendo-se de nervosismo.

— E a lição número dois: fale desse jeito e pode acabar se tornando um vagabundo mimado que leva tapas na cara. Agora, vá para casa.

Mas com Ezra, havia uma aura de delicadeza, o tipo de sentimento ocasionalmente confundido com tristeza. Geiger também percebeu que uma imobilidade governava o corpo do garoto. Exceto pelas ações intencionais e necessárias, ele mal se movia — não havia gestos impacientes ou inquietações infantis.

Com um miado suave anunciando sua chegada em casa, o gato entrou pela portinhola na parte inferior da porta dos fundos. Ele parou para uma avaliação de cinco segundos do visitante, feita com um olho só.

Ezra agachou-se.

— Ei... — Ele estendeu uma das mãos. — Nossa, esse gato tem uma aparência péssima. É seu?

— Ele mora aqui. Vai para onde quer, mas sempre volta.

— Isso é a letra de uma música, você sabe.

— Não, não sei.

— "*The cat came back, he just couldn't stay away.*" Não conhece essa?

O animal saltou, sem o menor esforço, para cima do balcão e começou a esfregar a cabeça machucada no antebraço de Geiger.

— Qual é o nome dele?

— Gato.

— É assim que o chama? "Gato"?

Geiger fez um carinho forte e rápido na cabeça do animal, depois encheu a tigela vazia com água. O gato acomodou-se para beber. Os lábios do garoto franziram de desgosto enquanto ele observava o homem alinhar meia dúzia de talos de aspargos sobre o balcão e cortar as extremidades pálidas com um único movimento.

— Essa coisa é para mim? — perguntou o garoto. Geiger concordou com a cabeça. — Para o café da manhã? Você não tem nada, tipo, você sabe... *comida*? Cereal? Biscoitos? Batatas chips?

— Não.

— Cara... — A vocalização do garoto estendeu a palavra em duas sílabas lamentosas. — Podemos ir comprar algo?

— Não. Nada de sair agora. Também há maçãs e peras.

— Vou comer uma pera — disse Ezra desanimadamente. Ele foi até a tigela, pegou uma das frutas e deu uma grande mordida. — Gostoso — falou, aprovando com a cabeça, e deu outra mordida sem engolir. Ele passou um dedo suavemente ao longo do dorso do gato; a cauda e o quadril do animal empinaram com a carícia.

— Geiger...

— Sim?

— Acho que ele está em algum lugar na cidade. Meu pai. — Geiger colocou os legumes de volta na tigela. — Ele deixou um bilhete para mim. Disse que tinha coisas para fazer na cidade, mas que tentaria voltar para casa mais tarde. E me mandou deixar a porta trancada.

— Mas você não sabe por que estão procurando o seu pai?

— Ã-ãh. — O garoto deu de ombros, e, ao abaixá-los, um suspiro escapou de seus lábios. Ele parecia estar murchando. — Posso telefonar para minha mãe?

— Sim. Em breve. Ela está em casa?

— Não. Está de férias. Mais ou menos. Está em New Hampshire, em uma floresta. Ela disse que se chama "retiro silencioso do mundo" ou algo parecido. Ela liga para o meu celular todos os dias por volta das dez horas da manhã. Depois, tomam o telefone dela até o dia seguinte. — De repente, ele socou o balcão, e o gato olhou para o alto. — Merda... aqueles caras pegaram meu celular!

— Não. Está comigo.

Geiger tirou o celular do bolso, ligou-o e o colocou sobre o balcão. Ele aguardaria até que ela telefonasse, depois falaria com ela. Seria arriscado. *Meu nome é Geiger. Seu ex-marido está desaparecido. Seu filho foi sequestrado e está comigo agora. Você precisa vir para Nova York imediatamente...*

— Vai ser difícil para ela — disse Geiger. — Creio que seja melhor esperarmos ela ligar para você... como costuma fazer. Tudo bem?

— É, acho que sim. — Ezra acariciou o gato outra vez. — Posso pegá-lo no colo?

— Sim. Coce a cicatriz dele. Ele gosta.

O garoto pegou o gato e o aninhou nos braços. Seu dedo indicador começou a massagear a cicatriz velha e cinzenta, e o animal começou a ronronar alto.

— Cara, escute isso.

— Ezra. Quantos homens foram ao apartamento do seu pai?

— Dois me agarraram. Acho que eu talvez tenha ouvido mais um na sala de estar. Não tenho certeza.

— Só encontrei um homem — disse Geiger.

— E ele simplesmente deixou você me levar embora?

— Não. Eu o nocauteei.

Os olhos do garoto se arregalaram com um deslumbramento infantil.

— É mesmo? Você, tipo, o golpeou com alguma coisa?

— Meu punho.

Geiger considerava o ato de conversar irritante. Havia tantas coisas novas, de diferentes naturezas, com as quais precisava lidar: adaptar-se à presença, à voz e às perguntas do garoto, ouvir e responder, concentrar-se em qual ação poderia tomar.

— Um deles era um negro grandalhão. Ele disse que ia me matar se eu gritasse.

— Ele estava tentando deixar você com medo — disse Geiger.

A voz do garoto endureceu de raiva, os lábios contraídos.

— Bem, espero que tenha sido nele que você bateu. Espero que você tenha deixado ele realmente ferrado.

O menino deu meia-volta e retornou na direção do sofá com o novo amigo nos braços.

Um pensamento se desenrolou na cabeça de Geiger como um cartaz de "Grande Inauguração": *Nada é como era. Tudo mudou.* Ele sentia-se solto no mundo, sem qualquer ponto de referência, profundamente consciente de que algo havia sido perdido e deixado para trás, como um soldado que ainda sente a presença de um membro amputado.

Ezra gritou:

— Seu celular tocou.

Geiger caminhou até a escrivaninha. O visor do celular dele dizia "1 mensagem". Ele pegou o aparelho e pressionou uma tecla. Em vez dos habituais "H" ou "C", Geiger viu "212-555-8668". Ler a pequena fonte fez com que as bordas dos números parecessem borradas e disparou uma dor que embotava o lado escuro de seus globos oculares. Ele jamais tinha recebido um telefonema de alguém que não fosse Harry e Carmine, nem ao menos um engano. Ele selecionou a opção "ouvir". Era Harry, com a voz atravessando um fundo barulhento, caótico.

Enquanto ouvia o recado, Geiger fechou os olhos. Viu um céu sendo tomado por nuvens, uma colheita turva e agourenta. Tentou visualizar um deus inflando as bochechas e expelindo um forte vento que varreria as nuvens para longe, mas nenhum apareceu.

— Isso é muito legal — disse o garoto.

Geiger abriu os olhos e viu Ezra de pé diante das estantes personalizadas para CDs, explorando as fileiras da vasta coleção musical. O garoto inclinou-se para a frente, e um dos títulos provocou um grunhido de interesse.

— Esse é o *Dumbarton Oaks* que Stravinsky regeu, não é?

— É.

— Quantos CDs você tem?

— Mil oitocentos e vinte e três.

— Cara, isso é muito.

Com o celular na mão, Geiger dirigiu-se novamente para a porta dos fundos.

— Volto já.

— Posso colocar um pouco de música? — perguntou Ezra.

— Pode.

Fora da casa, o calor crescente do dia queimava as nuvens e a umidade espessa. A melodia de abertura dos cinco movimentos para quarteto de cordas de Webern chegou até ele como um tapa no ombro, e Geiger virou-se na direção do som como alguém que encontra um velho amigo em um local improvável. Depois, baixou o olhar para o telefone e pressionou o botão "retornar chamada". Depois de um toque, Harry atendeu.

— Alô? — disse Harry.

— Sou eu.

— Nossa, cara. É bom ouvir sua voz.

Mesmo com todo o ruído de fundo, Geiger conseguiu perceber o suspiro de Harry sussurrado através dos lábios abertos.

— Me conte o que aconteceu, Harry.

A solicitação era uma chave mestra abrindo as trancas na mente do homem.

— Uma bagunça fodida, foi isso o que aconteceu! Nossa mãe... Que tal armas e ameaças de assassinato? — Enquanto falava, Harry foi acelerando, cada palavra era como uma minúscula injeção de adrenalina fornecendo combustível para a próxima. — Corpos arremessados de um lado para o outro. E sangue, cara. Sangue para caralho!

— Harry, mais devagar. Fatos.

Geiger conseguia ver o sócio falando, o tom e a cadência familiares, a carranca, o desconforto tortuoso. De repente, Geiger se deu conta de que Harry era a única pessoa que ele realmente *conhecia*.

— Certo, fatos. Voltei a pé para casa, tomei banho e encontrei Hall sentado na minha sala de estar. Ele me mandou telefonar para você... Respondi que não. Ele ameaçou me matar se eu não obedecesse... Continuei dizendo não.

Enquanto Harry relatava a história, Geiger permitiu-se um vislumbre momentâneo da importância por trás dela: outro ser humano a realizar um ato de sacrifício por sua causa. Mas logo repeliu tal pensamento.

Harry terminou o relato e respirou fundo.

— Nossa, cara... Quase matei uma pessoa hoje de manhã!

— Como Hall localizou você?

— Não sei, mas ele disse uma coisa que me faz acreditar que deve ter acesso a rastreamento de sinais de celulares. Foi por isso que falei para você não ligar para o meu telefone.

— Havia um terceiro homem? O garoto acha que três homens entraram no apartamento.

— Havia apenas dois no meu.

A atenção periférica de Geiger captou um violino injetando repentinamente uma melodia dissonante no quarteto de cordas de Webern. Ela se sobressaiu aos outros instrumentos, mas outro compasso inteiro foi tocado antes que Geiger reconhecesse a melodia como um trecho característico da Sinfonia nº 2 de Mozart. Ele voltou correndo para casa e viu o celular do garoto sobre o balcão da cozinha. Ezra estava prestes a pegá-lo quando o toque com a melodia de Mozart soou outra vez.

— Não atenda! — gritou Geiger.

O garoto se encolheu e em seguida virou-se enquanto Geiger se aproximava dele.

— Não me machuque! Por favor! — O corpo dele curvou-se de medo sobre o balcão. — Por favor, não me machuque!

Geiger arrancou o telefone da mão do garoto e apertou com força o botão "encerrar". Mas o toque recomeçou, então ele o arremessou contra a parede, destruindo o aparelho.

Geiger olhou para o garoto.

— Eu não ia machucar você.

Os olhos do garoto brilharam. Ele assentiu com a cabeça, mas lágrimas começavam a descer por suas bochechas. Quando um soluço escapou de seu peito, ele saiu correndo da cozinha e Geiger ouviu a porta do banheiro bater.

— Geiger?

Era a voz de Harry. Ele olhou para o celular em sua mão.

— Geiger! Que diabos está acontecendo?

— Harry — disse ele ao telefone. — Como celulares são rastreados?

— Você sabe... triangulação. As torres de celulares estão sempre escutando seu sinal, transferindo ele de uma para a outra conforme você se move, decidindo qual vai fornecer o melhor serviço.

Geiger viu-se na sala de observação na Ludlow Street, tirando o aparelho de Ezra do casaco de Hall; portanto o homem conhecia o número do garoto. Ele respirou fundo, tentando reduzir a descarga de adrenalina. Ouviu o chuveiro ser aberto e levou alguns segundos até compreender o que era o som, porque as únicas vezes em que o tinha ouvido havia sido quando estava nele.

— Harry, é preciso fazer ou atender algum telefonema para que localizem você?

— Não. Se o celular estiver ligado, tudo que precisa fazer é tocar e vai poder ser rastreado.

— Com qual precisão eles conseguem localizar o aparelho?

— Bastante. Três ou quatro quadras, talvez ainda mais perto.

— O que Hall disse que fez você achar que ele seria capaz de rastrear um celular?

— Ele me mandou telefonar para você, respondi que não, que mesmo que o fizesse você não atenderia. E Hall respondeu: "Apenas faça a ligação. Assumimos as coisas a partir daí." Isso soa como o quê para você, cara?

— Harry, o celular do garoto acabou de tocar.

— Merda. O que vai fazer?

— Não sei.

As palavras pareciam flutuar diante dos olhos de Geiger, zombando dele, um lema recém-estabelecido para uma nova era. *Não sei.*

— Preciso levá-lo até a mãe — disse Geiger. — Ela está em New Hampshire.

Geiger ouviu Harry murmurar algo e dizer em seguida:

— Lily, volte aqui. Lily! Maldição... Escute, Geiger, preciso ir. Vou telefonar de novo para você.

— Harry, espere...

A resposta dele foi um sinal de linha ao telefone. Geiger ficou parado pensando no que teria dito em seguida. O quarteto continuava tocando e ele caminhou até o banheiro.

Geiger bateu na porta.

— Ezra?

O chuveiro foi fechado.

— O quê?

— Eu não podia deixar você atender ao telefone.

— Por que não? — A pergunta era uma súplica.

— Se você atendesse, aqueles homens poderiam ter descoberto onde você está.

— Como vou falar agora com a minha mãe?

— Vamos achar outra maneira.

Uma fresta abriu-se na porta.

— Você tem algo que eu possa vestir? Quando estava no baú, eu... mijei nas calças.

A humilhação nas palavras de Ezra ficou suspensa no ar.

— Vou pegar algumas coisas para você — disse Geiger. — Me dê suas roupas sujas. Vou colocá-las na máquina de lavar.

— Obrigado.

Uma das mãos de Ezra saiu pela fresta com as roupas sujas. Geiger levou-as até a cozinha e iniciou um ciclo de lavagem, depois foi até sua cômoda. Quando estava parado ali, uma imagem e o eco de algo surgiram de algum lugar profundo dentro dele. Estava na escuridão, uma porta começava a se abrir e uma silhueta falou com uma voz rouca:

— *Você mijou nas calças, garoto?*

— *Não, pai. Eu segurei.*

— *Ótimo.*

Geiger pegou nas gavetas uma cueca, um short e uma camiseta e voltou para o banheiro.

12

Quanto mais Harry pensava em Hall, mais sua ansiedade tendia à paranoia; por isso, quando chamou um táxi diante da lavanderia e sentou-se com Lily no banco traseiro, disse ao motorista que fosse até Manhattan e os deixasse na esquina da rua 66 com a Columbus, pois a coisa mais próxima de um porto seguro que conseguia imaginar era a lanchonete. Havia considerado um hotel, mas decidira que não era uma boa ideia. Harry não tinha muito dinheiro em mãos — xingou-se por ter se esquecido de pegar mais antes de sair do apartamento — e, sem um cartão que permitisse saques, precisaria se virar com o que carregava na carteira. Além disso, recepcionistas de hotéis tendem a reparar nas pessoas quando fazem o check-in, especialmente se um lado de seu rosto estiver inchado e roxo e a única bagagem a tiracolo for uma maluca. Mas ninguém nota as pessoas em lanchonetes. Você entra, se senta, e come. Talvez leia um jornal, ou converse com seu acompanhante, mas observar pessoas não era parte do cardápio.

O táxi cheirava a suor e aromatizante de pinheiro, e música country pulsava no rádio. Tinham cruzado metade da Ponte de Manhattan. O boné de beisebol do taxista estava virado para trás, e ele batucava no volante acompanhando o ritmo das batidas agudas das caixas da bateria, não se importando com as faixas estreitas e lotadas da ponte.

Lily estava sentada ao lado de Harry. Ela tinha perdido peso desde quando ele lhe havia comprado a blusa azul-anil, o que a deixava ainda mais parecida com uma criança. Ele tinha percebido que precisaria prestar muita atenção na irmã até que conseguisse levá-la de volta para o asilo. Ela poderia sentir fome, por exemplo. E medicamentos: não tinha a menor ideia do que ela tomava, se é que tomava algo. Harry segurou a mão de Lily.

— Você sempre segurava minha mão, lembra? — Ele fez a pergunta sem qualquer expectativa de obter uma resposta. — Mesmo adultos, se estivéssemos caminhando para um restaurante ou para o cinema, você segurava a minha mão. Você se lembra disso?

Ele apertou a mão da irmã, mas ela olhava diretamente para a frente, os dedos indiferentes aos dele. Ainda assim, Harry sentia-se um pouco mais leve devido à lembrança de um elo antigo e precioso de quando eram pessoas incrivelmente diferentes.

O latejar na cabeça de Harry havia se tornado um ribombar abafado e constante. Ele inclinou-se na direção da divisória de plástico que os separava do taxista:

— Ei, cara. Será que podia desligar o rádio um pouco?

— Não gosta de música country? — A voz do motorista tinha uma fluidez oleosa sulista que surpreendeu Harry.

— Só preciso de um pouco de silêncio. Estou com dor de cabeça.

— Sem problemas, amigo.

O taxista pressionou um botão no rádio e o som foi interrompido, e enquanto Harry se recostava, Lily tomou vida com um solavanco, suas mãos minúsculas agarraram as lapelas do paletó de Harry, punhos empurrando-o para a frente e para trás com uma força surpreendente, como uma criança sofrendo um acesso de raiva. Ela choramingava alto, um som angustiado que fez a cabeça do motorista virar-se para trás.

Harry agarrou-a pelos pulsos.

— Lily! O quê? O que é?

— Não faça isso! — uivou ela. — Não faça isso!

— Lily... pare!

— Não... não... nãããão!

O som era quase mais do que Harry conseguia suportar, uma sirene de insanidade e perda.

— Meu bom Jesus — disse o taxista. — O que ela quer, cara?

Foi quando Harry compreendeu.

— Ligue o rádio de novo!

O motorista tocou rapidamente no painel, o som animado das cordas dos violões voltou e os uivos de Lily diminuíram até cessar por completo, como um brinquedo de corda perdendo a força.

— É, isso aí! — gritou o taxista. — É disso que estou falando!

Ele riu e deu quatro tapas curtos na buzina enquanto pegava uma saída da via.

Harry puxou delicadamente os pulsos de Lily. Os punhos cerrados dela afastaram-se das lapelas do irmão e algo caiu no colo dele. Era um disco preto do tamanho de um botão, com dois centímetros e meio de diâmetro, seis milímetros de espessura. Harry pegou o objeto. Era feito de algum tipo de plástico, brilhante e liso em uma face e grudento na outra. Harry reposicionou Lily contra o assento e depois se acomodou, girando o rastreador entre o polegar e o indicador como se fosse uma moeda da sorte.

— Filho da puta — sussurrou para si próprio.

Uma cena se passou diante de Harry como um corte de três segundos no trailer de um filme. Noite. Ludlow Street. Ray em seu disfarce de morador de rua importunando Harry, depois o agarrando pelo paletó e puxando-o para perto de si.

Harry desdobrou as lapelas e detectou um pequeno círculo de um resíduo gosmento no tecido de uma delas. Fez que sim com a cabeça, em uma manifestação de admiração e surpresa. Fora assim que descobriram com tanta facilidade onde ele morava. Ray havia plantado o grampo nele. Toda uma produção antes da sessão, incluindo a garotinha, apenas para o caso de algo dar errado posteriormente.

Harry pegou o rastreador e colou-o na parte de trás do banco à sua frente.

No fim da rampa que descia da ponte, o taxista parou quando o sinal mudou para amarelo na Canal Street. Ele virou-se outra vez e sorriu para Lily. Tinha um bigode ruivo parecido com um esfregão, e o espaço entre os dentes incisivos reforçavam a aura de bom rapaz.

— Está bem agora, doçura? — perguntou ele.

A cabeça de Lily estava voltada para a janela ao lado dela. Lá fora, um ônibus parou ao lado do táxi, rangendo e roncando. Ela não disse nada.

Harry estendeu a mão e puxou para trás o cabelo que cobria os olhos da irmã, deixando as pontas dos dedos acariciarem a bochecha dela. Lily não deu qualquer atenção ao gesto.

— Vou falar uma coisa para você, amigo — disse o taxista. — Você é um homem bom, pela maneira como cuida dela. O mundo de hoje... as pessoas não cuidam dos seus como costumavam fazer. — Ele tirou o boné e correu a mão pelos fartos cabelos cor de tangerina. — Falam aquelas coisas sobre o tal aquecimento global? Bem, me parece que quanto mais quente fica lá fora, mais frios nos tornamos em nossos corações. Diabos, olhe só para mim. Também tenho uma irmã... divorciada, mora em Baton Rouge... e não a vejo há quatro anos. — Ele voltou-se para o para-brisa. — Vou admitir, amigo, você faz com que eu me sinta envergonhado. Quando tirar uma folga, vou fazer uma visita a ela.

Harry virou-se e franziu os olhos para olhar através da janela traseira para a longa fileira de veículos parados atrás deles sob a garoa. Mais além, carros e táxis fundiam-se com a persistente névoa do rio. Harry sentiu como se o mundo tivesse, de repente, se tornado muito pequeno.

Ele virou-se para o motorista.

— Ei, eu tenho uma pergunta.

— Manda ver.

— Por vinte dólares adicionais, você poderia pisar fundo, ziguezaguear, ultrapassar alguns sinais no último instante?

O taxista deu uma risada.

— Tem alguém seguindo você, camarada?

— Não sei. Talvez.

— Bem, não importa. Se quer que eu pise fundo, você é quem manda.

O sinal ficou verde e o táxi disparou descontrolado e deu uma guinada brusca para a faixa ao lado. Uma buzina disparou no rastro deles.

Harry fechou os olhos.

— De Kooning porra nenhuma.

Ezra abriu a porta do banheiro. Os shorts de Geiger quase alcançavam os joelhos do menino, se enfunando ao redor das pernas. O peito e os braços nus tinham meia dúzia de hematomas roxos resultantes dos maus-tratos do dia anterior, e as marcas no rosto estavam agora mais vermelhas.

— Estou todo dolorido. Posso tomar um pouco de Advil?

— Não tenho — disse Geiger.

— Tylenol?

— Não. Não uso drogas.

— *Drogas?* Advil não é cocaína.

Ele vestiu a camiseta de Geiger, estremecendo pelo esforço. A barra da camiseta pendia na metade das coxas de Ezra. As roupas o faziam parecer ainda mais jovem, como um garoto brincando de vestir as roupas do pai. Ele sentou-se na privada e começou a calçar os tênis.

— O que vai acontecer agora? — perguntou ele, a cabeça inclinada para se concentrar na tarefa. — Se você não é um deles, então o que vai fazer comigo?

— Você tem algum parente por perto?

— Não.

— Nada de avôs ou avós?

— Estão mortos.

— Tios, tias?

— Não.

Geiger observou-o amarrar os cadarços, os dedos longos trabalhando sistematicamente, fazendo nós precisos e laços de tamanhos iguais.

— Meu pai sabia, não é? Ele sabia, quando foi embora, que aqueles caras estavam atrás dele, certo?

— Não sei, Ezra.

Geiger abriu caminho quando Ezra levantou-se e saiu do banheiro. Depois, seguiu o garoto de volta ao sofá.

— Isso é realmente um saco, cara. Quer dizer, não quero ficar aqui. Quero ficar em casa com a minha mãe, dormindo na minha cama. — Ele voltou os olhos para os estilhaços do celular espalhados pelo chão. — Minha mãe vai pirar.

— Vamos telefonar para ela. Vamos encontrar um telefone público e ligamos para o celular dela.

— Por que não pode ligar agora para ela do seu celular?

— Não posso permitir que ela saiba meu número. Não posso permitir que ninguém saiba.

Geiger podia imaginá-la parada em algum lugar, digitando novamente o número de Ezra, ficando um pouco ansiosa.

O garoto sentou-se no sofá e pousou a cabeça nas mãos. A música de Webern crescia em um poderoso arco melancólico, e os dedos dele tomaram vida em suas têmporas, meneando de acordo com o violino, acariciando as notas no ar.

— Isso é ótimo, bem agora, quando a música sobe — disse ele. — Soa como um choro, não é mesmo?

Ele cantarolou, acompanhando a música, a voz rachando no auge da melodia, depois seu foco mudou e ele curvou-se para mais perto do chão, como se reparasse nele pela primeira vez. Esticou o braço para baixo e correu um dedo sobre o desenho ornamentado.

— Cara, esse chão é legal. Onde a gente encontra algo assim?

— Eu mesmo fiz.

Ezra inclinou a cabeça para Geiger, como alguém faria diante de uma criança idiota.

— Você fez o chão com as suas *mãos*?

Geiger concordou com um movimento de cabeça, sentindo assim os músculos na parte posterior do pescoço, teimosos e intratáveis.

Ezra levantou-se e começou a perambular pela superfície reluzente, estudando a rede de desenhos, as estrelas e discos e crescentes, balançando a cabeça como que encontrando uma criação impossível.

— Isso é impressionante — disse ele. — Já te falaram isso, certo?

— Você é a primeira pessoa que o vê.

O garoto levantou o olhar.

— Tipo... ninguém nunca entrou aqui?

— Não.

— Nunca mesmo? Há quanto tempo mora aqui?

— Quase sete anos.

— Você não recebe ninguém?

— Não. É o que funciona melhor para mim. Estar só.

O sorriso de Ezra desabrochou pela primeira vez. Ele abriu-se lentamente, pensativo e melancólico. Geiger ficou desconcertado ao ver tal sorriso em um rosto tão jovem.

— É — comentou o garoto. — Eu também não sou o "cara popular".

Havia uma intermitência que se repetia na forma como Geiger percebia as coisas: o som, a visão e a ação. Era como se estivesse lendo um livro, uma história sobre Ezra e ele próprio, e a cada poucos segundos tudo pausasse — equilibrado por um instante em uma cúspide temporal enquanto ele virava a página — e em seguida a história continuasse. Ele estava ciente de que a sensação também vazava para seu estado físico, uma hesitação diminuta na respiração e no pulso acompanhando a intermitência.

A cada poucos passos, Ezra interrompia o passeio pelo chão e virava-se para ver a obra-prima.

— Ele muda — disse o garoto. — Quando você vai para outro lugar, parece diferente. — Ele recostou-se numa parede e cruzou os braços. — Sabe com o que se parece? É como um caleidoscópio.

— Sim. É.

— Meu pai gostaria disso, de verdade. Ele conhece muito de arte.

— Ele compra e vende obras de arte?

— É. Viaja pelo mundo todo. Foi por isso que minha mãe ficou comigo depois do divórcio, porque ele não costuma estar muito por aqui... E, antes de mais nada, foi mais ou menos por isso que se separaram, acho.

O dar de ombros de Ezra foi quase imperceptível debaixo da camisa de Geiger. Ele parecia algum sobrevivente choroso de um desastre: as roupas grandes demais, a pele com hematomas no rosto e nos braços, o ar solene de choque. Um rubor lento começou a subir pelo rosto do garoto como uma infusão de tintura.

— Por que ele não telefonou para mim? — perguntou Ezra. A raiva retorcia sua voz em um som ferido, como se mãos invisíveis agarrassem sua garganta. — Onde ele *está*? Por que não *telefonou*?

O ganido do garoto zunia dentro dos ouvidos de Geiger como o som de insetos. Ele girou o pescoço para a esquerda, mas o estalo não veio. Ele precisava do estalo. Precisava do som e da sensação de realinhamento, de peças deslizando para seus lugares apropriados. Ele virou o pescoço para a direita. As vértebras recusaram-se a obedecer.

— Eu *odeio* ele! — Ezra bateu na parede com as palmas das mãos, e a ação pareceu recarregá-lo e impulsioná-lo desequilibradamente na direção de Geiger. — Ele me abandonou. Foi o que fez, não foi? — Ele parou a centímetros de Geiger, o ultraje já desvanecendo, mergulhado em uma tristeza profunda. — Como ele pôde fazer isso? — Não era uma pergunta gerada por confusão ou descrença, mas sim uma declaração de assombro. Ele voltou para o sofá, sentou-se e olhou para os desenhos no chão. — Não consigo acreditar no quanto me sinto mal. Nunca cheguei nem mesmo perto de me sentir tão mal quanto agora.

Ezra havia conhecido diferentes graus de traição: um amigo tornando-se frio e distante, um professor de música alfinetando-o com um insulto, um valentão humilhando-o em um vestiário. O divórcio tinha sido uma traição dupla — no fim das contas, nem a mãe, nem o pai o amavam o bastante para colocá-lo acima do próprio descontentamento —, mas agora ele estava em um novo território emocional.

O gato foi até Geiger, levantou-se nas pernas traseiras e começou a usar as calças dele como afiador. O homem pegou-o pelo cangote e empoleirou-o no ombro. O garoto sorriu a contragosto.

— Ele gosta de ficar aí no alto?

— Ezra, você quer ir à polícia?

— Você me levaria para a polícia?

— Não posso entrar com você, mas vou levar você até lá se quiser. Há uma delegacia perto daqui.

— O que a polícia vai fazer comigo?

— Vão levar você para algum lugar e vão cuidar de você até que sua mãe chegue aqui.

Imagens de quartos lotados com catres e homens com algemas nos cintos adentraram sorrateiramente a mente do garoto. Ele viu janelas com barras escuras.

— Algum lugar de que tipo?

— Algum lugar para crianças. Algum lugar seguro.

— Estou seguro aqui, não estou?

— Acho que sim.

— O que quer dizer? Eles sabem onde você mora?

— Não — disse Geiger. — Não sabem. Mas o que estou tentando dizer é... — Ele lutou para ordenar as palavras. — Não sei quem são aqueles homens. Não sei o que são capazes de descobrir.

Para o garoto, tal declaração tinha um leve toque de ameaça. Ele tinha conseguido ver um dos homens por um segundo apenas, mas fora o bastante. Naquela manhã, o pai dele já tinha saído quando ele despertou, e havia deixado um bilhete: "Tenho uma reunião cedo. Deixe a porta trancada com todos os trincos e passe a corrente. Vou telefonar mais tarde. Papai." Ele havia comido um waffle, voltado para o quarto e começado a praticar o violino. Esquecera-se da corrente e estava tão absorto pela música que não os ouvira arrombando a porta. Ezra teve apenas um vislumbre do homem negro avançando em sua direção antes de a fita adesiva cegá-lo.

Tudo a respeito do ocorrido havia parecido irreal, como se ele tivesse se transformado de repente no personagem de uma daquelas histórias nas quais alguém é removido desta vida e transportado para um reino mágico onde os inimigos do bem usam seus superpoderes para disseminar o mal no mundo. Ele se lembrava de que, quando os homens o colocaram no caixão, tinha pensado que ia morrer — não imediatamente, mas em breve. Tal ideia era absolutamente nova para sua mente, e gerara uma mudança nele.

— Quero ficar aqui... com você... até minha mãe voltar.

— Tudo bem.

— Podemos comprar algo para a dor?

— Podemos. O quê?

— Não sei. Qualquer coisa.

— Certo. Mas você fica aqui. Eu vou.

Geiger tirou o gato do ombro e largou-o no sofá, e o animal aninhou-se no colo de Ezra e fechou o olho. Geiger verificou os bolsos para ver se tinha dinheiro e dirigiu-se para a porta.

— Vou ativar as fechaduras, portanto não toque nos teclados. Isso poderia... disparar coisas.

— Tipo o quê?

— Simplesmente não toque em nada.

— Certo.

— Promete?

— Eu disse que sim, não disse? Não vou a lugar algum. Posso assistir à TV?

— Não tenho uma TV.

— Você não tem uma *TV*? Está falando sério?

— Sim. Estou falando sério.

— E quando trouxer o remédio, traga um pouco de *comida*, por favor?

— Muito bem, um pouco de comida também.

Quando Harry encontrava Geiger na lanchonete para o café da manhã, geralmente era no começo do dia. Agora, ao se sentar em um reservado com Lily, ele percebia que o sol estava mais alto no céu e que os raios seguiam uma rota mais direta através das grandes janelas. Harry sentia que o estômago era como um campo enlameado onde jogadores disputavam uma bola de rúgbi. O cheiro da comida fez com que vários fluidos começassem a circular, e enquanto permanecia sentado com Lily ao seu lado, os roncos do estômago eram tão altos que duas adolescentes na cabine vizinha riram do barulho.

A barriga dolorida de Harry estava massacrando sua concentração, tornando difícil focar-se na questão Butch-e-Sundance: quem *são* esses caras? Ele também não tinha a menor ideia do que estavam realmente procurando, o que tornava muito mais difícil saber como ser mais esperto do que eles. Contudo, havia um consolo para Harry: naquele exato momento, Hall observava um *blip* em um monitor entrecruzar as ruas de Nova York. O dispositivo de rastreamento passeando no táxi deveria mantê-lo ocupado pelo menos durante algum tempo.

Lily olhava pela janela da frente, concentrando-se em um pedestre após o outro, a cabeça girando conforme os seguia até que saíssem de seu campo de visão. Quando os dois costumavam ir ali nos fins de semana, munidos com o *Times*, Lily lia os obituários de Harry em voz alta como se fossem solilóquios shakespearianos, acrescentando seus próprios toques de paixão e drama.

Harry colocou uma das mãos no ombro da irmã. Ele sentia os calombos arredondados dos ossos sob a pele fina dela. Aproximou-se do ouvido de Lily.

— Ei, Lily. Você se lembra desse lugar? Você se lembra de ler...

— Jesus! O que aconteceu com você?

Era Rita, servindo café fumegante para Harry enquanto olhava espantada para a têmpora inchada e roxa dele. Ele estava tão distraído que tinha se esquecido dos ferimentos de batalha.

— Estou bem.

— Claro que está... E eu sou loura natural. — Rita debruçou-se para se aproximar mais. — De verdade, Harry, o que diabos aconteceu? E não me diga "você devia ver como ficou o outro cara".

Harry sorriu, o que o fez contrair o corpo.

— Na verdade, acertou bem na mosca, boneca. Juro por Deus.

— Você precisa colocar um pouco de gelo nisso.

— Certo. E você tem algum Advil?

Ela fez que sim com a cabeça e foi para trás do balcão. Harry levantou uma das mãos até o rosto. A sensação tátil revelou algo que não parecia com seu rosto, e, agora que pensava a respeito, muito pouco de seu corpo e cérebro pareciam com o *ele* com o qual havia vivido durante tanto tempo — da cabeça latejante e da virilha dolorida até a concentração embotada e o coração amolecido. Sentia-se entre vidas distintas, flutuando em alguma espécie de gosma temporal mutante. Colocou três sachês de leite no café, inalou o vapor e deu um gole pequeno e agradecido.

Rita entregou-lhe um saco plástico Ziploc cheio de gelo e uma embalagem de Advil.

— Aqui está.

— Obrigado. — Ele colocou o saco no rosto. A sensação foi maravilhosa.

— E quem temos aqui? — perguntou ela, indicando Lily com a cabeça.

— Lily. Minha irmã mais nova.

— Prazer em conhecê-la, querida — disse Rita.

Quando Lily não respondeu, Rita ergueu uma sobrancelha. Mas uma lembrança veio à tona e um ar de surpresa surgiu em seus olhos.

— Sua *irmã*? Aquela com quem você costumava vir aqui antigamente? — Ela olhou com mais atenção. — Sim, sim, eu me lembro. *Lily*. — Sua expressão facial revelou tristeza. — Ah, céus... Harry, o que aconteceu?

— Ela "estragou". — Harry suspirou. — E a garantia dela já tinha expirado. — Ele colocou cinco comprimidos na boca e os engoliu com mais um gole de café. — Ela não fala muito, e está em um asilo há bastante tempo.

Rita manifestou seu pesar balançando a cabeça.

— Pobrezinha.

— Eu, bem, estou passando o dia com ela.

— Vai levá-la para ver os fogos de artifício hoje à noite?

— Nossa... Quatro de Julho. Eu tinha me esquecido completamente. Não, não vamos assistir aos fogos de artifício.

— Você vai comer? — perguntou Rita.

— Até desmaiar ou vomitar.

— Que imagem. E sua irmã?

— Não sei. Vou tentar alimentá-la.

Rita franziu o nariz, inclinou-se para perto de Lily e inspirou.

— Acho que ela precisa ir ao banheiro, Harry. Ela foi recentemente?

— Não. — Ele também inspirou para sentir o cheiro. — Nossa, eu nem tinha reparado.

— Ela... consegue ir sozinha?

Constrangido, Harry deu de ombros.

— Não sei.

— Nossa, Harry... você não sabe um bocado de coisas. Não deixaram com você uma lista ou algo do gênero?

— Quem?

— O asilo.

— Ah. Não, eu... eu estava meio apressado. Rita, você poderia me fazer um favor e conferir se a barra está limpa no banheiro feminino para que eu possa levá-la até lá?

— Você não pode entrar lá, Harry. Aquele lugar é mais movimentado do que o túnel Holland.

Ambos olharam para Lily. Um pardal pousara no parapeito fora da janela e Lily o observava enquanto ele a observava também. Sempre que ele inclinava a cabeça e a mudava novamente de posição, Lily fazia o mesmo, como se conversassem em uma silenciosa língua aviária.

— Nossa Mãe. — Rita suspirou. — Eu vou levá-la.

— Você me salvou, Rita.

Harry pegou a mão da garçonete e apertou-a com força. Segurar a mão dela era agradável, e ele de repente percebeu que poderia começar a chorar. Ele não tinha ideia do porquê.

— Harry — disse Rita. — Não posso levá-la a menos que você me solte.

— Sinto muito. — Harry largou a mão de Rita e pegou a irmã pelo pulso. — Vamos, garota. — Ele saiu do reservado e ajudou Lily a se levantar.

— Os pássaros... — disse ela.

Rita passou o braço pela cintura de Lily.

— Vamos, querida.

Enquanto a conduzia em direção a um corredor estreito, Rita gritou para o balcão:

— Manny! Me vê um sanduíche de queijo com bacon crocante, e requenta a comida dos clientes. Carla, cuida das minhas mesas por um minuto.

Rita e sua protegida desapareceram nas sombras, e Harry sentou-se de novo. O café começava a aplacar a dor na cabeça, então ele tentou desembaralhar os pensamentos fazendo uma listagem mental das questões que precisava resolver.

Primeira: Hall tinha conseguido penetrar no firewall do site. Ele não achava que aquilo fosse possível sem uma senha legítima, de modo que talvez devesse tentar contatar a pessoa que deu a indicação para descobrir algumas informações sobre aqueles caras. Mas Hall tinha usado Colicos como referência, o cara do ferro-velho, e seria um transtorno enorme entrar em contato com ele.

Segunda: *Seria* Hall *capaz* de rastrear pessoas através de sinais de telefones celulares? Caso tivesse alguém dentro da Verizon ou da Sprint ou onde quer que fosse, poderia obter esse tipo de informação por um preço.

Terceira: Que diabos faria com Lily? Ele não tinha dinheiro para alugar um carro nem para pagar um táxi que a levasse de volta ao asilo em New Rochelle, e não tinha o número de telefone da enfermeira para que pudesse chamá-la para pegar Lily. Pelo menos por enquanto, deveria ser um assunto de família.

— Missão cumprida.

Era Rita. Ela delicadamente ajudou Lily a sentar-se na cadeira e colocou um prato de comida diante de Harry.

— Ela estava de fralda, portanto agora não está mais — informou-lhe Rita. — Você deveria pensar em comprar algumas para ela. E Harry... ela disse uma coisa.

Harry pegou uma garfada dos ovos mas, antes de comer, falou:

— É, ela gosta de cantar.

Rita balançou a cabeça.

— Não, ela *disse* uma coisa. Ela disse "xixi".

O passado e todos os seus sonhos, mais leves do que o ar, cercaram Harry como um campo de força. Ele pousou o garfo de volta no prato e olhou para os olhos escuros da irmã, tão profundos como um poço dos desejos.

— Ela disse isso? "Xixi"?

— Foi. Você sabe, quando estava na privada mijando.

Harry sentiu a mão de Rita em seu ombro e então se deu conta de que havia lágrimas descendo por seu rosto. Ele esticou o braço sobre a mesa e acariciou o da irmã com delicadeza.

— Caramba, Lily. Você ainda está em algum lugar aí dentro, não está?

Rita apertou o ombro dele e disse:

— Vou dizer uma coisa a você, Harry. Você é um homem bom. No estado em que ela está? Não são todos os caras que cuidariam de uma irmã assim.

Harry recostou-se e enxugou as lágrimas com a palma da mão.

— Não é verdade, Rita, mas obrigado. — Ele pegou o garfo. — Mas é engraçado... Você é a segunda pessoa que me diz isso hoje.

— Isso dá dois contra um, Harry, então devo estar certa.

— É, como posso discutir com você e com um taxista da Louisiana?

Ele enfiou uma garfada de ovos na boca, mas antes mesmo de terminar de morder, parou de mastigar. O taxista...

De repente ele ouviu a voz arrastada do motorista dizendo: "*Também tenho uma irmã.*"

Os sentidos de Harry oscilaram entre a incerteza e a paranoia e de volta à incerteza enquanto revia em sua mente a cena com o motorista. Quase imediatamente, teve certeza: ele não tinha dito ao taxista que Lily era sua irmã.

Atualmente, ele e Lily não eram nem um pouco parecidos, mas o motorista não poderia ter ouvido alguma parte da conversa entre os dois e ter feito uma dedução racional quanto a quem Lily era? Ou — mais provavelmente — seria possível que o taxista soubesse quem eram Harry e Lily antes de entrarem no táxi? Geiger disse que o garoto achava que tinham sido três homens. Harry precisou engolir com força para obrigar a comida a descer pela garganta.

— Rita, existe alguma saída pelos fundos aqui?

— Pensei que estivesse morrendo de fome.

— Estou. Tem uma saída?

— Sim, no fim do corredor. Dá para o beco.

Harry levantou-se e colocou Lily de pé, tirou algumas notas do bolso e colocou-as na mesa.

— Se um cara de cabelo ruivo e bigode entrar, você não nos viu. Ele também pode ter um sotaque sulista.

— Estou ficando assustada, Harry.

— Então somos dois.

De súbito, Harry agarrou o rosto surpreso de Rita com as mãos e deu-lhe um beijo forte e rápido.

— Vejo você em breve — disse ele, e puxou Lily em direção ao corredor.

Fora da lanchonete, no beco, o calor da manhã assava a superfície da caçamba do lixo. Harry segurou o antebraço fino de Lily, segurou-a atrás de si e espiou pela esquina como um camundongo analisando um território dominado por gatos. Carros aceleravam para passar antes de o sinal fechar, acordes pesados urravam da janela do apartamento de algum aficcionado por heavy metal, e duas mulheres cambaleando sobre saltos-agulha prateados caminhavam com seus pequenos cachorrinhos presos a coleiras com *strass*. Tudo era barulhento, agitado e movimentado, mas Harry achou um táxi estacionado entre meia dúzia de carros na esquina, do outro lado da rua. A sombra das árvores deixava indefinida a silhueta do motorista. A cabeça dele movia-se — falando, ou acompanhando o som do rádio, ou mastigando algo — mas Harry não conseguia determinar se ele era o sulista ou não.

Recuou até sumir de vista e virou-se para Lily. Ela estava de pé contra a parede, os olhos fechados.

— Então, o que acha, irmã? — disse Harry. — Seu camarada caipira é um dos homens maus?

— *I see you, baby* — disse Lily, os olhos ainda fechados. Ela sorriu.

Harry suspirou tão profundamente que pôde ouvir sua própria respiração.

— "Xixi." Não consigo acreditar que você disse isso.

Um maconheiro aproximou-se pela calçada, consumindo lentamente um cigarro e coçando sua barba malfeita.

— Ei, garoto — chamou Harry.

O adolescente virou-se. A camiseta dele dizia: "Exploda tudo e comece outra vez."

— Oi? — disse ele.

— Quer ganhar vinte pratas?

O dedo médio do garoto levantou-se como que disparado por uma mola.

— Vá se foder, seu tarado.

Ele atirou o cigarro em Harry e seguiu caminhando.

— Ei, espere, não é nada disso! *Trinta* pratas!

O maconheiro parou e olhou para trás.

— Para fazer o quê?

— Está vendo aquele táxi estacionado ali? Preciso que você atravesse a rua, dê uma olhada no motorista, siga até a esquina, volte para cá e me descreva a aparência dele.

— Quem é você? James Bond?

— Isso mesmo. Sou a merda do James Bond. Fechado?

— Pode crer, porra.

Quando o rapaz começou a atravessar a rua, Harry sussurrou para ele:

— E seja discreto.

O maconheiro fez que sim com a cabeça e caminhou em direção ao táxi. Harry observou enquanto o garoto pegava um cigarro e depois se inclinava diretamente para dentro da janela do táxi. O perfil obscurecido do motorista virou-se para o maconheiro; um instante depois, Harry viu um clarão de luz âmbar.

— Jesus — disse Harry.

Ele recostou-se atrás da parede e esperou até que o rapaz retornasse. Quando ele não apareceu, Harry espiou outra vez e chocou seu nariz contra o do rapaz. Ele retraiu-se e sentiu uma pontada quente de dor cortar o lado de seu rosto.

— Ei, zero-zero-sete — disse o maconheiro. — E aí?

— Qual era a aparência dele?

— Primeiro, o dinheiro.

Harry puxou a carteira do bolso, tirou três notas de dez e colocou-as na palma da mão estendida do rapaz.

— E então?

— Cabelo vermelho. Belo bigode espesso. Boné de beisebol.

Harry sentiu uma satisfação incomum — a hipótese dele estava correta — e divertiu-se ao pensar no rastreador do tamanho de um botão preso ao banco do veículo. Mas também sentiu um formigamento desagradável nas mãos. Ele queria colocá-las no pescoço do taxista.

— É ele o cara que você está procurando? — perguntou o maconheiro.

— Obrigado pela ajuda, garoto.

— Claro, cara. Força aí. — Ele fez o sinal da paz e seguiu caminho.

Descobrir a resposta para uma pergunta apenas disparou uma avalanche de outras. Harry ainda não tinha ideia de com quem estava lidando; sequer sabia quantas pessoas estavam atrás dele. Mas tudo aquilo poderia esperar. Por enquanto, só uma coisa importava. Ele colocou o braço ao redor de Lily e conduziu-a pelo beco.

— Venha, mana. Precisamos encontrar Geiger.

Mitch tinha estacionado um pouco antes, naquele quarteirão, para que pudesse ver a frente da lanchonete, mas sem ser visto de dentro do local. Enquanto aguardava até que

Boddicker e a irmã aparecessem, olhava ocasionalmente para a luz azul que piscava no centro da tela de um instrumento preto, do tamanho de um palmtop, no assento ao lado dele.

O celular de Mitch tocou e ele atendeu:

— Oi.

— Ainda está com ele, Mitch?

Era Hall.

— Sim, ainda na lanchonete. — Sua fala arrastada e melosa havia desaparecido. — Onde você está?

— Upper West Side. Estamos em trânsito. Conseguiram localizar o celular do garoto.

— Como está Ray?

— Está costurado. No geral, eu diria que a cara dele até melhorou. Está com aquela marca de lábio leporino... As mulheres vão adorar.

Mitch notou o sarcasmo perverso e afiado, o que significava que Hall estava preocupado. Não apenas estressado, mas tenso ao extremo. Era ruim ouvir aquilo, mas era bom saber.

Depois que Hall desligou, Mitch continuou a observar a entrada da lanchonete. Sua mente, enquanto isso, construía uma série de configurações estratégicas caso a tarefa desse errado. Uma semana antes, tinha parecido extremamente simples, porém agora não era mais assim. Apesar de Mitch ainda considerar que as probabilidades estavam a favor deles, naquele ponto ele precisava elaborar planos para os piores cenários possíveis. Ele chamava isso de seu modo "matar ou morrer", e a essência dele era permanecer alguns passos à frente do inimigo, quem quer que fosse.

Idealmente, Hall continuaria a dar as ordens — o homem era esperto, engenhoso e impiedoso. E Mitch sempre havia trabalhado bem com Ray, que preferiria atravessar uma parede a contorná-la. Mas, se a operação fosse um fiasco total e se resumisse a uma contagem de corpos, que assim fosse. Seria ele quem faria a contagem.

13

O lugar era de outro mundo, mais inferno que paraíso. Cores ofuscantes e contrastantes brigavam com uma nuvem de aromas e uma mistura de sons em constante mutação. Reluzentes tons de laranja, vermelho e marrom, vozes, músicas e ruídos mecânicos, cheiro de óleo e canela e peixe e carne, todos colidiam e se entremeavam.

Geiger parou assim que atravessou a porta, atordoado. Ele nunca tinha entrado em um Burger King nem em nenhum outro estabelecimento de fast-food. Havia estado no restaurante de Carmine e na lanchonete, mas aquilo, sob todos os aspectos, era uma experiência diferente. Aproximou-se alguns passos do balcão e das três filas de clientes. Olhar para a série de cardápios afixados à parede, cheios de palavras, números e imagens, era como tentar decifrar um mapa da galáxia.

— Ei, cara. Você está na fila ou não?

Uma cabeça enfiou-se no campo de visão de Geiger por trás; era um garoto branco com um lenço cobrindo a cabeça, usando meia dúzia de colares baratos pesados com bugigangas.

Geiger olhou inexpressivamente para o garoto. Sentia-se suspenso e içado ao alto, como se tivesse esquecido de como respirar. A audição também parecia afetada: estava com dificuldade em localizar as fontes dos sons.

— Costuma visitar esse planeta com frequência, cara? — comentou o garoto ao passar por ele indo até o balcão.

Geiger pegou um lugar em uma das filas e repetia mentalmente o pedido de Ezra enquanto aguardava.

Por fim, chegou a vez dele.

— O que deseja? — perguntou a mulher atrás do balcão.

A aba do boné com o logotipo do BK tinha uma mancha do tamanho de um polegar na borda esquerda, onde ela o tocara mil vezes com dedos engordurados.

— Quero um hambúrguer, batatas fritas e uma Coca.

— Então você quer uma refeição?

— Sim, quero uma refeição.

Geiger estudou o cenho franzido da mulher. Por qual outro motivo ele, ou qualquer outra pessoa, estaria ali?

— Qual?

— Um hambúrguer. Batatas fritas. Coca.

— Qual *refeição*, senhor? — O polegar dela apontou para os cardápios retroiluminados acima e atrás dela. — Número um? Dois? Três? Qual?

— Tanto faz — disse Geiger.

— Então, basta escolher uma — disse ela.

— Refeição número um.

— Certo. Mostarda-ketchup-picles-cebola?

— O quê?

— No hambúrguer. Mostarda-ketchup-picles-cebola?

As palavras foram pronunciadas como uma récita inconsciente, uma ladainha tão automática quanto um piscar de olhos ou uma respiração. Mas, para Geiger, faziam a superfície das coisas ondularem absurdamente. Mostarda-ketchup-picles-cebola. Ele não conseguia tirá-las da cabeça. As palavras tornaram-se um *loop* de áudio, uma fita de Möbius composta de palavras, uma rima infantil sem sentido. Geiger percebeu que sua mandíbula estava tão travada quanto uma armadilha para ursos.

— O que vai ser, senhor?

— Tudo — disse Geiger. — Quero tudo.

Ezra estava sentado na cadeira de Geiger, à mesa de Geiger. O gato encontrava-se deitado em seu lugar favorito, logo à direita do teclado, a barriga cinzenta e sedosa exposta. Ele instigava Ezra, dando um tapinha na mão dele com a pata, sempre que se passava um minuto entre os afagos.

Ele olhava à frente para a longa fileira de fichários pretos de três argolas. Estavam etiquetados cronologicamente, começando em "Jan-Junho 1999" e seguindo até o presente. O menino sentia como se os fichários clamassem por ele, todos sussurrando "me abra". Ele empurrou o teclado para o lado, puxou um dos fichários mais para perto e deitou-o. Quase duas dezenas de abas despontavam entre as pilhas de páginas. Os dedos dele encontraram uma aleatoriamente, então ele abriu o fichário e começou a ler.

- DATA/HORA: 22-5-2004/03:00
- LOCAÇÃO: Ludlow St.
- CLIENTE: Detetive da Polícia de Nova York
- REFERÊNCIA: Carmine/ASAP
- ASSUNTO: Filha de 24 anos do detetive desaparecida
- JONES: Ex-namorado da filha, 25
- INFORMAÇÕES: Filha desaparecida há 3 dias. Detetive tem "mau pressentimento" em relação ao ex-namorado e em vez de prendê-lo preferiu pedir um favor a Carmine.
- ARRANJO: Jones amarrado à cadeira de barbeiro, trajando somente cuecas samba-canção. Musculoso. Cabeça raspada. Sala totalmente iluminada. Carrinho portátil com spray de aerossol, navalha reta, venda.

Ezra virou algumas páginas, correndo os olhos por elas. Desta vez, a palavra "navalha" captou seu olhar. Ele voltou para o topo da página e releu mais lentamente.

G: Você sabe onde Lisa está, Victor?
Jones: Já disse, cara... Não sei onde ela está! Você acha que fiz mal a ela só porque terminou comigo?
G: Victor, sei o que me disse, mas acho que está mentindo... E costumo estar certo quanto a essas coisas.
______*G pega a navalha reta do carrinho, e a gira para fora da bainha.*
G: Victor, preste muita atenção ao que digo agora, pois é crucial que compreenda o que está por vir. Afiei essa navalha a tal ponto que cortes precisos praticamente não causariam nenhuma dor.
Jones: Ah, cara, isso é doido para caralho.
______*G pega o frasco de aerossol de spray congelante do carrinho.*

G: Victor, isso funciona imediatamente e perde o efeito logo.

______*G pega um dos dedos do Jones e dispara um jato de spray na ponta. Jones retrai-se, enrijece o corpo.*

Jones: Filho da... essa merda é gelada!

______*G larga o aerossol, depois corta a ponta do dedo médio do Jones com a navalha. O sangue jorra do corte.*

Jones: Vai se foder, cara! Você me cortou!

G: Mas não doeu. Não é mesmo, Victor?

______*G prepara-se para fazer outro corte.*

Jones: Não, merda, não doeu!

G: Victor, você só está aqui para me contar a verdade. Nada mais. Vou vendar você e perguntar novamente sobre Lisa... onde ela está, se ainda está viva... Depois, vou começar a cortar pedaços do seu corpo...

______*Jones fica mais agitado.*

Jones: Não, não, não, cara. Isso é totalmente...

G: Mas vou aplicar antes o spray, o que, somado ao gume afiado da navalha, significa que você vai sentir a pressão da lâmina, mas nenhuma dor.

Jones: Porra, você é louco, cara?

G: Victor, o sangue transporta oxigênio pelo corpo. Se a perda de sangue for gradual, você pode perder 25% dele... cerca de 1 litro e 250 ml... antes que seus órgãos comecem a parar de funcionar devido à privação de oxigênio...

Jones: Nossa mãe, cara! Não me corta!

G: ... de modo que, quanto maior a perda de sangue, menos tempo se leva para morrer. Mas você não vai saber o quanto estará sangrando, ou quanto tempo vai ter de vida.

______*G pega uma venda e a amarra na cabeça do Jones. Dispara jatos do spray no rosto, peito, braços e virilha do Jones. Jones retrai-se e choraminga.*

G: Vou começar a cortar agora, Victor.

Jones: Para com isso, cara. Espera. Isso é uma loucura do caralho. Não faz isso!

______*G dobra a navalha de volta na bainha e passa a parte cega da bainha sobre o braço esquerdo do Jones. Jones debate-se nas correias.*

Jones: Ah, merda!

G: Victor, onde está Lisa?

Jones: Já falei, cara! Eu não...

G: Está desperdiçando tempo e sangue, Victor.

______*G abaixa a cueca de Jones. Jones retrai-se violentamente.*

Jones: Não, não! Porra, cara, não! Não o meu...

______*G agarra o Jones pela garganta.*

G: Próxima pergunta, Victor. Quer ficar sem pau ou sem coração?

Ezra fechou o fichário com força, como que trancando um monstro antes que ele pudesse sair e agarrá-lo. O gato levantou-se e saltou da mesa.

O menino desmoronou na cadeira de Geiger. Passaria o resto da vida com aquele dia enfiado em um canto de sua memória, e com o tempo ele se tornaria um recibo amarelado listando o custo do que tinha perdido nas últimas 24 horas. E, rabiscado no topo, haveria a pergunta que ele agora proferia em voz alta:

— Por que você me salvou?

A Amsterdam Avenue era um emaranhado de barulhos. Geiger sentia-se vulnerável, quase indefeso, e ainda tentava digerir não somente a situação no Burger King, mas também a visita à farmácia. Ele nunca havia entrado em uma, tampouco, e a experiência de deparar-se com um aglomerado de recipientes de cores vibrantes no corredor para "Dor e Sono" havia sido quase paralisante. Parecia haver curativos para todo tipo de dor e dosagens para todas as pessoas e situações. Ele levou dez minutos para se decidir por um pequeno frasco de Advil infantil.

Geiger dobrou a esquina de seu quarteirão. Mais adiante, na calçada, sentado em sua cadeira dobrável com a muleta desgastada aos seus pés, estava o homem a quem todos na vizinhança chamavam de Sr. Memz. A última coisa na qual o pé direito dele tinha pisado havia sido uma mina terrestre em uma floresta no Vietnã, e ele tinha voltado para casa sem metade da perna. Sua sanidade era frequentemente questionada pelos passantes, mas a capacidade que possuía de memorizar vastos volumes de texto fizeram dele uma lenda local.

Para complementar a pensão por invalidez, o Sr. Memz sentava em seu ponto e apostava com os passantes se seria capaz de recitar, palavra por palavra, uma página de qualquer um entre a meia dúzia de livros que tinha à mostra. O apostador declarava o valor da aposta, escolhia uma página a esmo e lia em voz alta as primeiras quatro palavras de uma frase. Em seguida, o Sr. Memz começava sua récita, imbuída do drama, humor ou paixão que a seleção, de acordo com sua estimativa, exigia. Quase nunca cometia um erro, e, mesmo quando isso acontecia, a maioria dos clientes raramente chamava atenção para ele.

Como sempre, o Sr. Memz vestia roupas militares camufladas, e à medida que Geiger se aproximava, apagou um Newport.

— Como vai, GT? — perguntou o Sr. Memz. "GT" era o apelido que tinha atribuído a Geiger anos atrás. Significava "Grande Tagarela".

— Não tenho tempo hoje — disse Geiger ao passar por ele.

— Uau — disse o Sr. Memz, sorrindo. — "Não tenho tempo hoje." Porra, cara... são quatro palavras inteiras. Acho que nunca tinha ouvido você falar três palavras seguidas. Se continuar tagarelando assim, não vou ter mais uma oportunidade sequer de abrir a boca.

Geiger parou. Ele vira algo sobre a mesa, e a imagem o tinha puxado como um arpão cravado nas costas. Ele voltou ao ponto do Sr. Memz.

— E então, o que vai ser hoje, GT?

— Dois dólares.

— *Dois dólares?* Acha que vivo à base de bolinhos recheados? Sabe quanto um veterano cotó recebe do governo todos os meses?

— Tudo bem, cinco dólares.

— Agora, esse número pode até me agradar, GT — disse o Sr. Memz, e as pontas de seus dedos coçaram sua barba escura.

Geiger largou as sacolas do Burger King e da farmácia e pegou uma cópia bastante folheada de *O lobo do mar,* de Jack London.

— Boa escolha, GT. — O Sr. Memz espreguiçou-se na cadeira. — Me dá um cigarro.

Geiger pegou um maço de Luckies e tirou um. O Sr. Memz enfiou-o entre os lábios enquanto Geiger brandia seu isqueiro Bic de plástico, mas o homem dispensou-o abanando a mão.

— Porra, cara, tenha um pouco de autorrespeito. Se vai se matar, então que seja com estilo, né? — Ele pegou seu Zippo cromado desgastado que jazia sobre a mesa. — Esse garoto me acompanha desde o Vietnã. Usava ele quarenta vezes por dia enquanto servia lá. Funcionou todas as vezes, mesmo naquela interminável chuva filha da puta. — Ele abriu a tampa e sorriu diante do clique singular. — Que som lindo para cacete.

O Sr. Memz falava mais do que qualquer outra pessoa que Geiger já tinha conhecido, mas ele gostava de ouvir seus recitais. E gostava de observar como o Sr. Memz se movia, como havia remodelado sua abordagem para um mundo criado para homens com duas pernas. Décadas de uísque e cigarros desgastaram o brilho da voz dele, transformando-a em uma rouca sirene de névoa. Às vezes, quando havia bourbon em seu sangue, o Sr. Memz puxava seu rabo de cavalo e falava sobre a amizade entre a dor física e seu corpo, e Geiger prestava muita atenção. O homem sabia tudo sobre dor.

O Sr. Memz acendeu o cigarro e deixou-o fumegando entre os lábios.

— Vamos lá.

Geiger folheou o livro. Sem compreender como, ele sabia o que procurava, e apesar de as letras pequenas se moverem no papel como formigas agitadas, encontrou o trecho quase imediatamente.

— "Ele saltou na minha direção com um quase rugido, agarrando meu braço" — leu Geiger, ainda desacostumado com a queda rolante da própria voz dentro de seus ouvidos. Os olhos do Sr. Memz levantaram-se até encontrarem os de Geiger, então ele começou a falar emanando palavras e fumaça, como uma salva de artilharia.

— "Ele saltou na minha direção com um quase rugido, agarrando meu braço. Eu havia me fortalecido para enfrentá-lo de frente, apesar de estar tremendo por dentro..."

"apesar de estar tremendo por dentro", o garoto de 9 anos leu em voz alta o texto do livro.

O pai do garoto estava sentado diante do piso de pedra da lareira, seu corpo roliço vestindo um macacão de brim desbotado. A mão direita puxava a barba densa e aparada. Ele tragou profundamente o cigarro e, quando expirou, a fumaça adquiriu um tom âmbar pálido por causa da luz do fogo.

A choupana era a obra de um mestre carpinteiro. As paredes e o telhado de catedral eram feitos de enormes troncos cortados. As janelas ficavam no alto, de modo que a visão de dentro era limitada a copas viçosas de árvores e ao céu infinito. O chão era uma impressionante obra de arte, uma detalhada recriação de O jardim das delícias terrenas *de Bosch, os milhares de mosaicos, um testamento ao virtuosismo e à obsessão.*

"Ele agarrara-me pelo bíceps com apenas uma das mãos, e, quando a pressão aumentou, definhei e gritei.

Meus pes cederam sob mim. Eu simplesmente não conseguia ficar de pé e suportar a agonia."

— Pare agora, filho. Ele está subjugado pela dor, mas a pergunta é: por quê?

— Porque... porque ele é fraco?

— Fraco, sim... mas não no corpo. A força verdadeira não possui nenhuma relação com os músculos. A mente dele é fraca porque ele não conhece a dor... e sentimos medo do que não conhecemos. E é o medo que nos torna fracos. — Ele tragou o cigarro. — Observe agora.

Ele assoprou a ponta do cigarro, fazendo as cinzas soltas flutuarem para longe, revelando a brasa quente alaranjada. Ele abaixou o cigarro e amassou-o no dorso da mão sem qualquer hesitação e sem emitir som.

— Está vendo, filho? Não é o corpo. É a mente.

Geiger percebeu que o Sr. Memz tinha terminado a récita e estava agora recostado na cadeira. Com os olhos fixos em sua plateia, o veterano jogou fora a guimba do cigarro e abriu o sorriso de um lunático charmoso. Geiger tirou uma nota de cinco dólares do bolso e ofereceu-a ao Sr. Memz, que pegou o dinheiro e o beijou.

— Pergunta, GT.

— O quê?

— Durante minha apresentação esplêndida, você não estava olhando para a página e acompanhando o texto. Portanto, como sabe que acertei?

— Já li o livro. Muitas vezes.

— Por que não disse antes, cara?

— Porque tinha me esquecido.

Ele foi embora. Era uma caminhada ladeira abaixo, e a terra girava e o puxava com força. O calor que subia da rua fazia com que a vista se tornasse uma cortina ondulante, derretida. Dois homens, na entrada da oficina, manuseavam ferramentas pneumáticas barulhentas, afrouxando parafusos das rodas de um Magnum vermelho-sangue erguido por um macaco hidráulico. O sol criava a visão de um polimento brilhante no suor das costas nuas dos mecânicos.

Um clarão de luz atraiu o olhar de Geiger. Ele virou-se e viu um Lexus prateado com vidros fumês subindo lentamente a rua. Agachou-se atrás de um carro parado e observou o Lexus avançar até parar diante do ponto do Sr. Memz. A janela do motorista desceu e uma nuvem de fumaça escapou do interior do veículo. Uma das mãos do motorista apareceu segurando um cartão quadrado de 35 centímetros, a superfície cintilando sob o sol. O Sr. Memz inclinou-se para a frente na cadeira e olhou atentamente para o cartão. Os lábios dele se moveram, mas Geiger não conseguiu ouvir o que falou.

O vidro escuro deslizou até fechar e o carro partiu. Geiger lembrou-se de que o cartão do seguro de Hall dizia que ele dirigia um Lexus, mas não conseguia se lembrar de qual cor. A memória dele não cedia essa informação. Ele observou o carro dobrar na Amsterdam Avenue e seguir até sumir de vista, então se deslocou rapidamente até o Sr. Memz, inclinando-se junto ao ouvido dele, por trás.

— Sr. Memz.

O veterano deu um sobressalto como se alguém tivesse gritado “ataque inimigo!”. Ele virou o corpo para trás.

— Porra, cara! Não chegue assim desse jeito!

— Preciso fazer uma pergunta ao senhor — disse Geiger.

As costas do Sr. Memz subiram e desceram com um suspiro profundo.

— GT, acho que gosto mais de você quando mantém a boca fechada.

— O Lexus. O que o motorista queria?

— Ele me mostrou uma fotografia de alguém muito parecido com você. Perguntou se eu tinha visto o sujeito por aqui e disse que o nome dele era Geiger. É esse o seu nome, GT? Geiger?

Onde conseguiram uma fotografia dele? Geiger sentiu suas suturas tensionarem mais uma vez. Quanto mais se sentia exposto ao mundo, mais elas esticavam.

— O que disse a ele?

O polegar do Sr. Memz esfregou a barba.

— Não vou fornecer nenhuma informação e nem vou tomar parte em qualquer ação que possa ser prejudicial aos meus camaradas.

— O quê?

— Artigo quarto, cara. Código de Conduta. Você não entrega os seus. — O Sr. Memz sorriu. — Eu disse ao sujeito que nunca tinha visto você.

Enquanto levantava, Geiger viu uma imagem duplicada do Sr. Memz com contornos transparentes. Ele sabia o que aquilo significava, e o que estava por vir.

— Obrigado — disse ele, e seguiu para casa.

— Ei, GT — gritou o Sr. Memz —, o cara tem olhos de águia! Reconheço-os quando os vejo, cara, então cuide do seu traseiro magrelo!

Assim que digitou o código para abrir a porta da frente e entrou em casa, Geiger viu o garoto sentado à mesa. Três dos fichários pretos estavam abertos e espalhados diante dele.

Ezra virou-se lentamente para Geiger, os olhos flamejantes.

— É isso o que você faz? *Isso?*

A pressão na cabeça de Geiger era quase insuportável, mas ele manteve o controle mental para conseguir esticar a mão até o teclado e digitar o código interno.

— O que há de *errado* com você? — gritou o garoto, levantando-se da cadeira. Ele estava frenético, em pânico, o corpo oscilando e os braços balançando, como um palhacinho saltando de uma caixa de surpresas, impulsionado por uma mola. Seus movimentos deixavam rastros intermitentes no campo de visão de Geiger.

— Não fale agora — disse Geiger. Sua própria voz parecia muito distante. A visita estava bem próxima agora; ele já via lampejos de luz. Os livros de medicina chamavam aquilo de "aura", um prenúncio raro e agonizante da enxaqueca.

— Se é o que faz, por que não fez *comigo*?

O garoto gritava agora, o volume elevando a afinação da voz e deixando-a mais aguda. As palavras dele cortavam como uma faca.

— Não... fale — disse Geiger.

Ele avançou na direção do garoto, mas o movimento disparou uma tontura e ele parou. Ouvia o ar da própria respiração se acumulando; rugia em seus ouvidos como se viesse de um estranho atrás dele. Ele largou as sacolas e voltou-se para a estante de CDs. Precisaria da música antes de entrar no closet. Tentou se concentrar nas inúmeras caixas plásticas cintilantes, mas o mais leve movimento dos olhos nas órbitas tornava os nomes nas lombadas indecifráveis. A magnitude da aura ia além das experiências que tivera anteriormente: o grau de distorção, a reformulação da luz em estrelas farpadas, a conversão da simetria em caos e inconstância. Quando esticava o braço na direção da prateleira, o ataque iniciava, um dispositivo incendiário disparando dentro do crânio, perto do topo, enviando veias incandescentes para detrás dos olhos.

Mas Ezra, completamente tomado pela própria agitação, não tinha terminado, e gritou:

— *Por que você me salvou?*

— *Pare!* — berrou Geiger, então a enxaqueca atingiu-o com força total. Ele uivou e caiu de joelhos, como se tivesse sido golpeado.

Ezra recuou aos tropeços para a mesa.

— O que... Qual é o seu problema?!

Oscilando, Geiger agarrou as têmporas. Ele emitiu um ruído que poderia ter sido uma palavra.

— Sinto muito! — disse o garoto. — Sinto muito! Por favor, não perca a cabeça comigo!

Geiger começou a se arrastar para o santuário do closet, os dedos tateando o mosaico liso do chão, os olhos fechados para repelir a luz. Estendeu a mão direita até esbarrá-la na porta do closet, depois girou a maçaneta de metal frio e arrastou-se para dentro. Puxou a porta até fechá-la totalmente e permitiu que a escuridão o envolvesse.

Gradualmente, ele percebeu que Ezra o chamava.

— Geiger! Diga alguma coisa!

— Música — disse Geiger, rouco. — Coloque a música.

Ele ficou deitado no escuro, com o antebraço direito embaixo da cabeça, como um travesseiro, e o braço esquerdo segurando os joelhos próximos ao peito. Seu cérebro estava em chamas. Algo havia sido violado. A dor era insuportável, e agora tinha um rosto. Geiger o via: um fantasma adquirindo carne e osso.

Então, ele ouviu a música. Uma única frase melódica — elegante, melancólica, consoladora. Fechou os olhos. Conseguia ver as poças coloridas de som, saborear as notas, senti-las caindo sobre ele como uma chuva fria, resfriando o fogo em sua mente.

Quando Ezra ouviu o apelo de Geiger por música, ele correu para a estante de CDs, mas desviou em direção ao sofá quando vislumbrou o estojo do violino. Agora, estava de pé ao lado da porta do closet, dedos trêmulos puxando o arco sobre as cordas do instrumento. Acomodado sob seu queixo, o violino trazia mais que conforto; tinha a sensação de um lastro crucial, o peso de algo bom e familiar que poderia impedir que ele fosse arremessado de um canto para o outro pelo turbilhão ao seu redor. O menino fechou os olhos e, enquanto tocava, ocorreu-lhe um lampejo de compreensão: ele também precisava da música para aplacar a dor e conduzi-lo ao seu próprio lugar de paz.

14

Harry sempre havia evitado *cybercafés*. Ele não queria alguém sentado ao seu lado, esticando o pescoço. E não confiava em tais lugares — mesmo que tivessem segurança on-line, ela seria inútil. Mas era o que as circunstâncias desesperadoras exigiam, por isso estava sentado em um balcão no Charlotte's Web Café, em um dos seis laptops do local. Lily, sentada ao lado dele catava migalhas de nozes de um bolinho de aveia com seus dedos finos, segurando cada pedacinho perto dos olhos como um mineiro admirando uma brilhante pepita recém-descoberta.

Na rua, o sol era uma hóstia branca e trêmula que tornava a cidade uma frigideira. Era o tipo de calor que transforma a buzina de um motorista em insulto, um cenho franzido em ameaça. Mas o lugar era bem refrigerado, o que tornava Harry inclinado a perdoar o jazz baixo e grave emitido pelas caixas de som presas às paredes. E o café que tinha comprado do rapaz asiático atrás do balcão também não era ruim.

Harry saboreou o gole de café em sua boca e pensou em como poderia colocar em palavras seu apelo a Geiger. Ele fez o *log-in* no bate-papo da AOL como Stickler e conferiu o status de GGGG. Geiger estava ativo. O que deveria escrever? Que tal: "Estou prestes a enlouquecer, cara. Meu corpo inteiro dói e estou transportando uma louca e aqueles filhos da puta estão me seguindo. Apenas me diga seu endereço." Como havia chegado àquele ponto? Ele sequer sabia onde morava a única pessoa que considerava seu camarada.

Ele havia pensado em telefonar para Carmine e pedir ajuda, ou ao menos um lugar para se esconder, mas aquele homem lhe dava arrepios. A última vez em que o tinha visto fazia um ano, em uma sessão. O Jones costumava fornecer acessórios para banheiros para algumas casas de Carmine na cidade. O mafioso tinha sido avisado de que, como havia comentado com Harry: "o babaca gosta de chamar objetos 'recuperados' de 'novos'." O Jones cedera em poucos minutos enquanto Carmine assistia, bebericando um Chartreuse VEP Verde que custava 185 dólares. Depois que Harry reembalara o Jones para ser transportado de volta para uma das casas seguras de Carmine — um oximoro, na opinião de Harry —, Carmine havia se aproximado de Harry, apertado seu ombro e dito:

— Harry, Harry. Nosso rapaz é uma beleza, não é verdade? É como assistir a uma partida de xadrez em um ringue de boxe.

— Muito bem colocado, senhor.

— Kasparov e Ali unidos em uma única pessoa. Ele é um gênio, nosso rapaz.

Harry ainda se lembrava da risada que finalizara o diálogo; havia sido tão macia quanto o lenço de seda perfeitamente dobrado que despontava do bolso do paletó de Carmine. Aquele homem servia como um lembrete a Harry de que algumas pessoas faziam exatamente o que desejavam e obtinham tudo que queriam, geralmente porque tinham olhos atrás das cabeças, um suprimento aparentemente infinito de ases e punhais nas mangas e nenhum escrúpulo nem sentimento de culpa quanto a usá-los.

Naquele instante, a única pessoa aparentemente reconhecível para Harry era Geiger. Apesar do ato bizarro da véspera ter tirado Harry dos eixos, o sócio continuava sendo sua única esperança, a única mão que poderia içá-lo da queda livre. Ele era tudo que lhe restava.

Os dedos de Harry pousaram no teclado.

Ezra continuava com tanto medo que não conseguia ficar sentado quieto. Caminhava pelo loft de Geiger, olhando para o chão intricado como um meio de controlar o pânico. O homem estava no closet há tempo suficiente para que o CD player terminasse uma sonata de Honegger e chegasse à metade da *Sonata em Mi menor* de Fauré. Mas o garoto não tinha ideia se a música estava ajudando. O ataque tinha ocorrido de maneira tão súbita e parecera tão violento que, para ele, era inteiramente possível que o resultado fosse a morte.

Ezra abriu a porta do closet. A posição fetal de Geiger tornava difícil perceber se respirava, por isso ele cutucou a canela dele com a ponta do tênis. Na mesma hora o braço esquerdo de Geiger pressionou os joelhos com ainda mais força contra o peito; encolheu-se como um tatu-bola esperando um ataque iminente.

— Está dormindo? — sussurrou Ezra.

Deu um passo para dentro do closet e sentou-se ao lado de Geiger. Reclinando o corpo para trás, encarou-se nos espelhos. Era aquilo que seu pai era: um reflexo visível, porém intocável. Uma visita de duas semanas por ano, ou uma voz ao telefone, ou alguém com quem trocava mensagens. Uma onda de calor percorreu as costas do garoto, partes iguais de raiva e medo. Perguntou-se onde o pai estaria. Ele desejava que estivesse morto; rezava que estivesse em segurança. Ele o odiava pelo egoísmo que o havia colocado naquele closet, e agora monstros vagavam pelas ruas farejando seu rastro.

Ezra levantou-se. Com cuidado para não esbarrar em Geiger, foi até a mesa e sentou-se na cadeira, diante do computador. O ícone do bate-papo da AOL na parte inferior do monitor o atraiu. O menino clicou nele, entrou como convidado e preparou uma mensagem para o Grande Chefão, o nome na conta que o pai usava nas sessões de bate-papo dos dois.

Ezra olhou para a figura escura e encolhida de Geiger, então digitou:

CONVIDADO: Aqui é EZBoy. Onde você está?

Ele clicou em "enviar" e recostou-se na cadeira, olhando para as janelas cerradas com tábuas à sua frente. Nenhuma luz passava por elas, e apenas fantasmas dos sons mais agudos das ruas espreitavam-se através do isolamento acústico.

O *ping* de uma mensagem recebida o sobressaltou. Ele inspirou e inclinou-se para perto da tela. O quadrante superior direito exibiu a mensagem em uma fonte pequena, não serifada.

STICKLER: ei. sou eu.

Stickler? Ezra afundou no couro macio. Quem era Stickler? A saudação parecia pessoal, até mesmo íntima. As mãos de Ezra esticaram-se para o teclado, mas apenas flutuaram ali, sua concentração falhando. Por um instante, ele sentiu-se quase nauseado de medo — por si próprio, pelo pai, pelo homem no closet. Se Geiger não despertasse, o que aconteceria? Ezra não tinha ideia de onde estava, mas sabia que estava trancado por dentro.

Ezra respirou fundo e deixou os dedos caírem sobre as teclas.

Harry olhou fixamente para a mensagem:

GGGG: quem é você?

Aquilo era uma nova espécie de absurdo, o tipo de piada cósmica que somente um Deus mesquinho, com tempo livre demais, teria a inclinação para executar. Harry estava tão atônito que falou em voz alta sem se dar conta.

— Mas que *merda* é essa?

Cabeças em todo o café se ergueram, olhos virando para localizar o grosseirão. Até Lily levantou o olhar de seu projeto com o bolinho de nozes, lambendo os dedos como um gato que limpa as patas. Harry ignorou os olhares impressionados e começou a digitar.

STICKLER: quem sou eu? quem é você?
GGGG: não é geiger aqui. é o ezra.
STICKLER: o garoto que foi sequestrado?
GGGG: sim. quem é você?
STICKLER: harry. amigo de geiger. onde ele está? chame ele agora.
GGGG: ele está dormindo.
STICKLER: acorde ele.
GGGG: estou com medo de fazer isso. alguma coisa aconteceu com ele. alguma coisa ruim.
STICKLER: o que isso quer dizer?
GGGG: ele estava muito esquisito. teve uma espécie de ataque.
STICKLER: ataque?
GGGG: gritando e coisa e tal, de joelhos. com dores terríveis. meio cego. depois, se arrastou para dentro de um closet e adormeceu no chão.

Harry parou. Geiger teria sofrido um AVC? Um infarto do miocárdio? Uma crise epiléptica? Contudo, mesmo enquanto se perguntava o que poderia ter acontecido, Harry percebeu que não lhe chocava a hipótese de que

Geiger pudesse ter sofrido um colapso. O episódio na sala das sessões e a decisão de levar o garoto consigo foram somente uma prévia. Durante anos, ele tinha considerado Geiger um homem cuja força descomunal só se equiparava ao peso enorme dos fardos que carregava. Teriam eles finalmente o colocado de joelhos? Ao primeiro sinal da pergunta, Harry sabia que estivera esperando por aquele momento por muito tempo.

Recomeçou a digitar.

STICKLER: vou até aí então. onde você está?
GGGG: como assim? estou na casa do geiger.
STICKLER: eu sei. onde ela fica?
GGGG: não sei. eu estava vendado quando ele me trouxe para cá e todas as janelas estão cobertas com tábuas. não consigo ver o lado de fora da casa. como é que você não sabe onde ela fica? pensei que fosse amigo dele.

Harry revirou o lugar onde mantinha seu estoque restrito de paciência, mas o armário estava quase vazio. Ele estava no limite, mais de saco cheio com as próprias transgressões do que com a de qualquer outra pessoa. E lidar com crianças sempre lhe deixava apreensivo. A transparência delas faziam-no sentir-se desajeitado, inábil. Precisaria caminhar em uma corda bamba com o garoto.

STICKLER: olhe, garoto. sei que está com medo. não culpo você. mas sou amigo do geiger. só que nunca fui à casa dele. você se lembra de que havia um segundo cara quando ele colocou você no carro? era eu.

GGGG: tá. mas como vai me encontrar? não sei onde estou e estou trancado aqui dentro.
STICKLER: vou pensar em algo.
GGGG: anda logo.

Frustrado, Harry deu um tapa no balcão, emitindo um alto *tum* que ressoou pelo local. Lily se contraiu e cabeças levantaram-se novamente.

— Jesus Cristo! — rosnou ele.

O balconista asiático aproximou-se, deslizando para o lado de Harry, os dedos manchados de café espresso, puxando a barba que emoldurava sua expressão carrancuda.

— Está fazendo muito barulho, senhor — disse ele. — Muito mesmo.

Harry não disse nada, os olhos fixos no monitor.

— Ei, senhor? Está me ouvindo?

Harry levantou os olhos, molares trincados. Uma palavra escapou entre seus dentes:

— Sim?

— Você está fazendo barulho demais.

— Eu estava? Sinto muito.

— Então, chega de gritos — disse o balconista. — As pessoas não querem ouvir isso. Tudo bem?

Harry apoiou as palmas das mãos no balcão e respirou tremulamente.

— Ouvi o que disse — falou. — Nada mais de gritos. Entendi.

— Certo — disse o balconista, que em seguida inclinou-se para Lily, que ostentava um punhado de migalhas que caíam dos lábios em seu colo. — E, por favor, senhora.

Poderia tentar ser um pouco mais cuidadosa? — O dedo dele dirigiu a atenção inexistente dela para um aviso na parede que dizia: POR FAVOR, MANTER ALIMENTOS LONGE DOS COMPUTADORES. Ele fez que sim com a cabeça para ela. — Certo, senhora? Muito obrigado.

Harry levantou-se da cadeira e posicionou-se cara a cara com o balconista. Ele tinha ficado de repente tão furioso que se sentia leve como uma pluma, quase tonto de cólera.

— Escuta, cara — disse ele. — Vou terminar assim que puder, sem emitir um som, depois vamos embora. Mas *não* fale com ela.

O balconista enquadrou sua reação com um sorriso leve e inquisitivo.

— Está me ameaçando? Porque, caramba, o senhor não parece estar em condições de ameaçar ninguém.

Harry levou a mão ao rosto. Ele se esquecera do estado avariado no qual se encontrava. A descarga de adrenalina passou na mesma hora, substituída por uma onda de confusão e vergonha.

O laptop chamou-o com outro *ding*.

GGGG: você ainda está aí? oi?

Ouvindo o sinal do computador, Lily começou a cantar. *"Jingle bell, jingle bell, jingle bell rock..."*

Enquanto cantava, somente seus lábios largos e pálidos se moviam, e seu olhar congelado e o corpo imóvel eram bizarramente incompatíveis com a letra da música.

O balconista olhou para Lily, depois virou-se para Harry.

— O que há de errado com a moça?

— Eu disse para não ligar para ela, certo?

Mas alguma sinapse em Lily estava falhando e ela começou a cantar mais alto. Conforme o volume do canto aumentava, ela também se levantava com um leve balanço.

— Ela está viajando em alguma droga? — perguntou o balconista.

— Sim, viajando na maionese — disse Harry. — Agora, vou só terminar meu bate-papo e vou embora, certo?

Lily, ainda cantando, chegou ao fim da canção e levantou os dois braços.

'That's the jingle bell rock!"

Esta última descarga removeu algo de dentro dela e, cambaleante, agitou as mãos em busca de equilíbrio. Elas bateram no balcão, derrubando o café de Harry e molhando os laptops.

— Pronto, chega! — disse o balconista. — Vocês dois precisam ir embora.

Enquanto o homem se afastava para pegar um pano, Harry agarrou Lily e empurrou-a de volta para o banquinho do balcão.

— Quieta! Não se mexa!

Frenético de preocupação enquanto aguardava a resposta de Harry, Ezra levantou-se e afastou-se do computador. Queria bater com os pés no chão e gritar, mas se o fizesse poderia despertar o monstro no closet. Ezra não acreditava que Geiger fosse um monstro, mas tinha certeza de que um monstro vivia dentro dele. O garoto havia sentido sua fúria quando o tinha observado derrubar Geiger de joelhos, e não queria despertá-lo outra vez.

Tentando conter o pânico, Ezra afastou-se da mesa e espiou dentro das duas sacolas que permaneciam onde Geiger as havia largado, perto das prateleiras de CDs. Pegou a sacola com o logotipo do Burger King, enfiou uma das mãos dentro dela e tirou um hambúrguer. Em duas mordidas, devorou metade do sanduíche, e sua cabeça pendeu em um prazer narcótico. Depois, teve um estalo e deu um grito de eureca.

— A nota fiscal!

Ele rasgou em pedaços a sacola do Burger King, batatas fritas voando para todos os lados.

— Nota fiscal... vamos lá, nota fiscal!

Mas não havia nenhuma. Ele pegou a sacola da farmácia e virou-a de cabeça para baixo. O frasco de Advil caiu e, em seguida, surgiu um pequeno pedaço de papel, flutuando lentamente até o chão. Ezra pegou a nota fiscal no ar e correu os olhos pelos dados impressos.

— Isso!

E correu para a mesa.

O balconista começou a limpar a sujeira com um pano.

— Mandei irem embora, não mandei?

— Dá um tempo, cara — disse Harry. — Cinco minutos. É tudo de que preciso. Ela não vai fazer isso de novo.

— Vão embora.

— Três minutos.

— *Agora* — disse o balconista, e para colocar um ponto final na história, moveu um dedo esticado em direção ao botão de liga/desliga do laptop. A mão de Harry fechou-se ao redor do antebraço do sujeito e o impediu de desligar o computador. Sabia que estava a um punho cerrado de um desastre.

O balconista encarou-o boquiaberto.

— Solte o meu braço senão vou chamar a polícia.

— Deixa eu só enviar mais uma mensagem, cara. Mais *uma*.

— Apenas saia daqui, caramba... E leve a Srta. Jingle Bells com você.

O rapaz estava praticamente gritando agora, mas as palavras dele foram pontuadas por um *ding*, quando outra mensagem apareceu no laptop.

GGGG: estou perto da farmácia La Vida descontos em 1474 amsterdam!

Harry estendeu a mão para o teclado, mas o dedo do balconista havia encontrado o alvo e pousado sobre o botão de força. A tela ficou preta.

— Saiam! Vocês dois!

Harry pegou a mão de Lily e puxou-a do banquinho. Eles começaram a seguir para a porta, o manco e a indefesa. Mas Harry estava satisfeito; tinha um endereço, um lugar para onde ir.

Ezra ficou parado diante da mesa de Geiger, lendo a nova declaração do bate-papo.

STICKLER desconectou e não pode receber
mensagens off-line.

Ele pegou novamente o hambúrguer semidevorado e sentou-se outra vez. O gato aproximou-se e se enrolou em seu colo. Ezra comeu com uma das mãos, acariciou o gato com a outra e se recusou a chorar.

15

O café de Mitch estava frio. Ele bebia café dia e noite, mas odiava quando estava frio. Quando o calor se dissipava, algo acontecia com o leite e os três torrões de açúcar que deixava um ranço na língua, fazendo-o esfregá-la para a frente e para trás nas beiradas dos dentes incisivos.

Ele derramou o café pela janela e conferiu o rastreador. Boddicker e a irmã permaneciam na lanchonete, estabelecendo um recorde para o café da manhã mais demorado do mundo. Ou talvez Boddicker tivesse batizado o café e começado cedo sua *happy hour*. Pela aparência de Harry, ele tinha levado alguns golpes quando entrou no ringue com Ray.

Anos atrás, quando conhecera Ray, Mitch o tinha avaliado em cinco minutos: pau grande, cérebro minúsculo, completamente inconsequente. Se você rachasse o crânio dele e o abrisse, encontraria INSTÁVEL carimbado no lobo frontal. Mas Mitch não tinha nenhum problema com Ray — o cara era burro como uma porta, mas sabia como fazer o que lhe cabia.

Apesar de Mitch confiar na leitura que fizera de Ray, ainda considerava Hall desconcertante depois de tantos anos. Mitch encarava a vida como uma partida de futebol americano, X's e O's em uma lousa, e lia as ações das pessoas da mesma forma que um coordenador ofensivo ou defensivo tenta decifrar e reagir aos esquemas do outro time. Com Hall, os X's e O's diziam uma coisa, mas nem sempre diziam a verdade. Na metade das vezes, os porquês do comportamento e das decisões de Hall lhe escapavam por completo.

Hall não era a soma de suas partes. Ele estava longe de ser austero, mas se vestia como tal, abotoado da cabeça aos pés. Costumava seguir as regras, mas demonstrava um desdém óbvio por elas. Ele sempre lhe dava cobertura caso necessário, mas se ressentia claramente quando isso acontecia. Hall era o anti-Ray, e para Mitch isso significava que não era digno de confiança.

Mitch colocou a mão em uma mochila no chão, pegou uma barra de proteína Nitro-Tech e começou a mordiscar. Jamais ia a lugar algum sem suas Nitros. No seu ramo, nunca era possível ter certeza de que conseguiria fazer uma refeição, e quem poderia saber o que haveria nela quando a comesse? Existia merda demais no mundo: na comida, na água, nos jornais, nos filmes, nos corpos e mentes das pessoas. Mitch dava duro para comer direito e permanecer em forma. Meia dúzia de vezes por dia, beliscava a carne da cintura com o polegar e o indicador para ver se estava ficando flácido.

Agora, Mitch desejava não ter jogado fora o café. A Nitro descia com muito mais facilidade acompanhada da bebida, e pedacinhos grudentos estavam presos nas paredes da sua garganta. Ele viu uma carrocinha de comida na esquina da Columbus Avenue. Se caminhasse até ela, tinha quase certeza de que ninguém que olhasse pelas janelas da lanchonete teria uma visão desobstruída dele. Ele precisava de algo para beber. Olhou para o ponto na grade do rastreador, saiu do táxi e seguiu para a esquina. Observando as janelas da lanchonete ofuscadas pelo sol do outro lado da rua, deu alguns passos apressados e chegou à carrocinha de comida. A barba densa e a testa do proprietário moreno brilhavam de suor por causa do vapor que subia de algum equipamento para cozinhar. Mitch se posicionou de modo que a carrocinha o ocultasse das pessoas na lanchonete.

— Uma garrafa d'água — disse ele.

— Não tenho água hoje, senhor. Fui enrolado pelo distribuidor.

Mitch assentiu. O sotaque em *senhor* significava Oriente Médio. Um hindu, ou um iraquiano, ou um libanês. Talvez até mesmo um israelita. Não que isso fizesse realmente qualquer diferença.

— Trabalho duro, hein? — disse Mitch.

— Não é ruim. Lá em casa ferram você ainda mais. Em tudo.

— É? Onde é lá em casa para você?

— Damasco.

Mitch assentiu outra vez. Gostava de estar certo.

— Me dá um Red Bull.

— Sim, *senhor*... Um Red Bull.

O homem escavou com a mão um barril cheio de gelo e puxou uma lata de Red Bull. Mitch pagou por ele, abriu a lata e tomou um gole. Ele tinha uma visão ampla do interior da lanchonete. Podia ver cerca de três quartos dos reservados e das mesas e seus ocupantes — mas não via Boddicker nem a irmã maluca, e agora não era a megadose de cafeína do Red Bull que acelerava sua pulsação. Ele começava a sentir aquele beliscão agudo de estresse nas têmporas.

Mitch olhou para uma minivan estacionada do outro lado do cruzamento, bem diante da lanchonete. Um caminhão de entregas se aproximava para atravessar a Columbus; ele usou-o como cobertura enquanto passava e, apressado, atravessou a rua. Espiando através das janelas da minivan, pôde ver diretamente o interior da lanchonete sem ser visto.

— Puta merda — exclamou.

Pegou o celular e pressionou duas teclas. Houve uma resposta na metade do primeiro toque.

— Oi? — Era Hall.

— Perdi contato com eles — disse Mitch.

O silêncio no lado de Hall foi profundo. Depois:

— Quanto tempo?

As bochechas de Mitch estremeceram.

— Não sei.

— Três perguntas — disse Hall. — Só para ver se estamos em sintonia.

Mitch sabia que as três perguntas seriam na verdade afirmações, cada uma destinada a esclarecer os parâmetros de uma situação negativa. Contudo, ao estilo clássico de Hall, as perguntas também seriam elaboradas para destacar que ele pisara na bola e era, na verdade, um idiota indigno de continuar a extrair oxigênio do ar.

— Primeira — disse Hall. — Os alvos estavam em uma lanchonete tomando café da manhã?

— Correto.

— Segunda. Você estava estacionado na rua, observando o rastreador?

— Correto.

— Terceira. Como escaparam?

— Não sei — ladrou Mitch. — O rastreador indica que estão na maldita lanchonete!

A voz de Hall reduziu para uma marcha mais lenta e tornou-se um ronronar.

— Mitch, onde você está?

– Na esquina da 76 com a Columbus, parado diante da lanchonete.

— Pensei que estivesse no carro com o rastreador.

— Só saí para comprar uma merda de um Red Bull! Fiquei dois minutos fora do carro e não tirei os olhos da lanchonete um minuto sequer.

A tela do celular de Mitch poderia muito bem ter um receptor de vídeo. Ele conseguiria ver Hall sentado ao volante, batucando nele com um dedo. Provavelmente fumando um cigarro, a guimba presa em sua carranca. Ray estaria ao lado dele, escutando, trocando olhares.

— Volte para o carro — disse Hall. — E confira o rastreador.

— Estou quase lá — respondeu Mitch, e partiu correndo, xingando o coração frio de Hall. A única coisa que odiava mais do que se sentir totalmente perdido era parecer estar perdido. Ele deslizou para o banco do motorista e conferiu a tela do rastreador.

— Continua exatamente no mesmo lugar — disse ele a Hall. — O filho da puta poderia muito bem estar sentado no meu colo. Não dá para entender.

— Vá até a lanchonete, faça algumas perguntas, depois me ligue de novo.

— Onde vocês estão?

— No West Side, na altura da 130.

— Mais alguma localização do celular do garoto?

— Não.

— Do de Boddicker?

— Não.

— Do da mãe do garoto?

— Não.

A linha ficou muda.

— Merda — murmurou Mitch. — Vão todos à merda.

Rita viu o cabelo ruivo e o bigode assim que o taxista se aproximou da porta. Ela caminhou até ele, assim que entrou.

— Pode se sentar onde quiser, querido.

— Obrigado, mas estou só procurando alguém.

Rita reparou na voz arrastada de sulista e observou-o percorrer os olhos por todos os cantos da lanchonete.

O motorista virou-se para ela.

— Deixei um cara e uma moça aqui há algum tempo, e acho que ele deixou cair algum dinheiro no banco de trás quando me pagou. Duas notas de vinte.

— Jesus — disse Rita. — Um taxista honesto. — Ela sorriu para ele. Mitch reagiu dando de ombros como que dizendo "ah, que se dane". Ela rezou para que não estivesse exagerando.

— Ele tem uns 40 anos. Magro, um pouco abatido. E a moça estava com um vestido roxo... meio esquisita. — Ele cutucou a testa com o dedo.

O coração de Rita estava sapateando. Ela colocou as mãos atrás das costas porque não tinha certeza se estavam tremendo. Havia algo genuinamente sinistro naquele sujeito.

— Hmmm — disse ela, pausando. — Não, acho que não os vi. Deve ser seu dia de sorte.

Rita obrigou-se a encarar o olhar dele. Ela não tinha ideia de como estava se saindo, e a expressão do cara não fornecia o menor indício.

— Bem — disse ele. — Acho que está certa. Posso usar o banheiro?

— Claro, querido.

Rita apontou o polegar sobre o ombro e sustentou o sorriso enquanto ele se afastava. Sentiu-se um pouco atordoada com a descarga de adrenalina. Aguardou alguns segundos e olhou para trás. O sujeito havia entrado no corredor e sumido de vista.

Mitch parou diante de uma porta com uma grande estrela ao estilo de Hollywood e o nome Angelina pintado por cima dela. Bateu duas vezes, depois girou a maçaneta e abriu a porta o suficiente para enfiar a cabeça dentro. Desocupado. Seguiu até a porta com outra estrela e o nome Brad, encostou um ouvido nela e depois entrou. Alguém tinha deixado a água da pia aberta. Ele se agachou para espiar sob a porta do reservado. Vazio. Fechou a torneira e olhou para o espelho. Tinha certeza de que a garçonete estava mentindo, mas não importava — Boddicker tinha partido. O cara era esperto. Havia levado a melhor sobre Hall e Ray, e agora o tinha em um banheiro encarando o próprio reflexo.

Mitch voltou para o corredor, encontrou o que procurava — uma porta nos fundos — e saiu para o beco. Um lavador de pratos com a pele cor de cobre estava recostado na parede fumando, olhos escuros não demonstrando qualquer interesse.

— *Ha visto un hombre y una mujer vestidos de morado salir de aquí?* — perguntou Mitch.

O lavador de pratos balançou a cabeça e Mitch atravessou a rua até o táxi. Boddicker o havia enganado e o feito de bobo — e ele não sabia como.

Quando seu celular tocou, Hall encostou o carro na Amsterdam. A parte de trás de sua cabeça e o esterno doíam, o Egg McMuffin devorado às pressas movia-se no seu estômago como um navio naufragado no fundo do oceano. E ele estava furioso — não com Mitch, não com Ray, mas consigo mesmo. Tinha pensado que sua preparação para esta tarefa havia sido impecável. Tinha considerado todos os piores cenários possíveis, mas havia interpretado erroneamente cada um deles.

Matheson, por ser frio o bastante para fugir e deixar o filho para trás.

Boddicker, por ser muito mais do que o homem patético que aparentava ser. Quando se encontraram pela primeira vez, Hall não tinha sentido nada emanando do sujeito, e agora ele havia passado a perna neles duas vezes.

E Geiger, por ter um ponto fraco.

Ele atendeu a chamada.

— Oi?

— Eles partiram há muito tempo — disse Mitch. — Então para onde quer que eu vá agora?

Hall olhou para Ray, que tirava um recipiente plástico laranja de comprimidos do bolso.

— Venha para cá. Estamos na 133 com Amsterdam.

— Estou a caminho.

Hall afundou no banco do carro. Se os três acabassem compartilhando uma privada pelo resto da vida, ou simplesmente desaparecessem caso os caras errados os encontrassem primeiro, seria por culpa dele. O maior erro que havia cometido foi julgar mal Geiger. Hall tinha decidido inicialmente contratar Dalton para o trabalho — o homem era um psicopata, mas não havia surpresas com ele — mas, para seu espanto, a imagem de um garoto amarrado a uma cadeira cuspindo sangue de uma boca na qual faltava um lábio fizera-o mudar de ideia. Agora, ocorria-lhe que, pelo menos em um aspecto, ele e Geiger poderiam ter algo em comum — e que, no fim das contas, tal fraqueza poderia cravar a adaga nas costas de ambos.

Hall virou-se e viu Ray sacudir dois comprimidos na palma da mão e levá-la até sua boca de filme de terror. Um gemido e uma careta se seguiram imediatamente. O cérebro de Ray estava mandando sua mandíbula abrir, mas os músculos empacavam em protesto porque a tarefa era dolorosa demais. Ele olhou para os comprimidos e depois para Hall. As palavras vazavam por entre seus lábios como uma sopa quente demais para ser engolida.

— Me a... ju... da — disse ele, e sua mão livre apontou para sua boca grotesca.

— Jesus Cristo — disse Hall, balançando a cabeça.

Os olhos de Ray, inchados e envoltos por círculos roxos, estreitaram-se em finas ranhuras. Ele parecia um guaxinim enorme e furioso.

Hall pegou os comprimidos da mão do parceiro, segurou sua mandíbula e abriu-a. Um rugido saiu da boca aberta. Hall enfiou os comprimidos na boca de Ray e empurrou a mandíbula para fechá-la.

Cerrando os olhos, Ray engoliu.

— Obrigado — murmurou.

16

Quando a dor começou, a mente de Geiger desligou-se como um motor prevendo uma sobrecarga. O tempo parou. O mundo, o universo, tudo deixara de existir. Havia apenas o nada. Então, o vazio foi preenchido por uma visita do passado. Não era propriamente um ato da memória, tratava-se mais de um encontro no presente. A mente dele assumiu as rédeas naquele instante.

O pai dele, segurando uma vela, conduziu-o até uma porta. Ele havia terminado de construir o espaço naquele dia. Empurrou a porta para abri-la: o quarto, se é que pudesse ser chamado assim, tinha um metro e meio quadrado.

— Você vai dormir aqui a partir de agora.

— Mas, pai... é tão pequeno.

— Entre e deite-se.

— Não quero ficar sozinho, pai.

— Você não vai estar sozinho. Vai ter a música com você.

O pai ergueu a vela. Um gravador e meia dúzia de fitas cassete estavam no chão.

O garoto entrou.

— Durma — disse o pai, fechando a porta.

Agora, não existia nada além da escuridão e da respiração trêmula do garoto.

Tateando cegamente, ele pegou o gravador e as fitas. Deitou-se de lado, enrolado como uma bola. As solas dos pés estavam pressionadas contra uma parede, coluna e escápula contra a outra, a parte posterior da cabeça contra uma terceira.

Ele aguardou pelo que pudesse vir em seguida.

Geiger abriu os olhos e viu Ezra olhando para ele do alto.

— Oi — disse o garoto, que depois caminhou até sumir do seu campo de visão.

Geiger sentou-se. Tinha a sensação de que o chão e as paredes se acomodavam a seus esforços, como se as superfícies fossem sólidas mas, de certo modo, maleáveis. Levantou-se e aguardou enquanto o equilíbrio retornava gradualmente, depois saiu do closet. Aquilo não havia sido um estado de sono, e a perda involuntária da consciência e a ausência de controle eram elementos novos e desconcertantes a serem considerados. As regras das enxaquecas haviam sido quebradas. O sonho sempre tinha sido o gatilho, mas dessa vez a enxaqueca veio sozinha. Agora, Geiger percebia, ele podia ser atacado por dentro a qualquer momento, e acabar indefeso.

Começou a percorrer o curto corredor até a sala de estar, mãos erguidas nas posições de dez e duas horas, como um homem encontrando seu caminho no escuro. Fez um desvio lento e cuidadoso em direção à mesa. Ezra estava acomodado no sofá, braços envoltos com força em torno de pernas dobradas contra o peito.

— Por que você faz isso? — perguntou ele.

— Faço as pessoas dizerem a verdade. Obtenho informações.

Geiger balançou o maço de cigarros até um se soltar, voltou-se para o garoto e viu o violino no sofá ao lado dele.

— Era você tocando quando eu estava no closet?

Ezra fez que sim com a cabeça.

— Pensei que você tivesse morrido. — Ele suspirou pela boca e um suave "ahhhh" acompanhou-o. — Obrigado pela comida. E pelo Advil.

Ele sentia um imenso alívio por Geiger estar desperto, apesar de o homem ser estranho demais. Como ele poderia ser tanto seu protetor quanto um torturador profissional?

Geiger estava de pé em silêncio diante dele.

— O que há de errado com você? — perguntou Ezra.

— Não sei.

— Você não vai ter outro ataque, vai?

— Não é um ataque.

— É o quê?

— Uma enxaqueca. Uma dor de cabeça muito forte.

— Nossa, com certeza não me pareceu uma dor de cabeça. Talvez você devesse ir ao médico...

— Vou a um psiquiatra.

— Sério? E ele, tipo, sabe o que você faz?

Ezra tentou imaginar Geiger sentado em um consultório, contando a um psiquiatra sobre o trabalho dele, mas sua mente ficou completamente em branco.

Quando Geiger não respondeu, Ezra prosseguiu:

— Fui a um psiquiatra quando meu pai saiu de casa. Minha mãe me levou. — Ele mexeu os ombros ossudos. — Foi bem chato. O psiquiatra ficava perguntando como eu me sentia... você sabe, sobre o divórcio... e eu quase não falava. Então minha mãe falava quase o tempo todo... sobre querer se mudar para a Califórnia e me tirar da minha aula de violino e esse tipo de coisa. Ela perguntava ao psiquiatra: "Isso é egoísmo?" E o psiquiatra dizia: "*Você* acha que isso é egoísmo?" E ela dizia: "O que *você* acha?" Então ficávamos sentados ali e eles ficavam fazendo perguntas um para o outro.

— Vou fumar um cigarro — disse Geiger.

Caminhou até a porta dos fundos, digitou o código de saída e foi para o quintal. O gramado brilhava sob o sol, como filamentos de vidro verde, e ele precisou semicerrar os olhos até que se acostumassem com a claridade intensa. Suas pernas pareciam de borracha, mas não houve nenhuma trilha de vozes após a do garoto, nenhum fantasma visível espreitando nas margens de seus movimentos.

Ele sentou-se recostado na árvore e acendeu o cigarro. Estava pensando na mãe do menino, tentando antecipar o futuro para que pudesse decifrar uma maneira de chegar lá. Coisas demais jaziam além do seu controle. Hall estava próximo e, como Harry temia, claramente tinha a tecnologia a seu favor. Trens, aviões e ônibus pareciam arriscados demais — dada a real possibilidade de emboscadas —, e a perspectiva de dirigir um carro soava imprudente, considerando seu estado atual. Geiger estava acostumado a ser o mestre da sua mente e do seu corpo, mas agora estava mais para um escravo de ambos. Acreditar que não haveria outra emboscada vinda de seu íntimo era tolice, portando seria descuido de sua parte tentar levar o garoto até a mãe. Ela precisaria vir até o garoto. Enquanto isso, ele e Ezra deviam deixar aquele lugar. Precisava obter ajuda.

O garoto foi até a porta e observou Geiger sentado, absolutamente imóvel, sob uma árvore. Ele o lembrava do Buda em miniatura que sua mãe tinha colocado no jardim, e aquilo disparou nele uma pontada de saudade. Viu-a sentada ao piano, dentes mordendo o lábio inferior, lutando bravamente para acompanhá-lo enquanto tocavam um dueto para piano e violino, tentando não praguejar em voz alta diante de seus erros enquanto ele tentava não rir. Ele sempre se sentia mais próximo dela naqueles momentos. O fluxo sem palavras, o tecer de uma tapeçaria musical, o compartilhamento de sons.

— Posso sair? — perguntou Ezra.

— Pode.

Ele desceu os dois degraus, parou logo além do telhado do alpendre e virou o rosto para o céu.

— É agradável — disse ele. — Então... O que aconteceu com o cara que aparece no arquivo? Victor, acho que era o nome dele. Você... o fatiou?

— Não. Mas ele pensou que tivesse fatiado, então me contou a verdade. A garota estava amarrada em um porão.

— Então você salvou a vida dela?

— Obtive a verdade. O que acontece depois não me interessa. Não faz parte do trabalho.

— Você sempre faz com que contem a verdade?

— Faço. É possível levar qualquer pessoa a fazer quase qualquer coisa.

O jeito casual com que Geiger declarou aquilo enfatizou a verdade nua e crua contida na afirmação. Ezra perguntou-se como se aprendia a ser um torturador. Haveria livros de referência? Videoaulas? Um curso técnico?

O gato saiu e saltou no parapeito. O menino traçou pequenos círculos na cabeça dele com o dedo mindinho.

— Você deveria dar um nome de verdade para ele — falou Ezra. Depois, sorriu. — Ei, poderia chamá-lo de Tony, em homenagem a Tony Montana.

— Quem?

— Tony Montana... Você sabe, Al Pacino em *Scarface*. — Ele inclinou a cabeça diante da expressão vazia de Geiger.

— Não vou ao cinema.

— Bem, deveria dar algum nome a ele. "Gato" é um pouco sem graça.

— Vamos embora — disse Geiger. Levantou-se e foi para dentro.

Ezra o seguiu. O homem enchia um copo com água da torneira.

— Vamos tentar telefonar para minha mãe?

— Sim, mas precisamos usar um telefone público. — Ele bebeu toda a água de uma vez. — E não vamos voltar para cá.

A frase envolveu Ezra como uma corrente submarina gelada e inesperada.

— Por que não?

— Porque os homens que estão procurando você estão por perto. Eu os vi dirigindo pela vizinhança quando saí.

O frio puxão do medo ficou mais forte. Depois, Ezra se lembrou do episódio da troca de mensagens com Harry.

— Ah, merda... esqueci! Seu amigo...

— Meu amigo?

— Harry. É seu amigo, não é?

— O que tem Harry?

— Eu conversei no bate-papo com ele enquanto você estava no closet. Ele queria vir para cá.

– Ele não sabe onde moro.

— Eu sei, mas dei a ele o endereço do recibo da farmácia. Não sei se ele recebeu ou não, porque se desconectou.

Geiger curvou-se até a lavadora-secadora, pegou as roupas limpas de Ezra e entregou-as ao menino.

— Vá se vestir.

— E quanto a Harry?

Geiger jogou as roupas nas mãos de Ezra.

— Vá se vestir.

Enquanto o garoto seguia para o banheiro, Geiger foi até a mesa. As mensagens de Harry continuavam no monitor. Ele voltou para o início do diálogo e começou a ler.

Quando terminou, Geiger clicou para fechar a janela, e apareceu, ainda no monitor, a tentativa de Ezra de estabelecer um bate-papo com o pai.

CONVIDADO: Aqui é EZBoy. Onde você está?

Mas agora havia uma resposta à pergunta de Ezra. Viera às 13h06, há quatorze minutos.

GRANDECHEFÃO: Você não está no seu laptop?
onde você está?

Os dedos de Geiger começaram a tamborilar nas extremidades do teclado. Depois, ele escreveu:

CONVIDADO: matheson, responda agora.

Ele sentia as peças do mundo, fluidas e energizadas, deslizando umas em direção às outras, como que movidas pela natureza. Harry e Hall no mesmo caminho, procurando-o; as visitas do pai; Matheson finalmente se revelando. Geiger tinha a impressão de ser como uma espécie de buraco negro, atraindo tudo para si, passado e presente, o exterior e o interior.

A conversa tomou vida.

GRANDECHEFÃO: quem é você?
CONVIDADO: temos seu filho
GRANDECHEFÃO: por favor não machuquem ezra
CONVIDADO: pelo bem de ezra esperamos que ainda tenha o que queremos e que ainda esteja por perto
GRANDECHEFÃO: tenho e ainda estou na cidade

Geiger tentou manter a própria mente sob firme controle, mas ela continuava derrapando. Ele sentia-se tanto como o carro quanto como o motorista, tentando manobrar enquanto lia as placas na estrada que indicavam o caminho para o lugar desconhecido ao qual deveria chegar.

Seus dedos começaram a digitar novamente.

CONVIDADO: digite o número do seu celular. vamos telefonar para você em breve para informar onde deverá nos encontrar. vamos telefonar apenas uma vez e se não atender vamos matar o garoto
GRANDECHEFÃO: 917 555 0617. vou fazer o que mandarem. por favor não machuquem meu filho

Geiger pegou uma caneta, rabiscou o número do telefone na palma da mão e se desconectou. Ouviu Ezra sair do banheiro e se aproximar por trás dele.

— E então, o que vamos fazer?

— Vou trocar de roupa e vamos embora.

— E quanto a Harry?

— Não posso esperar por Harry.

— E quanto ao gato?

— O gato vai para onde quiser. Diga adeus.

Na rua, Geiger caminhou até o Sr. Memz e entregou-lhe seu maço de Luckies.

— Quem é o garoto? — O Sr. Memz deu uma olhada em Ezra, que ficou à sombra da entrada da loja que compensava cheques, a três metros de distância, com o estojo de violino na mão.

— Estou cuidando dele — disse Geiger. Vestia agora um pulôver preto e calças cáqui. — Preciso que faça algo para mim. Eu vou pagar.

O Sr. Memz sacudiu um cigarro para fora do maço, acendeu-o e recostou-se em sua cadeira.

— Seus amiguinhos continuam voltando. A cada hora mais ou menos... Estão fazendo uma ronda. Isso tem a ver com o garoto?

— Tem — respondeu Geiger. Ele tirou do bolso um pedaço de papel dobrado. — Outra pessoa pode aparecer me procurando. O nome dele é Harry. Magrelo, cabelo castanho, cicatriz na testa. Pode estar acompanhado de uma mulher. Provavelmente vai parecer perdido, como se não soubesse para onde vai.

— Você com certeza se tornou popular depressa, GT. Quem diria?

Geiger entregou o papel ao Sr. Memz, que o desdobrou e leu a informação. Era um endereço, escrito em letras de forma bem-feitas.

— Caso o veja — falou Geiger —, pode dizer a ele para me encontrar lá?

— Tá.

O Sr. Memz deu vida a seu isqueiro com um estalo dos dedos, pôs fogo a um canto do papel e observou a chama consumi-lo.

— Vai se lembrar dele?

O Sr. Memz levantou os olhos para Geiger por um momento, depois apontou um dedo de nós grossos para a própria cara.

— Quem sou eu... E que merda eu faço?

Geiger olhou rua abaixo.

— Tenho uma pergunta.

— Você não deveria estar indo embora daqui?

— Uma pergunta.

— Sim?

— Você sente dor o tempo todo?

O Sr. Memz levantou uma sobrancelha. Aquele era um assunto importante para seu coração e cérebro já calejados.

— Há todo tipo de dor, cara.

— Estava me referindo à sua perna.

— Porra, cara... minha *perna*? — Ele agarrou sua camisa e levantou-a. O lado direito do torso era um emaranhado de cicatrizes. — Estilhaçado. Todos os ossos desse lado. Quando me viro na cama, o barulho é o de uma tigela de cereais malditos. — O pé dele começou a bater na calçada. — O que importa não é a dor, cara. Ela é só a *mensageira*... a coisa que faz você se lembrar de *por que* sente dor. Entende o que estou dizendo? — Ele encarou Geiger, a cabeça inclinada. — É, acho que talvez entenda. Agora, dê o fora antes que seus amigos voltem.

Geiger virou-se e acenou para Ezra. O garoto deu um passo à frente, e os dois subiram o quarteirão para procurar um táxi.

— *Semper fi,* garoto — disse o Sr. Memz.

Ezra olhou para o homem de uma perna só.

— Quem é ele? — perguntou a Geiger.

— O Sr. Memz.

— Memz?

— Ele sabe livros inteiros de cor.

— Sério?

— Sério. Ande mais rápido.

O Sr. Memz observou os dois subirem o quarteirão. Estavam quase na esquina quando ouviu uma voz suave cantando: "*Sally, go 'round the roses...*" Não era muito mais alta do que um sussurro, como uma canção de ninar. "*Sally, go 'round the pretty roses...*"

A música o fez sorrir. Ele a reconheceu imediatamente: The Jaynetts, 1963. Virou-se e viu a cantora a poucos metros dele, na calçada. Uma mulher assustada olhava para o céu e segurava a mão de um homem, que parecia perdido.

Hall parou no sinal vermelho na rua 133 e olhou para Ray, que ameaçava cair no sono. Estava com os olhos fechados, e o queixo ficava tombando até a cabeça se erguer com um sobressalto e começar a tombar novamente. Os medicamentos e a dor tinham feito dele metade do que Hall precisava que fosse. Ele havia pensado no que as limitações de Ray implicavam enquanto observava o médico costurá-lo.

— Acorde, Ray!

O homem abriu os olhos a meio mastro.

— Ray, preciso dos seus olhos, diabos!

Ele sentou-se com as costas retas e olhou para fora da janela.

— Estou acordado, estou acordado.

Harry congelou quando ouviu alguém chamar seu nome.

— Ei, você é Harry?

Quando ele e Lily entraram no táxi em frente ao *cybercafé*, Harry tinha dito ao motorista para dirigir até o taxímetro marcar dez dólares. Restavam-lhe treze pratas e ele achava melhor guardar um pouco, portanto o taxista os havia deixado na rua 116 e Harry tinha caminhado os últimos dezoito quarteirões rebocando Lily. Seu joelho estava tão inchado que imaginou ser capaz de ouvi-lo rangendo a cada passo.

— Harry? O Harry do Geiger?

Harry deu meia-volta.

— Sim?

O Sr. Memz balançou um dedo na direção da Amsterdam Avenue.

— Ele está lá. Na esquina. Melhor dobrar a velocidade, cara.

Harry olhou quarteirão acima e viu o parceiro deixar a calçada para entrar em um táxi que encostava. Ele abriu a porta traseira, e Ezra apressou-se e entrou.

— Geiger! — gritou Harry, enquanto o sócio deslizava para o banco traseiro e fechava a porta. — *Geiger!*

Geiger disse o endereço ao reflexo do motorista no retrovisor.

— E pegue a Convent até Morningside. É mais rápido.

— Espere — disse Ezra. — Escute.

O garoto apertou o botão da janela. O vidro abaixou e ele inclinou a cabeça, aproximando um ouvido da abertura.

— Pensei ter ouvido...

— Ouvido o quê?

Lá estava de novo, fraco, porém nítido.

— *Geiger!*

— Isso!

Geiger enfiou a cabeça para fora da janela e espiou rua abaixo. Duas figuras arrastavam-se pela calçada em sua direção. Ele saiu do táxi.

Harry, puxando Lily atrás de si ao avançar pelo suave aclive, estava a um terço de quarteirão de distância, mancando, gritando e acenando. Geiger observou-os irem para o asfalto a fim de cortar caminho até o táxi e em seguida viu um clarão prateado atrás de Harry no pé da ladeira. Um carro dobrava a esquina.

— Fique aqui — disse Geiger a Ezra. Avançou ladeira abaixo na direção de Harry, movendo-se mais rápido a cada passo. — Venha logo, Harry — falou ele. — Mexa-se!

Harry viu Geiger e parou. Dobrou o corpo, mãos nas coxas, ofegando. Geiger chegou correndo e pegou Lily nos braços.

— É Hall, Harry. Corra! — Geiger dirigiu-se de volta para o táxi com Lily.

Ainda com o corpo dobrado na altura da cintura, Harry virou e olhou para trás. O Lexus subia a rua devagar.

— Puta... merda.

Ele expeliu todo o ar dos pulmões e endireitou a coluna.

O Sr. Memz, que assistia ao show, viu Harry começar a mancar adiante o mais rápido que conseguia. Depois, virou-se para o outro lado e observou o avanço lento do Lexus prateado.

— Jesus Cristo, lá vamos nós. — Ele puxou o rabo de cavalo, a cabeça girando para a frente e para trás, calculando as distâncias. — Vamos lá, cara. — Ele gritou para Harry. — Mais rápido.

Na metade do percurso até a esquina, o joelho de Harry cedeu e colidiu com o asfalto. O Sr. Memz estremeceu e olhou de novo para o Lexus.

— Ele nunca vai conseguir — murmurou.

Segurando a muleta, o Sr. Memz levantou-se.

Se Ray não tivesse voltado a cair em um quase sono, Hall não estaria dirigindo tão devagar. Mas, subindo o quarteirão, precisava verificar os dois lados da rua. Finalmente, esticou o braço e atingiu o peito de Ray com um soco de esquerda. Os olhos injetados do parceiro abriram-se na hora.

— Fique acordado! Falo sério, Ray. Pise na bola e vou mandar você receber a merda da sua recompensa. Entendeu?

Ray grunhiu em resposta.

Hall os viu assim que Geiger pôs Lily no táxi e voltou-se para Harry, que estava a menos de sete metros dele. O pé de Hall pisou fundo no acelerador enquanto a mão tateava o cinto em busca da arma. Com um rosnado, o carro acelerou ladeira acima.

A mente de Hall vislumbrou rapidamente possíveis cenários. Atropelá-los? Parar entre eles e o táxi? Fazer um estrago com a pistola? E se um policial aparecesse?

Ele olhou para Ray.

— Você fica com Geiger. Eu pego o garoto. Ele deve estar dentro do táxi.

Ray assentiu. A velocidade do veículo e o cheiro de vingança o aceleraram.

— E quero Harry também — declarou.

Quando Hall virou-se de novo para a rua, viu uma figura vestida com roupas camufladas surgir entre dois carros estacionados. Apoiado em uma bengala, a menos de trinta metros, o homem virou-se para o carro que se aproximava e pareceu surpreso ao vê-lo.

Hall pisou fundo nos freios. Ray, sem cinto, bateu com o rosto no painel. O uivo que deu foi quase tão alto quanto o guincho agudo da borracha queimando no asfalto, enquanto o Lexus mantinha o curso, indo acertar em cheio o Sr. Memz.

— Filho da puta! — gritou Hall, praticamente de pé no pedal do freio.

No último segundo, o Sr. Memz caiu para trás, a muleta fazendo barulho enquanto o Lexus parava.

Hall já estava em cima do Sr. Memz antes que ele pudesse recuperar o fôlego.

— Você é *cego*?

Hall agachou-se e agarrou o Sr. Memz por um braço.

— Levante-se! *De pé!*

O Sr. Memz soltou o braço.

— Para trás, marujo! Acho que eu talvez tenha quebrado algo. — Emitiu um gemido alto e deu uma olhada furtiva para o alto da ladeira.

— Vá — disse Geiger ao motorista. — Rápido.

O motorista pisou no acelerador e eles dispararam em meio ao trânsito. Harry fechou os olhos e respirou fundo algumas vezes para aplacar a dor. Depois, inclinou-se para a frente e olhou além de Lily, para Ezra.

— Você é Ezra.

— Sou.

— Eu sou Harry. Já nos conhecemos, mais ou menos. Essa é Lily, minha irmã. Ela não fala, na verdade.

Ezra concordou com a cabeça. Nada mais lhe parecia estranho.

— Oi, Lily — disse Ezra.

Lily virou-se para ele, o olhar de uma criança encontrando o de outra.

— Conheço um monte de músicas — disse ela. — E você?

— Bem, eu... — Ezra fez uma pausa. — Também conheço um monte de músicas.

— Isso é porque todos nascemos com um milhão de músicas dentro de nós... E sabemos todas de cor.

Harry virou-se para ela, abriu a boca como que se fosse dizer algo, mas tornou a fechá-la.

— À medida que ficamos velhos — continuou Lily —, nós as esquecemos. Todo dia nos esquecemos de algumas, e a cada dia ficamos um pouco mais tristes. Só que as crianças ainda não perderam muitas músicas.

Ela fechou os olhos e aninhou a cabeça no ombro de Ezra.

17

Quando abriu a porta, Corley ficou surpreso ao encontrar não apenas Geiger, mas também um garoto de uns 11 ou 12 anos com listras rosadas simétricas marcando o rosto; um homem magro e sujo com um hematoma na têmpora direita; e uma mulher delicada cujo olhar perdido sugeria imediatamente que sofresse de problemas psicológicos graves.

— Precisamos entrar — disse Geiger.

O grupo reunido diante de sua porta era tão bizarro, e a onda de desespero e exaustão que emanava de todos era tão intensa que Corley não soube como reagir.

— Geiger — disse ele. — Quem são todas essas...

— Martin, precisamos entrar.

A voz de Geiger era desconcertante: o timbre e os picos de inflexão estavam um pouco diferentes da fala suave, quase atonal, que o terapeuta estava habituado a escutar. Olhou mais atentamente para Geiger e viu nos olhos dele. Algo havia acontecido.

— Entrem — falou, abrindo totalmente a porta e indicando as duas enormes poltronas de couro e os dois sofás bege em sua sala de estar. — Por favor, sentem-se. Em qualquer lugar.

Ezra escolheu uma poltrona. Harry botou Lily em um sofá e desabou ao lado dela com um grunhido. Geiger permaneceu de pé.

Corley seguiu as visitas até a sala.

— Sou Martin Corley. Psiquiatra.

A cabeça de Harry levantou-se no mesmo instante.

— Espere um segundo. Você é *psiquiatra* de Geiger? — Ele olhou para o parceiro. — Você se consulta com um psiquiatra?

— Esse é Harry — disse Geiger. — E Ezra e Lily, irmã do Harry.

— Bem — disse Corley. — Essa é, com certeza, uma situação muito incomum. Creio que todos possamos concordar com isso.

— Doutor — disse Harry. — Eu provavelmente deveria dizer a você que Lily vive em um asilo há quinze anos, portanto, não vai concordar com coisa alguma.

— Entendo. — Corley reparou na postura sem tônus de Lily sentada no sofá. — Claramente todos vocês passaram por maus bocados. Harry, você parece bastante machucado. Está se sentindo bem?

— Longe disso, doutor. Você tem Advil?

— Sim, vou pegar para você. Posso pegar mais alguma coisa para alguém? Comida? Algo para beber?

— Eu poderia tomar um refrigerante? — perguntou Ezra.

— Tenho uma Coca Diet? Serve?

— Serve, obrigado.

— Quer saber de uma coisa? — perguntou Harry. — Vou tomar uma *bebida*. — Sentindo o olhar de Geiger,

Harry encarou-o. — O que foi? Parei de beber por causa do trabalho... e o trabalho acabou, cara. Você tem bourbon, doutor?

— Acho que sim.

— Nada de álcool para ele, Martin — disse Geiger.

— Mas o que é isso, meu amigo... Não vou encher a cara. Só quero uma dose.

— Não.

Corley estava hipnotizado pelo diálogo. Geiger, um homem que interagia. E o que mais? Um homem que protegia, também. Havia algo significativo acontecendo ali.

Ele voltou-se para seu paciente, que estava recostado na parede, olhando para algum lugar muito distante da sala.

— Geiger...

Geiger o seguiu até a cozinha. Corley virou-se de frente para ele, quando entrou.

— Preciso saber o que está acontecendo, Geiger. Especialmente com você.

— É muito complicado.

— Tudo bem, mas ao menos me conte a versão resumida por enquanto.

— Martin, não existe versão resumida.

Corley ouviu enquanto Geiger lhe contou a história, proferida em frases curtas, muito editadas, com pausas mínimas. O garoto estava sendo caçado, não importava por quem. Geiger tinha o resgatado, não importava como. Os vilões ainda os procuravam, não importava por quê. O plano de Geiger era entregar Ezra à mãe.

— E aconteceu algo comigo — disse Geiger. — Tive uma enxaqueca. E agora estou tendo... visões. Flashbacks.

— Do quê?

— Meu pai. — Geiger ergueu uma das mãos. — O resto vai precisar esperar, Martin. Há um lugar aonde eu preciso ir.

— Que lugar?

— Não vou demorar.

— Você me envolveu nisso, Geiger. Eu realmente preciso de mais informações.

— Nesse momento, o melhor para *você* é não obter mais informações.

Ali estava de novo: a inflexão na voz, o uso de ênfase para destacar a importância. Corley observou maravilhado.

— Martin, você não pode contar a ninguém o que não sabe. No fim da linha, se a polícia acabar se envolvendo com...

— E a polícia, Geiger? Por que não telefonamos para eles? O garoto está seguro aqui.

— Discutir o assunto com a polícia não seria bom para mim e Harry.

As bochechas de Corley inflaram de frustração.

— Isso é inaceitável.

— Vou sair agora, Martin. Vou tentar contatar a mãe de Ezra, depois vou me encontrar com uma pessoa e, em seguida, volto para cá. Então, vamos descobrir um jeito de achar a mãe do garoto, o que vai terminar com tudo isso.

— Você tem um plano?

— Não. Mas tenho certeza de que estou indo no caminho certo. É como nos sonhos, Martin. A sensação é idêntica à dos sonhos.

Corley hesitou quanto a proferir seu pensamento seguinte, mas concluiu que deveria falar.

— Você nunca alcança o lugar para o qual está indo no sonho... E acaba se desmanchando em pedaços no fim.

Ele observou algo acontecer no rosto de Geiger: os músculos moveram-se de maneira muito sutil. Ele nunca tinha visto aquilo. Parecia quase a expressão de um sarcasmo melancólico.

Mas o paciente não disse nada e caminhou de volta para a sala de estar. Corley seguiu-o. Lily e Harry dormiam, as cabeças inclinadas, apoiadas uma na outra.

— Vou sair — disse Geiger.

Ezra levantou-se da cadeira com um sobressalto.

— Como assim?

— Vou telefonar para sua mãe.

— Então eu também vou.

— Não, você não pode sair na rua.

— Mas não quero ficar aqui sozinho.

— Você não está sozinho.

Corley observou Ezra dar três passos rápidos para o lado de Geiger.

— Quero ficar com você — disse o garoto.

Seus olhos estavam marejados, e ele agarrou a mão de Geiger.

— Você vai ficar bem aqui — disse Geiger. — Martin é uma pessoa boa. Vou voltar logo. — Ele olhou por cima do ombro para Corley.

— Está tudo bem, Ezra — disse o médico. — Se Geiger diz que vai voltar, é porque vai voltar. Você sabe disso, não sabe?

Os olhos de Ezra não se desviavam dos de Geiger.

— Promete?

— Prometo.

Ezra olhou para ele por mais um instante e soltou sua mão.

Geiger acenou com a cabeça para Corley e foi até a porta. Saiu sem olhar para trás.

A Mulberry Street às três da tarde era uma faixa estreita de comércio de rua totalmente engarrafada. E a movimentação nunca cessava. Entregadores faziam suas rondas em vans e a pé; consumidores cruzavam-se com sacolas cheias de carnes curadas e massas; idosos, sentados nas escadas, nas entradas dos prédios, mastigavam charutos apagados. Uma densa nuvem de aromas flutuava em ondas de calor e nas brisas errantes. Mais de uma vez, Carmine dissera a Geiger: "Se o paraíso tiver cheiro, cheira como a Mulberry Street."

Diante da Mulberry Deli, Geiger colocou algumas moedas em um telefone público. Jamais havia utilizado um até então. Ele ouviu o toque. Uma vez, duas, então uma mulher atendeu.

— Alô?

— Sra. Matheson?

— Não mais, já há algum tempo. Srta. Wayland. Quem fala? — A voz dela tinha um tom do tipo "atire primeiro, faça perguntas depois".

— Srta. Wayland, meu nome é Geiger. Tente não ficar alarmada. É sobre seu filho. — Ele conseguiu ouvir o repentino arquejar do outro lado da linha.

— Ah, meu Deus, eu sabia que havia algo de errado quando ele não atendeu. O que aconteceu?

— Ezra está bem. E está em segurança.

— "Em segurança"? O que isso significa?

— Ontem, seu filho foi sequestrado por homens que tentavam encontrar seu ex-marido, que está escondido...

— *O quê?*

— Por favor, Srta. Wayland. Preciso terminar o mais rápido possível.

— Onde está meu filho... E quem *diabos* é você?

Geiger olhou para o fone, que lhe causava desconforto e estranheza.

— Tirei Ezra das mãos dos sequestradores. Ele está em segurança agora.

— Onde ele está?

— Em um lugar seguro. Ele...

— Ouça aqui, seu desgraçado. Se você...

— *Silêncio!*

Cabeças viraram na Mulberry Street. Geiger estalou o pescoço e respirou fundo.

— Srta. Wayland, se isso fosse uma ameaça e eu desejasse algo de você, teria dito. Pare para pensar por um instante. Quero devolver Ezra a você. Essa é a única razão pela qual estou telefonando.

Ele ouviu um choro soluçado, depois uma fungada.

— Continue — disse ela.

— Você precisa pegar um voo para Nova York. Por favor, não tente contatar a polícia. Isso só vai dificultar ainda mais as coisas. Você só precisa acreditar que estou dizendo a verdade. É possível que os sequestradores tenham o número do seu celular, portanto, quando chegar a Nova York, *não* use seu celular ou vão poder localizar você. Procure um telefone público e ligue para o meu celular. Eles não sabem o meu número. Quando você telefonar, vou dizer para onde deverá ir.

— Mas como...

— Anote o seguinte número e repita-o para mim: nove-um-sete, cinco-cinco-cinco, quatro-sete-sete-oito.

— Espere um instante.

Geiger fechou os olhos. Havia informação demais ao seu redor. Ele sentia o peso de cada som, imagem, odor e molécula de ar exercendo pressão sobre ele.

— Certo — disse a mãe de Ezra. — Anotei.

— Repita para mim.

— Nove-um-sete, cinco-cinco-cinco, quatro-sete-sete-oito.

— Sei que é difícil, mas não conte a ninguém sobre esse telefonema. Não compartilhe essa informação com ninguém. Invente uma desculpa para partir e vá embora.

— Tudo bem.

— Vou desligar agora.

— Espere! Você... — Ela fez uma pausa e pareceu se recompor. — Por favor, diga a Ezra que eu o amo?

— Digo.

Depois de desligar, Geiger caminhou para a Mott Street. O La Bella ficava no meio do quarteirão. Geiger tinha o número do celular de Carmine, mas Carmine não falava ao telefone. Não importava se fosse sobre negócios, ou prazer, ou algo escuso e urgente. Você não telefonava para Carmine Delanotte. Você ia ao La Bella.

O maître levantou os olhos e ofereceu a Geiger seu sorriso sereno.

— Sr. Geiger. Como vai? Não o vejo há algum tempo.

— Carmine está aqui?

— É claro. Permita-me informar a ele que o senhor deseja vê-lo.

Geiger sentiu o cheiro de alho e orégano e ouviu "Beast of Burden" dos Stones tocando no alto-falante do restaurante. O La Bella não era a tentativa de recriar uma cantina italiana à moda antiga, com murais em aquarela e um *loop* interminável de Frank Sinatra e Jerry Vale. Tampouco era uma empresa de fachada ou uma operação de lavagem de dinheiro. O chão era revestido de ladrilhos de $35cm^2$ pintados a mão e trazidos de Bolonha, a iluminação fornecida por spots de ângulos ajustáveis, e as paredes adornadas por fotografias em preto e branco da Itália que poderiam pertencer a uma exposição do MoMA. Os garçons moviam-se submissos pelo salão trajando coletes e calças Armani. Carmine era um visionário em tudo que fazia, e o orgulho óbvio que sentia pelo que conquistara era um produto da ação, e não da arrogância. Como ele próprio gostava de dizer para Geiger e seus muitos colaboradores: "Nunca finja que sabe tudo, mas assegure-se de aprender."

O maître retornou e gesticulou indicando a porta na parede posterior. Ela era protegida por dois guarda-costas.

— Sr. Geiger... O escritório, por favor.

Geiger seguiu o maître até os fundos do restaurante. As sentinelas aquiesceram silenciosamente, movendo as cabeças, e um dos homens abriu a porta. Geiger entrou em um escritório com ar de sala de estar, com paredes frias e cinzentas, carpete grosso, além de móveis de um tipo de bordo elegante e acabamentos cromados. Geiger havia se inspirado naquele estilo ao projetar a sala de observação na Ludlow Street.

Carmine deixou de lado o *Wall Street Journal*, levantou-se do sofá e retirou os óculos de leitura.

— Aqui está ele. — Carmine sorriu. — O homem da OI.

Carmine era, por natureza, um abraçador. Abraçava tanto homens quanto mulheres. Mas aprendera que Geiger preferia o mínimo de contato físico, portanto gesticulou indicando uma grande poltrona forrada de seda.

— Sente-se — disse Carmine.

O maître ficou aguardando na porta. O chefe não precisava olhar para saber que ele estava lá.

— Kenny, um espresso duplo para mim, café puro para o Sr. Geiger. Sem açúcar.

O maître assentiu e fechou delicadamente a porta. Os dois homens se sentaram. Geiger estava em silêncio: sabia que não deveria apressar as coisas.

— Tempos estranhos, amigo — comentou Carmine, e em seguida deu um tapinha no jornal. — Meus negócios nunca estiveram tão bem. Comprei três casas em Staten Island no mês passado por uma ninharia. Em poucos anos, vou revendê-las por mais que o triplo do que paguei. Muito estranho... mas muito lucrativo.

Quando alguém visitava Carmine, era por uma de duas razões: ou a pessoa tinha algo para lhe contar que acreditava que seria valioso para ele, ou precisava de um favor. Em ambos os casos, devia seguir seu protocolo e aguardar pelo momento no qual Carmine perguntava por que havia o procurado.

Bateram na porta.

— Entre — disse Carmine.

O maître entrou e colocou o espresso duplo e o café na mesa, entre os dois homens.

— Obrigado, Kenny.

Enquanto o maître saía, Carmine pegou sua xícara. Fez uma careta, depois sorriu e balançou a cabeça.

— Malditos dedos. — Ele bebericou o espresso, estalou os lábios de satisfação e pousou a xícara na mesa. Flexionou os dedos e abriu e fechou a mão três vezes. — Andam me incomodando muito ultimamente. Lembra-se da primeira vez em que nos vimos, quando me contou sobre os agentes federais e me disse que eu tinha alguns dedos problemáticos?

— Lembro.

Carmine bebericou mais um pouco o café.

— Já contei a você alguma vez como aconteceu?

— Não.

— É uma história engraçada. — Ele afundou nas almofadas. — Verão de 1970. Estava na Marinha. Estávamos em Boston, esperando para cruzar o oceano. Você já foi a Boston?

— Não.

— Deveria ir. Ótima cidade. Bem, tínhamos uma noite em terra firme, e comi a melhor lagosta ao molho *fra diavolo* da minha vida. Mas você não come frutos do mar, não é mesmo?

— Não, não como.

Carmine apontou para a mesa.

— Tome o café enquanto ainda está quente. Por que sempre preciso te dizer isso?

A resposta era que Geiger não gostava do café do La Bella, e jamais o bebia, a menos que Carmine insistisse, o que ocorria todas as vezes. Ele pegou a xícara e bebeu.

— Portanto, acabei caminhando por Cambridge. Ouvi alguém falando em um microfone, por isso atravessei um arco em um muro de tijolos e sabe onde fui parar?

— Não.

— Em um jardim na Universidade de Harvard. Estavam fazendo uma manifestação. Baboseiras contra a guerra. Vietnã. Um mar de camisetas coloridas de hippies e cabelos compridos. Antes da sua época. Um cara, nos degraus de um prédio, discursava num microfone sobre a guerra. Estava eu atrás da multidão, e esse garoto bem na minha frente deu meia-volta... um Jesus de jeans... e me estudou com os olhos. Eu estava de uniforme de marinheiro, boina enviesada, tipo os chapéus do John Wayne, e o cara disse: "Que merda você está fazendo aqui?" Respondi: "Estou escutando. É um país livre, não é?" E o garoto cuspiu nos meus sapatos. Ele *cuspiu* nos meus *sapatos*. Sabe quanto tempo eu passava, todos os dias, encerando aqueles sapatos?

Geiger tomou outro gole do café.

— Sendo assim, tentei dar um soco, mas antes de atingir o rapaz, ele saltou e me chutou no peito e eu caí de bunda no chão. Karatê, kung-fu, o que for... foi igualzinho aos filmes. Ele pesava uns setenta quilos, estava ensopado de suor e me derrubou de bunda no chão. Fiquei de pé e caprichei na minha esquerda para nocauteá-lo... e acabei acertando um poste com toda a força. Bam! Fiquei uivando e o garoto foi embora. Nem cheguei a atingi-lo. Mas sabe de uma coisa? Eu fiquei com dois dedos deslocados, justamente como você disse, e uma articulação fraturada, e minha mão estava engessada quando o restante dos meus homens embarcou para o Vietnã. Jamais fui para lá. Aquele pequeno idiota de Harvard me manteve longe da guerra.

Carmine terminou sua xícara. Geiger deu outro gole na dele.

— Bem, o que há de novo no ramo da OI?

Geiger pousou a xícara na mesa. Aquele era o momento. As têmporas dele ribombavam.

— Preciso de sua ajuda com uma coisa.

— Tem alguma relação com os negócios?

— Preciso de uma pistola.

Os olhos azuis cintilaram.

— Para quê?

Geiger não queria lhe contar a história toda. O foco dele voltava a ficar difuso nas extremidades.

— É apenas por precaução.

— Você já usou uma pistola?

— Não.

Carmine reparou em um fiapo minúsculo na frente de sua camisa feita sob medida e removeu-o com um peteleco.

— Eddie!

Um dos guarda-costas entrou e parou de pé, imóvel, mãos encaixadas na fivela do cinto.

— Geiger precisa de uma arma. Nada grande demais. Ele nunca usou uma. Vamos optar por um coice fraco.

O homem concordou com a cabeça. Quando se virou e saiu pela porta, deixou um rastro de imagens na visão de Geiger.

Ele estendeu o braço para pegar o café e derrubou a xícara. O líquido derramado começou a escorrer sobre a borda da mesa, caindo no carpete, e ele observou cada gota pingar em câmera lenta.

— Não se preocupe com isso — disse Carmine. Ele suspirou e flexionou os dedos mais uma vez.

Grogue como estava, Geiger captou a pontada de pesar na voz de seu benfeitor. Ele se perguntou o que teriam colocado em seu café.

Carmine se levantou e correu uma das mãos pela juba prateada.

— Não entendo você, Geiger. Sou um homem muito esperto, mas não entendo você. — Carmine ajoelhou-se diante dele, estendeu a mão e deu tapinhas afetuosos em sua bochecha. — Preciso perguntar uma coisa enquanto ainda pode me responder. Consegue me entender?

Aquela era outra sensação nova para Geiger — um deslize para a inconsciência induzido por drogas. Sentiu um calor formigante espalhar-se do pescoço para cima, mas não deu bola para aquilo.

— Certo — respondeu.

Carmine esticou o braço outra vez, deu um forte tapa na cara de Geiger e falou:

— Por que fez isso? O que diabos deu em você?

— Certo — disse ele.

— Pensa que estou feliz com isso? Não estou, Geiger. Você é meu garoto.

A cabeça de Geiger começou a balançar a esmo.

— Certo — repetiu ele.

— Eu gostaria que houvesse uma opção aqui, mas faço negócios com essas pessoas. Você se lembra de quando me contou que a polícia federal tinha grampeado minha casa? Aquilo foi meu maldito convite para ir até eles. Você o entregou para mim. Foi você quem me colocou em contato com eles! Nós conversamos. Fizemos um acordo. Ajudo-os ocasionalmente, informo um nome, presto um favor... e me deixam em paz. Nossa, Geiger. Não foi Colicos quem encaminhou Hall a você. Fui *eu*.

— Certo.

— Você sabe a merda em que se meteu? Esses caras são empreiteiros... e não estou me referindo ao tipo que faz reformas. São empreiteiros do *governo*. Compreende? São os caras que fazem as coisas sobre as quais ninguém jamais deve descobrir, e não respeitam as regras, porque não precisam. São todos ex-militares e mercenários, caubóis filhos da puta! E a maioria deles é louca, porque se você fizer esse tipo de coisa por tempo suficiente, é o que o trabalho faz com você... te deixa louco. No fim das contas, fazem qualquer coisa para que o trabalho seja concluído, porque sabem que vão *desaparecer* se não conseguirem. Esses caras não se aposentam com uma pensão e seguro-saúde. *Capisce*?

Carmine puxou as mangas do paletó, como se tivesse decidido de repente que eram curtas demais.

— Eles telefonaram de manhã e disseram muito educadamente que se por acaso você passasse por aqui... Portanto, faça um favor a nós dois, agora. Diga a eles o que querem saber. Sei que ele é apenas um garoto... Mas seja esperto.

— Certo.

Carmine agarrou o rosto de Geiger entre as mãos.

— E vou contar mais uma coisa a você, Geiger... Sobre a vida. Todo o seu lance de "interior *versus* exterior"? É merda pura. A vida é que manda em você... desde o primeiro dia, do berço até a cova. Você não compreende, Geiger. Você pensa que pode *escolher* se está dentro ou não, mas não pode. Se sair vivo dessa, se lembre disso.

— Certo...

Um instante antes de apagar, ocorreu um pensamento a Geiger, e mesmo naquele estado profundamente desorientado, a ironia não passou despercebida. Ele jamais se sentira tão bem em toda a sua vida.

PARTE TRÊS

18

— Geiger. Acorde.

A voz estava atrás dele. Ele sentia as amarras nos pulsos, nos tornozelos e no peito. Estava preso com firmeza a algo. Abriu os olhos e verificou rapidamente seus sentidos: visão, som, tato — pareciam em pleno funcionamento. Nenhuma névoa, nenhuma interferência, nenhuma lentidão.

Ele estava na própria instalação — a sala na Ludlow Street — amarrado à cadeira de barbeiro, vestindo apenas cuecas brancas. O ar-condicionado estava desligado. Fazia calor. Ele já suava.

— Estou acordado — disse Geiger.

Um homem apareceu diante dele. Muito magro e com bem mais de 1,80m de altura, usava calças largas de brim bege e um pulôver cinza. Estava de óculos escuros, e sua cabeça em forma de lâmpada tinha somente alguns tufos esparsos de cabelo grisalho. Para Geiger, parecia um louva-a-deus. O homem segurava um par de luvas descartáveis de látex.

— Meu nome é Dalton — disse. — É um prazer conhecê-lo, mas quem imaginaria que aconteceria dessa maneira? — Sua voz tinha o tom tranquilo, ponderado, de um professor do ensino médio que conhece todos os truques inventados pelos adolescentes. Calçou uma das luvas. O *snap* ecoou pela sala. — Eu gosto com pouco talco — disse ele. — Quais você usa?

— Não uso. Não gosto da sensação delas na pele das mãos.

— Você não se preocupa com infecções? Aids, hepatite C...

— Praticamente não há sangramento comigo.

Dalton colocou a outra luva. *Snap*. Geiger olhou para o espelho falso. Quem mais estava ali? Hall, com certeza. Carmine? Provavelmente não, mas Geiger ouvia o eco de suas palavras: *Eu faço negócios com essas pessoas. Você sabe a merda em que se meteu? São empreiteiros do governo.*

Dalton seguiu os olhos de Geiger.

— Você possui um espaço maravilhoso aqui, Geiger. E tem um olho realmente bom para os detalhes, os toques especiais. E a sala de observação... Linda. — Dalton andou por trás de Geiger, sumiu de vista, depois reapareceu no outro lado empurrando o carrinho. — Trouxe algumas das minhas coisas e também escolhi algumas das suas.

Na prateleira superior do carrinho havia um maçarico de butano manual, um estilete envolto por fita adesiva, uma sovela com punho de madeira, um taco de beisebol de alumínio cuja parte superior estava envolta por uma camada de dez centímetros de espuma de borracha azul, e a antiga navalha reta de Geiger. A prateleira inferior do carrinho estava guarnecida com meia dúzia de toalhas de rosto, um rolo de gaze, um rolo de fita adesiva e um blusão perfeitamente dobrado.

— Deve ser muito estranho estar no outro lado dessa situação — disse Dalton.

Geiger olhou para as roupas largas dele, acima do número; não conseguia deduzir se o corpo de Dalton estava em boa forma. O rosto era pálido e livre de rugas. Parecia ter cerca de 50 anos.

— Quanto tempo passei desacordado?

— Uns quarenta e cinco minutos. — Dalton tirou os óculos e começou a polir as lentes. — Agora, vamos do começo. Estou por fora do que está acontecendo. Tudo que me disseram é que querem saber onde o garoto está. Portanto... onde está o garoto?

Geiger lembrou-se de que havia escrito o número do celular de Matheson na mão esquerda. Ela estava estendida pouco além do fim do braço da cadeira, com a palma voltada para o chão.

— Aquele Jones no Iraque — disse Geiger. — Você realmente cortou os lábios dele?

O sorriso de Dalton lembrou um cão expondo os dentes logo antes de rosnar.

— Perdão. Nunca espalho por aí o que faço. Mas permita-me perguntar uma coisa. — Ele colocou os óculos de volta. — Sabe como eles chamam você?

— Quem são "eles"? — perguntou Geiger.

— Alguns de nossos... *amigos* em comum.

— Não — respondeu Geiger. — Não sei como me chamam.

— Chamam você de o Inquisidor. O que acha... gosta do nome?

Geiger monitorava o próprio pulso. Estava lento. Ele considerou o apelido: O *Inquisidor*. A realeza da tortura. A CIA amava nomes em código.

Dalton pareceu um pouco decepcionado diante da aparente falta de interesse de Geiger.

— Bem, eu gosto. Muito elegante.

Geiger permaneceu em silêncio, aguardando Dalton fazer algo.

— Eles estão com muita pressa, Geiger — disse Dalton, puxando as mangas do pulôver até os cotovelos. — Portanto, não vou me dar ao trabalho de brincar com a sua mente... Não que brincar com a mente das pessoas seja o meu forte, e não que fosse funcionar com você de qualquer jeito. Não, vou diretamente à dor. Essa é minha humilde especialidade... É o que faço.

Dalton virou-se para o carrinho e Geiger girou lentamente a palma da mão para tentar vê-la. A pele tinha um reflexo úmido. Ele olhou para o número: 917 555 0617. Recitou-o silenciosamente, memorizando-o.

A porta da sala de observação se abriu e Hall saiu por ela. Dalton virou-se.

— A mão dele! — gritou Hall. — Ele tem algo na palma da mão!

Geiger fechou a mão, passando as pontas dos dedos na palma, esfregando a pele, até Dalton agarrar-lhe a mão e abrir seus dedos à força. Hall alcançou-os quando a palma foi revelada... Borrado, mas ainda legível: 917 5 seguido por um borrão de tinta azul.

— É um número de telefone — disse Dalton.

— Dá para ver — rosnou Hall. Ele olhou furiosamente para Geiger. — Não dificulte a situação. Você é inteligente demais para isso.

Geiger assentiu.

— Como está a cabeça, Sr. Hall?

Hall o ignorou. Ao retornar à sala de observação, falou sobre o ombro para Dalton:

— Comece o trabalho com ele... agora!

Hall bateu a porta. Dalton esticou o braço na direção do carrinho e pegou a sovela e o maçarico de butano. A agulha de aço da sovela tinha dez centímetros de comprimento e um milímetro e meio de espessura, e o punho de madeira estava escurecido pelo suor das inúmeras vezes em que havia sido usado. O maçarico encaixava-se perfeitamente na mão de Dalton.

— Como eu dizia. A especialidade...

O polegar de Dalton pressionou o botão de ignição e uma fina chama com cinco centímetros de comprimento surgiu na boca do maçarico.

— Sempre me pareceu o mais igualitário dos bens — disse Dalton. — Qualquer um pode ter uma especialidade. Você não precisa ser esperto, rico nem inteligente. Não precisa de um diploma. Não há privilégio envolvido, nenhuma loteria genética. Você pode ser um coveiro e ter uma especialidade. Um vendedor de sapatos, uma lavadora de pratos, um lixeiro...

Ele levou a agulha da sovela até a chama e manteve-a parada.

— Sempre senti que se pode dizer muito a respeito das pessoas que possuem uma especialidade. Quando possuem, você tem certeza, sem saber nada mais a respeito delas, que são dedicadas. Esforçaram-se, possuem uma paixão por algo que as levou a um ponto muito além do qual a maioria das pessoas iria. Isso diz muito a respeito de uma pessoa, não acha?

A agulha da sovela brilhava, vermelha. Dalton apagou o maçarico e colocou-o no carrinho. Geiger olhou para a agulha incandescente; parecia o núcleo de uma lareira comprimido em um único filamento lucente. Ele sentiu o passado ser despertado por ela.

Dalton estudou a ponta da agulha, depois a aproximou do lado esquerdo do rosto de Geiger com a mão bem firme. E agarrou os cabelos dele com a outra, para imobilizar a cabeça.

Geiger não se moveu.

— Não precisa fazer isso — disse ele.

— Onde está o garoto?

Geiger fechou os olhos. Uma única nota de piano cascateou em um acorde, e nuvens luminosas desabrocharam, envoltas por feixes de raios brilhantes alimentados por falsetes. *They say everything can be replaced. They say every distance is not near.*

Muito lentamente, Dalton enfiou a agulha quente na bochecha de Geiger até sua vítima sentir a ponta penetrar na boca e espetar o lado da língua. Dalton balançou o perfurador.

So I remember every face of every man who put me here.

— Geiger, onde está o garoto?

Como Dalton pretendera, a tortura havia proporcionado uma sensação dupla: a queimadura cauterizante do aço quente e a dor aguda da perfuração da carne. O cérebro de Geiger teve um momento para elaborar uma espécie de crítica. Aquecer a agulha era, ironicamente, contraproducente, pois gerava uma espécie de efeito dessensibilizador na pele, reduzindo a intensidade da invasão.

Dalton ajustou um pouco para baixo o ângulo da sovela e enfiou-a mais fundo, penetrando no macio tecido conjuntivo abaixo da língua.

— Onde está o garoto?

Any day now, any day now... A voz aguda e doce ondulava na direção da explosão quente de dor e, como uma víbora, envolveu-a e estrangulou-a... *I shall be released.*

Dalton cravou a sovela mais profundamente. A ponta do instrumento atingiu algo sólido. Osso. A dor era de algo derretido. Ele estava dentro do sol.

— Geiger... onde está o garoto?

Ele abriu a boca e cuspiu sangue. Dalton balançou a cabeça e retirou a sovela com um puxão. O calor criara um rubor circular na bochecha e uma bolha escarlate de sangue começou a crescer no centro. O torturador pegou uma das toalhas de rosto e passou a limpar o instrumento com esfregadas curtas, calculadas.

— Estou curioso — disse ele. — Em termos profissionais, em uma escala de um a dez, o quanto isso doeu?

Os olhos de Geiger se abriram e, quando se viraram para Dalton, a luz brilhou em suas superfícies úmidas.

— O quanto *o quê* doeu?

Dalton levantou os olhos de seu ritual de limpeza. Ouvia a história há anos: sobre o garoto prodígio que tinha trazido um estilo totalmente novo ao ramo, sobre o mago que em certo ponto havia feito até a CIA cantar hosanas, sobre o mestre capaz de extrair a verdade sem extrair sangue. Mas o homem na cadeira não era o que Dalton imaginara. Ele era excessivamente... Não conseguiu concluir o pensamento, não conseguiu definir exatamente as qualidades que diferenciavam o homem de verdade da lenda.

Ele largou a sovela e pegou o taco.

— Agora, isso me traz lembranças — disse ele, e fez o movimento de duas tacadas contidas. — Gosta de beisebol?

— Nunca joguei.

Ele deu uma tacada e atingiu Geiger em cheio no peitoral esquerdo. O grunhido de Dalton foi quase tão alto quando o da vítima, cujos lábios contorcidos pareceram puxar para dentro o restante do rosto, como um tornado arrancando destroços. A agonia física inflou dentro do peito dele e o exército de vozes de anjos em sua cabeça enviou um voleio de flechas em um grande arco chovendo sobre a dor. *I see my light come shining* — perfurando-a, penetrando-a, fazendo-a murchar — *from the west unto the east.*

— Me diga onde está o garoto, Geiger.

Quando não houve resposta, Dalton deu outra tacada, atingindo o topo do esterno no encaixe com a clavícula. A força do impacto fez a traqueia, atrás dos ossos, mover-se para cima, e o resultado foi uma sensação combinada de engasgo e asfixia. As orelhas de Geiger encheram-se de um lamento agudo que afogava a música dentro dele; ele lutou reflexivamente contra as amarras, o peito subindo e descendo.

Dalton agarrou Geiger pelo queixo e empurrou sua cabeça com força contra o apoio da cadeira. O impulso, na verdade, o ajudou a tragar um pouco de ar.

— Escute — disse Dalton, inclinando-se para muito perto. O hálito dele cheirava a hortelã. — Gosto do meu trabalho, mas não estou gostando disso. É estranho com você sendo quem é. Portanto, vou dizer uma coisa. Considere isso como uma cortesia profissional. Esse trabalho é efetivamente um "limpro"... escutou? *Libertação improvável.* Daria no mesmo que você estivesse em uma prisão secreta. Vão me obrigar a transformar você em uma salada Cobb antes que me mandem parar. Portanto, não continue com isso; pare de ser quem quer que esteja imaginando ser; não é quem você realmente é. E porque, se levar isso adiante, provavelmente vai morrer nessa cadeira.

Dalton endireitou a postura e coçou a nuca.

— Agora, você não entendeu alguma coisa do que eu acabei de dizer?

Geiger finalmente conseguiu engolir.

— O que é uma salada Cobb? — perguntou ele.

Dalton brandiu o taco com força, acertando-o nos dois quadríceps.

O baque alto do golpe e a contorção violenta do torso de Geiger provocaram uma careta em Hall, que assistia à cena através do espelho da sala de observação.

— O que é uma salada Cobb? — repetiu ele. — Isso é muito engraçado. — Virou-se para Ray, que estava sentado no sofá com um copo com gelo pressionado contra o rosto. — Considerando a situação na qual se encontra, é uma ótima tirada.

— Diga a Dalton para começar a cortá-lo — disse Ray. — Ele vai falar. E se assegure de que ele também vai nos dizer onde está Harry.

Hall serviu-se de um pouco de Clynelish.

— Ei, eu também quero — disse Ray.

— Nada de álcool.

— Estou me sentindo melhor.

Dalton tinha encontrado um pouco de lidocaína no armário de remédios de Geiger e dado uma injeção no queixo de Ray. A dor havia diminuído, e a vitalidade do homem estava aumentando.

— Ray, Harry não entregou Geiger. Portanto, o que faz você pensar que Geiger vai entregar Harry? — Ele levou o copo aos lábios, depois parou e pousou o uísque de novo no balcão. — Escute aqui, Raymond. O trabalho é Matheson. E pronto. Depois disso, nunca mais quero ver a cara de Geiger ou de Harry. Nunca mais. Estamos entendidos?

— Depois que terminarmos isso, o que eu fizer com meu tempo livre vai ser só da minha conta. — disse Ray.

Hall podia ver o cérebro do outro se retorcendo dentro do crânio como um vira-lata em uma jaula. Aquilo era tudo de que precisavam: depois de encontrarem Matheson e escaparem ilesos daquela confusão, Ray decidir ir atrás de Boddicker e deixar uma trilha sangrenta de um quilômetro. Ele começava a desejar que Harry tivesse atirado na cabeça do filho da puta.

Hall voltou-se para a janela de observação. Dalton estava concentrado no carrinho, avaliando suas opções.

Geiger — hematomas vermelhos espalhando-se pelo peito, sangrando pela bochecha — estava sentado na cadeira com a cabeça baixa. Os dois homens pareciam uma dupla de pensadores considerando um assunto importante de um debate. Geiger respirava pela boca, bochechas movendo-se lentamente a cada longa expiração, até que levantou os olhos, encarando o vidro, como se pudesse enxergar através dele.

— Qual é a sua história? — disse Hall, como se Geiger também fosse capaz de ouvi-lo. — Quer se redimir, de alguma forma? É disso que se trata? Lamento, cara... não vai acontecer. Você vai para o inferno, assim como todos nós.

O celular de Hall tocou e ele atendeu.

— Você está em posição? — perguntou ele.

— Sim — disse Mitch. — Estou aqui. Logo aqui embaixo, do outro lado da rua.

— Não saia daí.

Dalton virou-se para Geiger, as mãos atrás das costas, a cabeça subindo e descendo em um movimento lento e satisfeito de concordância, como se tivesse decifrado um enigma particularmente difícil.

— O que você faz com ela? — perguntou Dalton.

Geiger, a cabeça novamente inclinada, moveu a mandíbula devagar, em busca de uma posição que lhe permitisse falar com o mínimo de desconforto.

— Faço com o quê? — balbuciou ele.

— Com a dor. Li todos os estudos. Você faz aquela coisa de "colocá-la em uma caixa"? Ou fica zen e confia no poder da mente sobre o corpo? Qual dos dois? Estou fascinado... Sinceramente. Vi a parte posterior de suas pernas quando o despimos, e é óbvio que você teve muitas oportunidades para praticar. Então, o que faz com a dor?

— É minha... — A última palavra era difícil de ser elaborada pela boca machucada de Geiger, de modo que o que saiu foi um murmúrio incompreensível.

Dalton inclinou-se para se aproximar dele.

— É sua *o quê?*

A cabeça de Geiger se levantou lentamente até os olhos encontrarem os de Dalton. Os rostos dos dois estavam a poucos centímetros um do outro, tão perto que Geiger conseguia ver o próprio reflexo nos óculos de Dalton.

— Minha *es-pe-ciali-dade* — disse Geiger.

As mãos de Dalton saíram detrás das costas. Seguravam a antiga navalha reta de Geiger, e ele viu a mudança nos olhos do outro e o retesar dos músculos em seu peito. Os movimentos foram diminutos, mas inconfundíveis. O sorriso sinistro de Dalton reapareceu.

— Isso é uma verdadeira beleza, Geiger. Onde a conseguiu? É uma amiga antiga? — Ele admirou o entalhe ornamentado no cabo de madrepérola. — E a parte posterior de suas pernas? Sabe de uma coisa? O modo como você lida com a dor me diz que talvez vocês dois se conheçam muito bem. — Ele desembainhou a lâmina, puxando-a. Havia uma inscrição gravada no aço polido. — "Para Ben, com amor, de Paula." Mamãe e Papai. Estou certo?

Um trem cuspindo fumaça e emitindo um ruído explosivo atravessava um túnel na memória de Geiger, avançando rapidamente em direção àquele momento. Geiger sentia a carga que ele transportava, e a algazarra e o rugido fizeram seus tímpanos começarem a vibrar.

— Foi cortado durante anos, hein? Era a mamãe ou o papai? Imagino que era o querido papai.

Geiger viu algo novo cintilar nos olhos de Dalton, mas não era compaixão.

— Você passou uns maus bocados por causa disso, não passou, Geiger? Lamento, mas agora você e eu vamos voltar para lá.

Dalton correu o dedo enluvado pelo fio meticulosamente afiado da lâmina. O látex rompeu-se.

— Um pouco afiada demais, acho.

Geiger observou-o começar a bater com a navalha na alça de metal do carrinho, criando um desenho serrilhado ao longo do fio da lâmina. O trem continuava se aproximando, com seu olho de ciclope queimando ferozmente.

— Onde está o garoto? — perguntou Dalton.

— Está pronto, filho? — disse a voz dentro da cabeça de Geiger.

— Estou pronto, senhor — respondeu Geiger.

Dalton virou-se, sorrindo enigmaticamente.

— Não precisa ser tão formal — disse. Examinou a lâmina, depois a pousou sobre o quadríceps esquerdo de Geiger, dez centímetros acima da articulação do joelho.

— Vamos trabalhar para cima. Acho que era como seu pai fazia. Quando eu chegar à virilha... se chegarmos tão longe... vou cortar seus testículos.

Ele pressionou a lâmina para baixo aplicando a mesma força em todos os pontos. Toda a extensão da navalha cortou e penetrou a carne.

O garoto estava deitado, nu, com o rosto para baixo, em um banco de madeira na grande sala. A música tocava suavemente. "I see my light come shining..."

O pai estava de pé sobre ele, segurando a navalha com cabo de madrepérola.

— O que nós sabemos, filho? — perguntou ele.

— A vida faz com que nós tenhamos anseio por coisas que pensamos que precisamos, e a dor nos enfraquece.

— Portanto, o que devemos fazer?

— Abraçar a dor, um pouco a cada dia, e nos fortalecer.

Atrás dos óculos, os olhos de Dalton estreitaram-se enquanto ele examinava seu trabalho. A lâmina tinha deixado uma incisão irregular de dez centímetros, com bordas serrilhadas que conduziam o sangue em diferentes direções na coxa de Geiger.

— Me conte onde está o garoto, Geiger.

*

O pai de Geiger pousou a lâmina na parte superior da coxa do filho.

— Firme agora, garoto.

Fazia anos desde a última vez que ele havia se retraído ou emitido algum som durante o ritual, mas o pai ainda lhe avisava todas as vezes.

— Diga comigo, filho. — Ele comandava, e recitavam juntos, suavemente.

— Seu sangue, meu sangue, nosso sangue...

— Seu sangue, meu sangue, nosso sangue — balbuciou Geiger.

Dalton, prestes a fazer o terceiro corte, havia parado para limpar o sangue de Geiger das luvas quando as palavras embaralhadas escaparam.

— O que você disse?

Ele deu um tapa no rosto de Geiger, manchando as bochechas dele com o próprio sangue.

— Geiger, você falou algo. O que disse?

O pai de Geiger atravessou a lâmina afiada na pele, abrindo uma fenda fina, molhada e vermelha. O garoto permaneceu imóvel como uma rocha. Ele acompanhava a música dentro de sua cabeça.

— Doeu, filho?

— Não doeu, pai.

— Verdade?

— Sim.

— *Ótimo. Em um mundo de mentirosos, a dor sempre vai revelar a verdade. Depois que eu partir, isso vai poder lhe ser muito útil.*

Dalton agachou-se e pousou as mãos nos joelhos de Geiger.

— Me diga onde o garoto está.

As pálpebras de Geiger estremeceram e viraram para cima. Dalton olhava para ele; era como olhar para dentro das janelas de uma casa abandonada.

— Não doeu, pai — disse Geiger.

Dalton olhou para a sala de observação.

— Hall! Não sei o que temos aqui!

A porta da sala de observação foi aberta.

— Mas o que diabos isso significa? — disse Hall.

— Ele parece estar fora do ar. Veja você mesmo.

Hall avançou em direção a Geiger. Ele estava gradualmente mais consciente de uma sensação de desgaste — não um fardo existencial nem uma crise de consciência, mas um peso palpável, como uma bola em uma corrente presa ao tornozelo. Ele já fazia aquilo há quase vinte anos. Nada ficava mais simples; tudo ficava mais complicado, mais opaco. Ninguém mais sabia de coisa alguma, na verdade.

Hall parou ao lado da cadeira de barbeiro.

— Não vou mentir para você — disse Dalton. — Realmente não sei onde ele está.

— Onde ele *está?*

— Nunca vi nada assim. Acredite ou não, não sei se ele está sentindo isso. — Dalton endireitou os óculos. — É como se ele sentisse a dor, mas ela...

— Mas ela o *quê?*

— Ela não dói.

— Corte outra vez. Quero ver o que acontece.

Dalton fez outro corte. As pupilas e as narinas de Geiger se dilataram, as mãos se fecharam e os músculos do antebraço enrijeceram visivelmente. Mas ele não emitiu nenhum som nem demonstrou qualquer outra reação.

Hall agarrou-o pelos lados da cabeça com as mãos.

— Você quer morrer? É isso? — Ele inclinou-se e falou diretamente para o rosto de Geiger. — Já viu alguém sangrar até morrer?

Geiger sacudiu com o barulho do aço ruidoso que chacoalhava em sua direção. Agora, estava quase sobre ele.

— Porque eu vi, cara... E você não gostaria que um cão raivoso morresse daquela maneira. Está me ouvindo?

Mas o que Geiger ouvia era uma voz diferente que o chamava. E quando suas pálpebras caíram, o trem da memória colidiu com ele a toda velocidade, estilhaçando a visão de Hall e da sala ao redor, revelando, além deles, outro mundo, mais vibrante.

— Filho! Venha cá, filho!

O garoto saiu da cabana e subiu pelo lado da montanha. Estava escuro, mas era noite de lua cheia e ele encontrou o caminho entre as árvores sem muita dificuldade.

— Filho! Onde você está?

A voz do pai, mais aguda do que de costume, parecia ricochetear nas árvores densas, mas ele tinha alguma ideia de onde vinha.

— Estou indo, pai!

Algo o fez começar a correr. Chovera durante toda a semana, e os sapatos afundavam no solo molhado a cada passo.

— O caminhão, filho! Está vendo o caminhão?

O garoto correu um pouco mais, até que viu a silhueta indefinida do caminhão a cerca de quinze metros de distância. Inclinado para descer a colina, ele parecia um touro com a cabeça abaixada, pronto para atacar. O menino conseguia ver que a caçamba estava cheia de pedaços de madeira com 1,30m de comprimento, recém-cortados.

— Sim, estou vendo!

— Venha até ele! Dê a volta!

O pai estava deitado de barriga para cima, preso sob o pneu traseiro esquerdo, que estava sobre as duas coxas dele. A metade superior do corpo era visível ao luar, mas as partes inferiores das pernas estavam obscurecidas pela roda do caminhão. Para o garoto, o pai parecia uma figura mitológica, um semi-humano que certamente despertara a fúria dos deuses.

— Não consigo me mover, filho. O caminhão atolou. Eu estava tentando enfiar alguns pedaços de madeira sob os pneus quando o freio escapou. — Levantando a parte superior do corpo com um grunhido, ele empurrou o pneu, mas não conseguiu libertar as pernas. Deitou-se, o peito subindo e descendo violentamente. — Venha me puxar.

O garoto foi para trás do pai, agachou-se e colocou os braços ao redor de seu peito.

— Agora puxe, filho, no três... puxe forte! Um, dois, três!

Com um rugido, o pai empurrou outra vez o pneu e o garoto puxou. Mas os sapatos escorregaram debaixo dele na lama e ele caiu.

— De novo, filho. Tente outra vez. — O garoto levantou-se, braços firmes em torno do pai. — Um, dois, três!

Eles empurraram e puxaram, mas o resultado foi o mesmo. O pai caiu para trás, no colo do filho. Exaustos, bufavam em uníssono, a chuva fina batendo em seus rostos.

— O que vamos fazer, pai?

— Encontre algumas pedras e galhos e enfie-os debaixo dos outros três pneus. Depois, tente dirigir o caminhão para a frente. Você se lembra de como ensinei?

O chuvisco tornava-se chuva novamente. Enquanto o garoto executava a tarefa, saboreou a decomposição do outono no ar e sentiu-a embaixo dos pés, entre folhas e gravetos. Enfiou o que recolheu debaixo dos pneus e entrou no caminhão. Precisou deslizar para baixo no assento para que os pés alcançassem o acelerador e o freio. Via o pai no retrovisor lateral.

— Estou pronto, pai!

— Gire a chave... mas não toque ainda no acelerador.

O garoto ativou a ignição e o motor tossiu de volta à vida.

— Coloque a alavanca em D, depois pressione com delicadeza o acelerador. Quando sentir as rodas girando, pressione apenas um pouco mais forte. Vá em frente... Faça como digo!

O garoto empurrou lentamente para baixo o pedal do acelerador, e o caminhão começou a estremecer. Ele sentiu os pneus começarem a girar, mas o veículo não se moveu para a frente. Um grunhido baixo começou a abrir caminho com suas garras para fora do pai. O garoto observou-o pelo retrovisor lateral, punhos enfiados na lama.

— Não pare! — gritou o pai.

O garoto pressionou com mais força e os pneus começaram a cuspir lama, sujando o espelho. O torso do pai girava em sua prisão, mas o caminhão não saía do lugar.

— Mais! Mais forte!

O garoto precisou segurar com mais firmeza o volante conforme as vibrações aumentaram. O grunhido do pai aumentou para um berro. O garoto conferiu mais uma vez o retrovisor e viu partes de um vermelho vivo misturadas com as gotículas de lama.

Ele saltou, correu até o pai e se ajoelhou ao lado dele. O pai jazia coberto de lama e sangue, a respiração entrecortada passando pelos lábios abertos.

— Vamos parar, pai... você está sangrando! A roda está rasgando você!

— Vamos esperar até a chuva parar e tentamos de novo.

— Pai, me deixe descer a montanha. Eu poderia encontrar alguém e trazer ajuda comigo.

— Não! Você não vai deixar a montanha. Ainda não chegou a hora. — O pai fez uma pausa para recuperar o fôlego. — Há um rifle no caminhão. Traga-o para mim, filho.

— Por quê?

— Lobos, e ursos. Eles sabem quando há coisas feridas. E sentem o cheiro do sangue. Agora, me traga o rifle e vá para casa.

— Quero ficar aqui com você.

Os olhos de ambos se encontraram. As gotas de chuva afinaram, traçando diferentes percursos ao descerem pelo rosto sujo do pai.

— Pai... — O garoto ficou em silêncio por um instante. — Alguém sabe que estou aqui?

— O mundo não sabe nada a seu respeito. Esse é meu presente para você. — Ele tossiu, depois cuspiu sangue. — Você não é ninguém.

Algo começara a se contrair no peito do garoto. A cabeça dele doía, e ele sentia o coração martelando.

— Pai... — começou ele.

Mas o pai não o deixou prosseguir. Ele esticou o braço e agarrou o casaco do garoto.

— Você é meu filho, e dei a você o que precisava. — Ele esbofeteou o garoto no rosto, mas ele não chorou. O pai puxou-o até ficarem queixo a queixo. — Vê? Sem lágrimas. Lembre-se: é melhor ser forte do que amado.

O pai fechou os olhos e virou a cabeça na direção oposta. O garoto ficou de pé, andou até o caminhão e entrou nele.

Ray entrou na sala das sessões e se aproximou para juntar-se a Hall e Dalton.

— Jesus, mas que diabos está acontecendo? — perguntou Ray. — Ele está dormindo?

— Eu não diria dormindo — disse Dalton. Ele virou-se para Hall. — Devo tentar trazê-lo de volta?

— Não — respondeu Hall. Ele colocou um cigarro entre os lábios, acendeu-o e franziu o rosto com o trago forte. — Dê a ele mais alguns minutos. Vamos ver o que vai acontecer. Talvez possamos usar isso ao nosso favor.

O garoto despertou de repente no caminhão. A descarga repentina de gritos misturados com grunhidos guturais fez seus olhos saltarem para o espelho, e ele viu figuras escuras se debatendo perto da roda traseira. Pegou o rifle e desceu. Os grunhidos cessaram; dois pares de olhos cor de cobre cintilaram para ele, depois os lobos voltaram ao trabalho, cabeças sacudindo violentamente enquanto os dentes rasgavam a carne. Os uivos do pai recomeçaram, ele sacudia os braços, os punhos. O garoto ergueu o rifle e disparou. O estampido fez os lobos saírem correndo, e o coice da arma derrubou o garoto de costas. Ele permaneceu deitado por um momento, sem fôlego, olhando para a lua lá em cima, enorme e com manchas, descansando precariamente nos topos dos pinheiros. Depois, sentou-se e foi para o lado do pai.

O garoto observou o peito do pai subir e descer muito lentamente, como se um grande peso invisível estivesse sobre ele. A cada subida, parte dele captava o luar e reluzia em um vinho escuro; a cada descida vinha um gargarejo úmido, vazando vida.

Seu braço direito ergueu-se pelo cotovelo, chamando o garoto, que se inclinou mais perto e viu que os lobos tinham rasgado o casaco do pai e arrancado partes dos ombros e dos braços. O osso esquerdo da face reluzia branco sob a lua. A boca do pai abriu e o sangue saiu escorrendo.

— A dor. — Ele arfou.

— O que posso fazer, pai?

— Onde está a minha faca? Me dê ela.

A faca jazia na lama. O garoto colocou-a na mão do pai. O braço do homem levantou, mas não havia força nele, e o punho, agarrando a lâmina, caiu débil sobre seu peito.

— Me ajude. — Os olhos dele erraram nas órbitas até encontrarem os do filho. — Me ajude.

— Como? Não entendo.

O dedo indicador do pai ergueu-se dois centímetros e bateu no peito.

— Aqui.

O garoto balançou a cabeça rapidamente para a frente e para trás.

— Não! — disse ele, sua voz um choramingo. — Não, não vou fazer isso!

— Faça o que mando, filho!

Agora, o garoto chorava.

— Pai... por favor!

A plateia de Geiger inclinou-se para a frente ao seu balbucio.

— O que ele disse? — perguntou Hall a Dalton.

— Ele disse: "Pai, por favor."

— Vejam — disse Ray, apontando. — Ele está chorando.

Lágrimas escorriam dos cantos dos olhos fechados de Geiger, deslizando pelas bochechas e ficando cor-de-rosa quando se misturavam com o sangue. De repente, ele começou a tremer violentamente, o corpo se debatendo contra as amarras.

— Devo acordá-lo agora? — perguntou Dalton.

— Não — disse Hall. — Ainda não.

O pai viu as lágrimas do filho, depois seu rosto se retorceu em uma máscara de desgosto.

— Foi isso o que fiz de você? Um garoto chorão e inútil? Então vá embora. Saia da minha frente! Deixe o restante para os lobos. Não quero que seu rosto seja a última coisa que eu veja.

O garoto sentiu uma descarga de sangue quente e viscoso no peito, então uma força incontrolável ergueu-se de um buraco negro e disparou por cada parte de seu corpo, fazendo-o tremer com violência.

— Eu odeio você! — gritou ele.

O pai encontrou forças para balançar a cabeça.

— Não, não odeia. É preciso ter força para odiar. Todo o meu trabalho... para nada.

O garoto viu os lábios ensanguentados se moverem novamente, mas agora não conseguia ouvir as palavras por cima do rugido em seus ouvidos. Por um momento, o mundo enegreceu. É a lua, pensou o garoto; a lua deve ter caído.

Por fim, olhou de novo para o pai.

— Onde? — perguntou ele.

A ponta do dedo do pai pousou em um ponto logo à esquerda do esterno.

— Aqui — disse ele, um sorriso melancólico puxando seus lábios arruinados.

O garoto posicionou a ponta da faca ao lado do dedo e envolveu o cabo com as mãos trêmulas. Lentamente, cravou a lâmina no coração do pai.

A mente de Geiger foi enviada cambaleante para longe da floresta escura, desafiando a gravidade da visão e buscando refúgio mais além. Mas o que surgiu diante dela foi uma cortina flutuante, e depois, quando a cortina se abriu, revelou a longa prateleira na qual ficavam todos os livros de sessões: os fichários pretos, as centenas de Jones, os milhares de páginas repletos de estratégias e métodos, reações e conclusões. Geiger podia ver os rostos de suas vítimas, podia ouvir cada epíteto e apelo já enunciado, cada som que um humano é capaz de emitir por medo ou dor. Confrontando-o estava um compêndio da mais negra das artes humanas — um retrato extravagante de um monstro que agora, pela primeira vez, Geiger reconhecia como ele próprio.

Uma onda repentina de náusea o invadiu, e começou a ter ânsias de vômito. Não comia desde o dia anterior, e as ânsias a seco torturavam-no.

Hall esperou até que a primeira onda aparentasse passar.

— Volte ao trabalho, Dalton. Agora mesmo... Agora!

— Não me corte mais — pediu Geiger entre arfadas. — Por favor.

Dalton, Hall e Ray trocaram um olhar atordoado.

— Chega de dor. Por favor, basta.

— Então me diga onde o garoto está — ordenou Hall.

Outra onda de náusea começou, e as ânsias consumiram Geiger novamente.

— Jesus Cristo, Geiger! Onde está o garoto?

— Ainda na minha casa — falou Geiger, cuspindo saliva.

Ele sentiu uma descarga quente de adrenalina, mas rapidamente a conteve.

— Você deixou garoto sozinho?

— Harry precisava de um médico. Eu precisava de uma pistola...

Hall balançou a cabeça.

— Não fode comigo, Geiger. Para uma distância tão longa, você não deixaria o garoto sozinho.

A cabeça de Geiger ergueu-se, um fino fio de saliva tingida de sangue pendendo dos lábios.

— Ele não está sozinho — disse ele.

Enquanto as palavras pairavam entre eles, Hall foi acometido por uma sensação singular: como se, ao menos por um instante, caos, acaso e estratégia estivessem todos de mãos dadas.

— Matheson está com ele? — perguntou. — Como?

Geiger cuspiu outra bolha de sangue.

— Eles trocaram mensagens num bate-papo da internet... Da minha casa.

— Ele ainda tem o que queremos?

— Não sei. Não sei o que querem.

— Endereço?

— Número 682 rua 34 Oeste. É um prédio marrom-claro.

— Certo. Janelas fechadas com tábuas. Eu o vi.

— Você precisa do código.

— Qual é o código? — disse Hall, apalpando os bolsos em busca de uma caneta.

— Sete-dois-nove. Fácil de lembrar. — Ele olhou diretamente para o rosto de Hall, encarando-o de modo cavernoso. — É "paz" no teclado.

Por um instante, Hall foi incapaz de desviar o olhar de Geiger. Faltava algo nos olhos dele, algo que estivera presente na véspera. Hall já tinha visto aquilo acontecer: a base cede e o coração de um homem cai até sumir de vista, como um corpo em um alçapão. Hall sentiu um breve tremor nas entranhas.

— Limpe-o — ordenou a Dalton. — Contenha o sangramento. Ele permanece na cadeira até voltarmos. Vamos, Ray.

Eles foram até o elevador e entraram. Hall empurrou o portão para fechá-lo e desceram.

Dalton tentou dobrar a navalha de volta na bainha, mas a lâmina amassada não encaixava mais.

— Desculpe pela navalha.

Ele jogou-a no carrinho e começou a limpar os ferimentos de Geiger com uma toalha de rosto e a aplicar pressão. Havia muito sangue.

— Teve uma conversa com seu velho?

Geiger encarou-o, quase inconsciente.

— Aquilo foi muito intrigante. Mas foi um pouco decepcionante no fim, quando voltou a si. Pensei que levaria a coisa ainda mais longe... Tinha certeza de que levaria, na verdade... E é por isso que penso que você pode estar mentindo.

A voz de Geiger era um sussurro.

— Por que não disse nada?

— Meu trabalho é fazer você falar. É o trabalho de Hall descobrir se está dizendo a verdade. — Ele esticou o braço até o carrinho e pegou um rolo de gaze. — Se você *estiver* mentindo, quer dizer que ou está ganhando tempo ou eles vão dar de cara com alguma coisa.

Dalton começou a enrolar a gaze na coxa maltratada de Geiger, erguendo a perna a cada volta para empurrar o rolo por baixo e passá-lo de novo por cima.

— Para o caso de eles voltarem, não vou prender isso com a fita... Apenas vou amarrar por enquanto. Quer um pouco de água?

Ele levantou os olhos. A cabeça de Geiger pendia para o lado, os olhos fechados, um lento gotejar de sangue escarlate escorrendo pelos cantos dos lábios e descendo pelo queixo.

Subindo a rua 134 ao volante, Hall ficou satisfeito ao reparar que o Sr. Memz e seu escritório na calçada haviam sumido. Ele desacelerou o Lexus diante da porta de Geiger — precisariam estar o mais perto possível para que conseguissem levar Matheson rapidamente até o carro. Mas não havia vagas, então Hall parou em fila dupla e deixou o motor ligado.

Hall virou-se para Ray:

— Como se sente?

— Estou bem — disse Ray, confirmando com a cabeça. — O rosto só está um pouco dormente.

Hall deu uma olhada no parceiro.

— Vamos.

Eles saíram. Ray seguiu para as escadas enquanto Hall olhou para o beco.

— Espere aqui — disse ele. — Vou ver se há uma porta nos fundos.

Ele correu dez metros até a caçamba de lixo no fim do beco e subiu nela. Espiando por cima da cerca de madeira, viu o telhado sobre o alpendre e a porta dos fundos mais abaixo. Ele desceu e caminhou rápido de volta até Ray.

— Há uma entrada ali atrás. Você vai pela frente, eu fico com os fundos. Quando eu chegar à porta, vou ligar para o seu celular. Permanecemos na linha e, quando eu der o sinal, digitamos todos os algarismos, menos o último, do código. Quando eu disser "já", digitamos o último número ao mesmo tempo e entramos... Armas nas mãos, mas só para intimidar. Entendido?

— Sim.

— O código é sete-dois-nove.

— Sete-dois-nove. Tudo pronto.

— Agarramos o Matheson. deixamos o garoto e saímos pela frente. Certo?

Ray fez que sim com a cabeça e Hall correu até o fim do beco. De novo em cima da caçamba, saltou a cerca e caiu agachado na grama do quintal. Pegou o celular e discou enquanto caminhava para a porta dos fundos.

— Pronto? — sussurrou ao telefone.

— Sim.

— Certo. Comece agora.

Através do celular, Hall ouviu os sons agudos do painel da porta da frente enquanto Ray digitava o código. Ele começou a fazer o mesmo no painel da porta dos fundos.

— Pronto — sussurrou Hall. — Último número. Pronto?

— Sim — disse Ray.

— Agora — mandou Hall, no instante em que dois disparos sonoros fizeram-no dar meia-volta. Tirou sua arma do coldre, procurando um alvo. Em seguida, Hall ouviu mais dois tiros, *Pop! Pop!*, e percebeu que era uma ferramenta pneumática disparando projéteis com ar comprimido, na oficina rua acima. Hall guardou a pistola e expirou ruidosamente, ao mesmo tempo que murmurava um "merda". Voltando-se para o painel, digitou o último número, mas a porta dos fundos não destrancou. Pressionou "cancelar" e digitou de novo o código. Nada.

Hall pressionou o telefone no ouvido. Achou que podia ouvir Ray movendo-se pela casa.

— Ray, fale comigo. Conseguiu entrar?

— Sim.

— Não consigo abrir a minha porta. Deve haver um bloqueio no sistema depois que uma porta aceita o código.

— Bem, pare de tentar. Não há ninguém aqui exceto um gato com um olho só.

— O quê? — As têmporas de Hall começaram a latejar. — Conferiu todos os cômodos?

— Existem apenas duas portas internas. Closet e banheiro. Só isso. Não tem ninguém nessa casa de merda!

Hall virou-se e recostou-se na porta. Ocorreu-lhe que Geiger tinha um quintal muito agradável, e que ninguém jamais suspeitaria que a casa possuía um quintal — o que condizia bastante com Geiger. Ao mentir, ele estava ganhando tempo, e cada minuto ganho era um minuto que Hall perdia. Precisaria telefonar para Dalton e mandá-lo começar de novo — ele não tinha alternativa —, mas começava a acreditar que Geiger jamais falaria, que Matheson venceria o jogo, e então o inferno cairia sobre ele.

Ele encerrou a ligação com Ray e digitou o número de Dalton.

— Sim? — disse a voz de Dalton.

— Ponha o cara na linha. Coloque no viva voz, para que vocês dois possam ouvir.

Dalton conhecia vozes. Era capaz de interpretá-las como um cirurgião lê uma radiografia, e ficou surpreso ao ouvir nas palavras de Hall mais uma moderada resignação do que fúria ou determinação. Era a voz de alguém que estava extremamente cansado de seu trabalho, com um tom tão inexpressivo quanto o de um agente funerário.

A cabeça de Geiger estava parcialmente erguida, uma bolha de tom rosado no meio dos lábios. Quando Dalton deu um tapinha em seu ombro e ele se mexeu, a bolha estourou.

— É para você — disse Dalton. Pressionou o botão do viva voz e segurou o telefone perto do ouvido de Geiger.

— Sim — falou Geiger. Sua voz era um sussurro rouco.

— Dalton vai voltar ao trabalho agora — disse Hall.

Geiger não disse nada. Dalton ergueu uma sobrancelha, depois puxou um novo par de luvas do bolso da calça.

— Geiger — prosseguiu Hall. — Preciso saber se você compreende o que acabo de dizer.

— Compreendo o que disse. Onde você está?

Uma risada corrosiva vazou do telefone celular de Dalton para a sala das sessões.

— Onde *estou*?

De pé no alpendre dos fundos da casa de Geiger, Hall respondeu à própria pergunta:

— Estamos na sua casa, mas não há ninguém aqui além do seu gato. — Ele caminhou até o quintal. Agora desejava ter bebido aquele uísque. — Muito bem. Então você ganhou algum tempo para Harry e o garoto. Compreendo.

— Não, Sr. Hall. Não creio que compreenda.

Uma nova suavidade no tom de voz de Geiger surpreendeu Hall, depois ele se retraiu ao som do punho de Ray esmurrando a porta dos fundos.

— Ei! — gritou Ray. — Não consigo sair!

— Estão trancados aí dentro, Sr. Hall.

Ray esmurrou novamente a porta.

— Está me ouvindo, Richie? As portas não abrem! O código de merda não funciona!

Hall suspirou. Mais um prego no caixão deles.

— E precisamos do código de saída — disse ele.

— Correto, Sr. Hall.

Hall observou dois esquilos correrem até a metade do caminho até a árvore, um perseguindo o outro, em círculos. Claramente, nenhum dos dois queria pegar o outro; era a perseguição que lhes dava prazer.

— Quantas vezes você digitou o código para tentar sair? — perguntou Geiger.

A mente de Hall quase ignorou o óbvio — "Estão trancados aí dentro, Sr. Hall" —, mas depois a ficha caiu. Geiger pensa que tem *nós três* capturados no interior da casa, pensou Hall. Um ponto para os vilões.

— Posso perguntar por quê? — disse Hall.

— Porque não pode sair sem digitar o código... E se digitar um código errado duas vezes, o sistema se arma.

— Se arma — disse Hall. — Prossiga.

— Há vinte explosivos estrategicamente posicionados na parede, Sr. Hall. Caso digite um código de saída errado pela terceira vez, eles vão detonar... E a casa vai implodir.

— Vai implodir? Como aqueles cassinos antigos em Vegas?

— Sim. E, Sr. Hall... é melhor não tentar remover as barras das janelas.

— Certo — disse Hall, olhando de novo para a casa. — Geiger, espere um segundo. — Hall colocou o telefone em modo silencioso. — Ray! — gritou. — Quantas vezes digitou o código?

— Para sair? Uh... duas!

— Bem, não toque de novo no painel de segurança! Entendido?

— Por quê?

— Porque não! Não toque em *nada!*

Hall sentou-se com as costas na árvore. Pegou um cigarro e acendeu o isqueiro. Mas, em vez de levar a chama até o cigarro, apenas observou-a. Ele precisava começar a mudar de foco, usar uma nova lente. Caso não capturassem Matheson, ele precisaria ter uma saída, pois não poderia voltar e se sentar com o homem para explicar seu fracasso. Não haveria favores a cobrar, tampouco mãos para ajudá-lo. O que significaria que Ray e Mitch também precisariam se virar por conta própria. Mas eles jamais foram os Três Mosqueteiros... Ninguém tinha engolido aquela merda de "um por todos e todos por um". Se fosse necessário, Mitch dirigiria o ônibus enquanto Ray o jogaria debaixo dele.

Hall acendeu o cigarro e apertou a tecla no celular que colocava Geiger de volta na linha.

— Certo. Então você tem três idiotas trancados na sua casa. — Ele permitiu-se abrir a fenda de um sorriso privado entre os lábios. — E agora?

— Dalton deverá me libertar e, quando eu estiver longe e em segurança, vou telefonar para você e informar o código de saída.

— Que tal você me informar o código agora, e quando eu chegar aí, mando Dalton libertar você?

— Gosto mais da minha ideia, Sr. Hall.

Ray recomeçou a esmurrar a porta e a gritar.

— Ei, Richie! Que diabos está acontecendo?

Hall girou os olhos.

— Geiger, me dá um minuto, certo?

— Claro.

Hall colocou o celular no modo silencioso, atravessou o quintal e subiu os degraus do alpendre.

— Ray — gritou ele através da porta. — Temos um problema aqui. A casa é uma grande bomba!

— O *quê?* — disse Ray. — Bem, talvez devêssemos, você sabe, ligar para alguém.

— É? Me diz para quem devemos ligar que eu ligo. Para os bombeiros? Ou que tal a polícia?

— Vá se foder!

— Estou cuidando disso, Ray... Só espere alguns minutos.

Hall sentou-se encostado na porta. Com um polega e o indicador, pressionou os olhos com tanta intensidade que viu fantasmas arrastando-se pelas partes internas das pálpebras. Quando havia dormido pela última vez? Há 36 horas? Provavelmente mais.

Algo se esfregou em seu braço, e Hall abriu os olhos e viu um gato saindo pela portinhola para animais domésticos. O gato olhou para ele — Hall viu que lhe faltava um olho — depois caminhou para o quintal.

O encontro deu uma ideia a Hall.

— Ray — gritou ele —, fala alguma coisa sobre o que tem aí dentro.

— Hein?

— Me conta alguma coisa sobre a casa de Geiger que tenha chamado sua atenção.

— Bem, ele tem uma ótima estante de CDs. Feita sob medida.

Hall reergueu o telefone e reativou o som.

— Certo, Geiger — disse ele. — Do seu jeito. Dalton... Está aí?

— Sim — respondeu Dalton.

— Liberte-o.

— Escutei o que disse, Sr. Hall... Mas repita mais uma vez para que fique claro.

— Deixe Geiger partir. Liberte-o.

— Tudo bem.

— Quanto tempo até recebermos o código, Geiger?

— Em torno de meia hora — respondeu o homem. — Quinze minutos para costurar minha coxa e sair daqui, mais outros quinze depois que eu partir.

— Vou esperar. E, diga-se de passagem, Geiger, você tem uma estante de CDs realmente boa aqui. Posso colocar um pouco de música sem explodir coisas?

— Fique à vontade, Sr. Hall.

A linha ficou muda e Dalton encerrou a chamada. Ele colocou o celular no carrinho, pegou seu casaco na prateleira inferior e tirou uma pistola Ruger LCP .380 de um dos bolsos.

Observando-o, Geiger disse:

— Não vou fazer nada com você.

— Estritamente por precaução — disse Dalton sem qualquer inflexão na voz. — Vou desatar seu pulso direito, depois você faz o restante. Não comece até que eu tenha me afastado ou vou atirar em você. Entendido?

— Sim.

Dalton manteve os olhos e a pistola fixos no rosto de Geiger enquanto sua mão livre encontrava a amarra do pulso e abria a presilha. Ele recuou quatro passos, retirou as luvas com um estalo e largou-as no chão. Geiger reparou na precisão dos movimentos de Dalton: era meticuloso até o último gesto, não suava e permanecia tranquilo. A pistola ainda tinha sua testa como alvo.

— Pode começar — disse Dalton.

Geiger ergueu o braço. A sensação inicial foi de extrema leveza, mas então, quando o esticou para baixo, a sensação inverteu-se, e o osso e a carne pareceram tão inchados e pesados que o braço poderia tê-lo puxado da cadeira e o derrubado no chão se não estivesse amarrado pelo peito. Ele desatou a cinta do tórax e as costelas e os pulmões incharam como foles. O ar que fluiu para o interior era frio e denso.

Dalton riu secamente.

— Geiger, isso foi fascinante. Quando escrever minhas memórias, esse vai ser um dos pontos principais.

Geiger esticou a mão para baixo e desatou a amarra do tornozelo esquerdo.

— Vai escrever um livro?

— Quando me aposentar. Já escolhi um título: *Dalton: minha vida de torturador.*

Geiger soltou o outro tornozelo.

— Mas não se preocupe, Geiger, vou mudar seu nome. — Dalton emitiu um curto *hmmm* como gargalhada. — Creio que vou precisar incluir uma nota do autor: "Alguns nomes foram alterados para proteger os *culpados.*"

Os dedos de Geiger fecharam-se em torno da última amarra, no outro pulso, e a desataram. Ele levantou os olhos para Dalton, seu corpo de repente parecendo leve outra vez.

— Vou me levantar agora e vou para a sala de observação para me suturar e pegar roupas limpas.

— Vá em frente. — Dalton assentiu, gesticulando com a arma para que o outro prosseguisse.

Geiger levantou-se da cadeira de barbeiro. Os primeiros passos foram hesitantes, e ele estendeu levemente os braços na altura da cintura para se equilibrar. A metade inferior de seu corpo parecia ter um novo peso, como se partes do interior tivessem se soltado e deslizado para baixo da cintura antes de se acomodarem nas pernas e nos pés. A gaze que envolvia frouxamente sua coxa, encharcada de sangue, começou a pender. Enquanto avançava arrastando os pés, a gaze desenrolou-se e deixou um rastro atrás dele no chão.

Dalton seguiu-o pela porta e parou quando Geiger abriu um armário na extremidade oposta da sala de observação. De um lado, havia prateleiras com suprimentos médicos; do outro, gavetas com roupas. Geiger retirou pacotes de fios de sutura absorvíveis, uma tesoura, e rolos de gaze e fita adesiva. Ele cogitou usar um spray de lidocaína, mas desistiu; os ferimentos eram irregulares, portanto difíceis de suturar, e a dor ajudaria a orientá-lo para que conseguisse obter pontos firmes.

Ele retirou calças e um pulôver preto de uma gaveta e mancou até o sofá. Deixou o corpo desabar sobre as almofadas, mas mente e corpo estavam fora de sincronia, e a parte posterior da cabeça bateu com força na parede antes que ele terminasse a descida.

— Ai! — disse Dalton, depois abaixou a arma.

Geiger segurou a agulha e a linha diante do nariz e, tentando casá-las, lutava contra uma mudança frequente entre o primeiro plano e o plano de fundo, como se seu cérebro fosse a lente de uma câmera procurando o ponto focal. Na terceira tentativa, Geiger acertou o buraco da agulha com a linha de sutura.

Dalton pegou uma garrafa de Rémy Martin do bar e serviu um pouco em um copo. Bebericando o conhaque, observou enquanto Geiger costurava um corte e depois outro, seus pontos como os de um mestre alfaiate. Não o viu franzir o rosto uma vez sequer — o homem tinha a resistência de um touro.

— Onde aprendeu a fazer isso? — perguntou Dalton.

— Meu pai me ensinou.

Geiger estivera trabalhando em dissipar a dor: em pegar a dor persistente que queimava no peito, a pulsação carregada na boca e as pontadas farpadas e afiadas na coxa, e conduzir tudo através do corpo até que a dor estivesse em todos os lugares, tornando cada picada e puxão da agulha mais uma parte de um todo do que um ataque individual contra sua carne.

— Ele é médico?

— Carpinteiro. Era... Está morto.

Geiger puxou a linha do último ponto, cortou-a com a tesoura e deu um nó na extremidade, depois recostou-se e esfregou as palmas nas almofadas para livrá-las do próprio sangue.

— Poderia me dar uma bebida, por favor? — disse ele.

— O que posso servir a você?

— Qualquer coisa.

Dalton pousou seu conhaque, examinou a seleção do bar e serviu dois dedos de vodca em um copo. Com a ponta da arma elevando-se, caminhou até Geiger para lhe entregar a bebida.

— Aqui está. Mão esquerda... devagar, por favor.

As pálpebras de Geiger caíram. Uma longa expiração exalou de sua boca aberta.

— Me dá um segundo... Estou sentindo muita dor.

— Sem pressa.

— Você é muito bom no que faz, Dalton.

— Um elogio de César.

A mão flutuou em busca do copo. Quando o olhar de Dalton se voltou para ela, a perna boa de Geiger ergueu-se de repente e o atingiu em cheio na virilha. Ele curvou-se, os óculos caindo do rosto, e o antebraço de Geiger golpeou seu queixo com tanta força que dois dentes saíram voando da boca. Enquanto caía de joelhos, seu oponente derrubou a pistola da mão com um golpe forte e veloz. Dalton parou por um instante, balançando, depois caiu de barriga, uma bochecha colada ao chão, soprando como um peixe fora d'água.

— Não houve nenhuma intenção de fazer um elogio — disse Geiger.

Deixou cuidadosamente o sofá e montou sobre Dalton, segurando o braço esquerdo dele bem no alto sobre as costas e prendendo o outro braço ao chão pelo pulso. O golpe de Geiger chacoalhara o crânio de Dalton com tamanha intensidade que vários capilares no olho direito dele estouraram, cobrindo-o com uma hemorragia aracnídea.

— Faça um punho com a mão direita — disse Geiger.

— Um punho? — perguntou Dalton, arfando.

— Sim, faça um punho.

— Por quê?

— Porque você não vai fazer isso novamente.

Dalton balançou a cabeça. Seu peito ofegava, mas ele conseguiu abrir um sorriso lupino.

— Não. Acho que não vou fazer isso. Quero ver Geiger, o Grande, em ação. Uma oportunidade única na vida, entende?

— Lamento. Você está um dia atrasado.

Geiger empurrou o braço esquerdo de Dalton mais para cima rente às costas, e ele guinchou de dor.

— Dalton, durante a maior parte da minha vida, me perguntei como seria matar alguém. Diga não outra vez e vai me dar uma coisa a menos sobre a qual possa me perguntar. — Geiger continuou a empurrar o braço de Dalton mais para cima. — Faça um punho. — Ainda mais para cima. — *Faça!*

Uma sílaba abafada indicou a concessão, e finalmente a mão direita de Dalton curvou-se em uma bola contra o chão. Geiger fechou o próprio punho e, com ele, golpeou fortemente o do homem, cujo berro quase se sobrepôs ao som de seus dedos se quebrando. Depois, agarrou a mão esquerda do outro e, rapidamente, empurrou quatro dedos para trás até os ossos estalarem. O uivo de Dalton foi mais baixo desta vez, porém mais longo, e em pouco tempo se tornou um murmúrio rouco e chiado. As mãos dele, estendidas no chão com os dedos espalhados, pareciam dois caranguejos nos quais alguém pisara na praia.

Geiger ficou de pé e caiu de novo no sofá. Respirou fundo.

— Aposentadoria antecipada, Dalton. Aprenda sozinho a datilografar com os dedos dos pés e vai poder começar a escrever suas memórias.

Geiger pegou as calças e o pulôver e avaliou a maneira menos torturante de vesti-los.

19

— É isso — disse Harry, virando-se da janela para a sala de estar. Ele suspirou. — Essa é toda a história.

Após a partida de Geiger, Corley serviu aos visitantes diversos petiscos e, depois de Harry e Ezra se empanturrarem e de ele mandar o garoto ver televisão no quarto, exigiu que o homem lhe contasse exatamente o que estava acontecendo ou chamaria a polícia. Ao relatar a história do menino, Harry, a princípio, tentou ficar à margem do que ele e Geiger realmente faziam para ganhar a vida mas, desde o início, tornou-se claro que tudo precisaria ser revelado. Era a primeira vez que contava a qualquer pessoa sobre seu trabalho, e a ideia relegada ao fundo de sua mente sobre a verdade repugnante o tragava.

Enquanto Harry falava, Lily ficou sentada ao lado dele no sofá, os dedos torcendo as pontas do cabelo em um ritual secreto. Corley, sentado diante deles, parecia em um mundo próprio, olhos fixos nos desenhos dourados e azuis finamente tramados do tapete oriental da sala de estar. Na verdade, seus olhos não viam nada na sala. A visão dele estava voltada para dentro, para as inúmeras peças do quebra-cabeça psíquico de Geiger.

— Doutor?

Corley tinha ficado abalado com a revelação sobre o trabalho do paciente, e por sua cegueira em relação a ela. Tortura. Havia sido assim que o passado oculto de Geiger estivera se expressando durante todos aqueles anos? Uma besta minúscula de dentes afiados começou a mastigar as entranhas de Corley. Será que ele deveria ter visto aquilo — ou ao menos percebido algo?

— Doutor?

Ele levantou os olhos.

— Sim?

— Sinto muito que isso tenha terminado na sua porta. Sinto mesmo.

Corley aceitou as desculpas com um abano da mão, mas em seguida olhou com firmeza para Harry.

— Deixando de lado, por um instante, o que vocês dois fizeram ao longo da última década... Vocês têm consciência de que isso aqui se trata de sequestro, um crime grave?

— Sim, mas nós não sequestramos o menino. Somos os... des-sequestradores.

Harry tomou um gole de *ginger ale* e deu um soco no peito para expulsar um arroto. Colocou um pedaço de pretzel diante dos lábios de Lily, mas ela ignorou a oferta.

— Coma alguma coisa — pediu ele.

— Não me lembro — disse ela, os olhos saltando de um lado para o outro.

— Não se lembra do quê?

— Existem tantas palavras, e tantos significados diferentes, e todos precisam estar no lugar certo. Onde está Harry? — perguntou ela.

Harry deu uma olhada rápida em Corley.

— Nossa, ela disse meu nome. — Depois, voltou-se para ela. — Bem aqui, Lily. Ei, sou eu, Harry.

Corley ficou de pé e aproximou-se, agachando-se diante de Lily. Ele estudou o movimento dos olhos dela, reparando no olhar congelado que era interrompido por saltos repentinos para a esquerda e para a direita.

— Você disse que, às vezes, ela canta uma música como reação às coisas? — perguntou Corley.

— Sim. Às vezes, parece que há uma conexão com algo; noutras, não.

O médico inclinou-se para bem perto de Lily, o rosto dele apenas a centímetros do dela.

— Lily? — chamou. De repente, bateu as palmas das nãos. Harry retraiu-se, surpreso, mas Lily permaneceu imóvel. — Lily!

— Quero ir — disse ela.

— Quero ir também, Lily — disse Corley. — Para onde podemos ir?

Lily falou cantando:

— "*Way down below the ocean...*"

— Está vendo? — apontou Harry. — Isso poderia significar algo... ou nada. Ela amava essa canção, e você acaba de perguntar "Para onde podemos ir". E ela cantou "Para o fundo do mar". Esse tipo de coisa pode realmente te enlouquecer.

Corley voltou para sua poltrona.

— Há algo acontecendo dentro dela. Quer seja como reação, em resposta ou de maneira aleatória, não sei. Mas há um processo em funcionamento, e no fim dele, ela chega a alguma espécie de decisão... por falta de palavra melhor... e canta. — Ele balançou a cabeça. — Às vezes, penso que é necessária uma força sobre-humana para construir e conservar os tipos de muros que mantêm o horror isolado e o mundo a distância. Ela toma medicamentos?

— Sim, acho que sim, mas não sei que tipo.

— Bem, vamos precisar prestar muita atenção nela. Como ela era, Harry? Antes.

— Um pouco avoada, mas muito esperta. Divertida, também, de um jeito desastrado e engraçado. — Ele balançou a cabeça com pesar. — E há muitos anos que não estou ao lado dela.

— Harry, sabe o que uma pessoa disse certa vez sobre a culpa?

— O quê?

— Se um homem não sentisse culpa, provavelmente pensaria que seria por culpa dele.

Os ombros de Harry afundaram.

— Doutor, fico agradecido, mas não preciso de um psiquiatra. Eu sei quem eu sou.

Olharam um para o outro, o relato que Harry havia feito dos acontecimentos do dia novamente flutuando entre os dois, invisível porém magnético.

— Ele saiu há muito tempo, doutor — disse Harry.

Corley olhou para relógio. Quase três horas. Os piores cenários possíveis começavam a encher sua cabeça.

— Tenho certeza de que ele está bem — disse Harry, mas a falta de confiança na afirmação era clara para ambos. Tentou sorrir. — Quer dizer, ele é um garoto crescido, certo?

Corley sentiu vontade de fumar. Perguntou-se se teria algum Marlboro tradicional escondido em algum lugar.

— Não, Harry — replicou ele. — Ele é um garoto muito *jovem*.

Geiger, carregando uma pequena bolsa de ginástica, caminhou por três quarteirões até encontrar um café com um reservado vazio que ficasse suficientemente nas sombras para obscurecer sua presença. Tinha prendido um pedaço de 5 cm^2 de gaze no buraco da bochecha, mas nada conseguiria esconder sua palidez absoluta. Havia muito a fazer, mas naquele momento ele precisava de café puro e de ficar sentado em relativa solidão. Sabia o que Corley diria: não deixe essas memórias escaparem, não as isole de novo. Elas são parte de você. Mantenha-as vivas e carregue-as consigo.

O garçom colocou o café gelado na mesa.

— Algo mais?

— Não.

O garçom, um rapaz com não mais de 20 anos, não fez o menor esforço para disfarçar ao ver o rosto de Geiger.

— Você está bem? — perguntou.

— Sim.

Geiger ouviu a rouquidão oca na própria voz e viu o olhar dúbio nos olhos do garoto.

— Sim — repetiu com mais firmeza. — Estou bem.

O garçom claramente não estava convencido, mas afastou-se.

Geiger tomou um longo gole da xícara. Queria o café quente, mas sabia que o calor aumentaria o sangramento nos ferimentos na boca. Ele girava o líquido gelado na boca durante vinte ou trinta segundos antes de engolir, depois afundava nas almofadas da cabine.

Sabia que cicatrizes internas haviam cedido e que feridas antigas tinham sido abertas. Durante anos, permanecera vigilante quanto a impedir que o exterior entrasse. Mas o que realmente havia feito fora isolar no interior os demônios que vagavam por seus recantos mais escuros. Agora, estava se voltando de dentro para fora, e não precisava invocar o espírito de Corley para compreender que o que estava morto tinha sido exumado e vivia de novo.

Você é meu filho. Dei a você aquilo de que precisava.

Hall terminou de arrastar o banco do jardim de Geiger até o muro voltado para o beco. Subiu no banco e passou para o outro lado da cerca, depois saltou para a caçamba de lixo e dela para o beco. Telefonou para Ray pelo celular enquanto caminhava em direção à rua.

— Oi?

— Estou no beco, voltando para o carro.

— É melhor que ele ligue logo, porra.

— Ele disse meia hora.

— E se não ligar?

— Acho que estou começando a entender o Sr. Geiger. Ele vai ligar.

— E se não ligar?

Hall deslizou para dentro do Lexus.

— Não sei, Ray. Ainda não pensei nisso.

— Então pense, cara — disse Ray, e desligou.

Hall ajustou o banco para poder se esticar. Sentia aquele formigar nas pontas dos dedos, geralmente um precursor de inspiração. Não acreditava em sorte, mas acreditava que às vezes o caos arremessava todas as suas peças ao vento e, quando elas caíam de novo na terra, encaixavam-se. Era como o teorema do macaco infinito, aquele que dizia algo como "coloque um milhão de macacos diante de máquinas de escrever e algum dia você vai obter uma obra-prima"; e os instintos de Hall diziam a ele que aqueles destroços ainda poderiam acabar se revelando seu *Hamlet*. Enquanto se recostava no Lexus, viu claramente bem ali na sua frente a única jogada que lhe restava.

Mitch pegou o celular e ligou para Hall.

— Oi?

— Estou na cola dele — disse Mitch. — Ele está saindo de um café.

Mitch observou enquanto Geiger mancou até um telefone público na esquina. Mais cedo, havia passado quase duas horas estacionado na quadra ao lado da base de Geiger, na Ludlow Street. Quando ele surgiu coxeando, parecia um ex-soldado em estado de choque saindo na rua pela primeira vez, depois de ser derrubado por um morteiro. Ao longo de três quarteirões, Mitch tinha se arrastado atrás de Geiger em seu táxi, depois havia voltado a estacionar, a meia quadra do café.

Agora, observando Geiger enquanto ele retirava o fone do gancho, Mitch começava a ficar animado. Sentia em sua pulsação a euforia do venha-para-o-papai que surgia quando as coisas começavam a parecer melhores e a sorte finalmente decidia seguir seu curso. Às vezes, você podia apenas se recostar e assistir a tudo se encaixar e sorrir.

Mitch bebericou seu café. Estava frio, mas ele não se importou. O sabor estava ótimo.

Geiger segurou o fone junto ao ouvido mas manteve um dedo sobre o botão no gancho que liberava a linha. Ele tentava se lembrar do número do telefone de Matheson: 917-555-0... O foco da sua mente perdeu a nitidez diante da visão turva dos números que ele escrevera na própria mão depois da troca de mensagens entre os dois: 061... o quê? 8?

Ele discou o número. Tocou uma vez.

— Alô? — respondeu uma voz masculina.

— Matheson?

— Quem?

— Matheson?

— Não há nenhum Matheson aqui — disse a voz.

Geiger desligou e descansou a testa na lateral da cabine. Estava administrando a dor e a perda de sangue, mas fazer aquilo exigia quase toda a energia que tinha, restando muito pouco para foco e memória. Tentou ver a si próprio escrevendo os números na palma da mão: 061... 7?

Ele discou outra vez. Alguém atendeu antes que o primeiro toque terminasse.

— Sim? — disse um homem.

— Matheson?

— Sim.

Havia sangue na boca de Geiger. Ele engoliu.

— Preste atenção.

— Onde está meu *filho?* — disse Matheson, sua voz vibrando de medo e raiva.

— Matheson, não fale. Seu único papel nesta conversa é escutar. Isso não é uma negociação. Você vai para onde eu mandar e vai trazer o que eu pedir que traga. Se não fizer isso, seu filho não vai sobreviver à sua imprudência. Portanto, por favor, escute com atenção...

Geiger saiu do táxi e entrou no Central Park. Sentia-se tonto ao caminhar e estava ciente de que algumas pessoas o encaravam enquanto prosseguia rumo aos campos de beisebol. Em todos os quatro campos havia jogos em andamento, e por causa do feriado de Quatro de Julho, surgiram tantos espectadores que uma pessoa poderia facilmente se tornar mais um na multidão.

Geiger mandara Matheson sentar-se em um banco atrás do campo, localizado mais ao oeste, com uma cópia do *New York Times* muito bem-enrolada no colo, mas mesmo sem tal recurso ele poderia ter identificado o homem em meio a uma massa de estranhos. Geiger vira aquela espécie de medo extremo vezes demais: os olhos de guaxinim devido à falta de sono, os ombros tensos, o calcanhar ansioso, quicando no chão. O terno cinza dele precisava ser passado e seu rosto bonito, lapidado, estava com a barba por fazer. Geiger conseguiu ver que, em circunstâncias menos estressantes, Matheson deveria se parecer muito com um Ezra de 34 anos.

Geiger aproximou-se dele por trás.

— Matheson?

Ele tentou falar pelo lado direito da boca para minimizar a dor, o que fez com que as palavras saíssem estranhamente arrastadas. Matheson começou a se virar, mas Geiger plantara as mãos com firmeza em seus ombros para impedir a manobra.

— Não se vire. Apenas continue vendo o jogo.

— Onde está Ezra?

— Você tem algo para mim, não tem?

— Você vai receber o que deseja quando meu filho estiver sentado bem aqui. — Matheson deu um tapinha no banco. — Onde ele está?

— Você perdeu o direito de estar com seu filho.

— *O quê?*

— A partir de agora, caberá a Ezra decidir se você vai vê-lo ou não. Você não tem poder sobre isso.

— Que diabos você está...

Matheson começou a se virar de novo, e desta vez Geiger afundou os dedos nos espaços vazios acima de sua clavícula. Ele congelou com um uivo baixo.

— Não tente se virar outra vez. Se tentar, vou quebrar seu pescoço.

Matheson sentiu algo se repuxar em seu cérebro. Era a *voz*. Ele já a ouvira antes, em algum lugar.

Hall sentou-se com as costas eretas no banco do motorista ao receber a notícia de Mitch.

— Matheson? Tem certeza?

— Sim — respondeu Mitch, sua voz chegando através do celular. — Segui o táxi de Geiger até o parque, e agora estou a menos de vinte metros deles. Matheson está sentado em um banco e Geiger está de pé atrás dele. Acertamos na loteria, porra!

Os lábios de Hall mantiveram sua linha firme e rígida. Ele ainda não estava pronto para comemorar.

— Mas o garoto não está com ele?

— Não. Nenhum garoto.

— Então o que diabos está acontecendo? — Os dedos de Hall bateram como se tentassem produzir um retumbar de tambores no volante. — O que estão fazendo agora?

— Nada. Conversando.

Hall encarou o celular. Ele precisaria dar outro telefonema de posicionamento em breve, e perguntou-se por quanto tempo conseguiria adiá-lo, antes que o homem no outro lado da linha decidisse não atendê-lo.

— Quem é você? — perguntou Matheson.

— Não quem pensa que sou.

— O que significa... que não é um deles? Então por que não me entrega Ezra?

— Porque, nesse instante, você é tanto um perigo para Ezra quanto eles são. Seja lá o que estiver negociando, você arrastou seu filho para essa história. Fez dele um alvo, e uma vítima.

— Negociando? Não estou...

— Portanto, eis o que vai acontecer. Você vai me dar o que eles estão procurando, não importa o que seja... vamos chamar apenas de pacote. Depois, vou levar Ezra para a mãe...

— Julia? Ela está aqui?

— E quando Ezra estiver em segurança, entrarei em contato com os homens que estão atrás de você. Vou dizer que tenho o pacote e assegurá-los de que, enquanto ficarem longe de Ezra, não vão precisar se preocupar quanto ao que foi devolvido ver a luz do dia.

— Você não sabe quem eu sou — disse Matheson. — E nem do que tudo isso se trata, não é mesmo?

— E nem quero saber.

— Já ouviu falar em Veritas Arcana?

– Aqueles que denunciam irregularidades secretas?

— Sim. É quem sou. Mas a Veritas Arcana não é uma organização... Somos apenas eu e alguns voluntários dedicados. E agora você está me pedindo para enterrar algo que o mundo precisa saber. Só que é algo que não pertence a mim... nem a você.

— E você colocaria a vida de Ezra em jogo como uma vítima inocente?

— Não. Eu amo meu filho... Jamais faria isso.

— Você não compreende, Matheson. Você já fez isso.

Matheson começou a dizer algo, depois parou. Ele levou uma das mãos ao rosto, baixou a cabeça e cobriu os olhos.

— Cristo — disse ele. — Eu não tinha a menor ideia de que estavam tão perto. Eu só precisava de mais seis ou sete horas. Só... — Deu um suspiro profundo e se calou.

Um batedor aproximou-se da base, abanou o boné para o público e deu tapas em sua barriga avantajada. Houve tantas gargalhadas quanto aplausos.

— Dois pontos cruciais, Matheson. Primeiro: acima de tudo, a razão pela qual seu filho ainda não foi morto é pura sorte. E segundo: Eles não vão parar. Não enquanto sentirem que houver a mais ínfima chance de verem a missão deles realizada. É isso o que fazem. Não param.

Algo arranhou outra vez a mente de Matheson.

— Conheço sua voz — disse ele.

— Não, não conhece.

O custo daquela conversa com Matheson estava fazendo Geiger tremer de exaustão. Era hora de pegar o que o havia levado até lá e partir.

— Matheson, entregue o pacote... agora.

O homem concordou com a cabeça voltada para o chão, depois levou a mão ao interior do paletó. Puxou um envelope e segurou-o voltado para cima. Geiger pegou o envelope e deslizou-o para dentro de sua bolsa.

Matheson suspirou de novo.

— Você poderia dizer a Ezra que o amo... e que sinto muito?

— Matheson acaba de entregar um envelope a ele — relatou Mitch. — De uns 10 centímetros por 25.

— Merda. — Hall tinha acendido um cigarro e deu uma tragada longa e profunda. — Por que Matheson entregaria para ele? — Ele perguntou mais para si próprio do que para Mitch. — E como Geiger poderia saber o que é?

— Talvez não saiba. Talvez não seja a nossa parada. Talvez seja dinheiro e Geiger esteja extorquindo Matheson antes de devolver o garoto. Nossa, Richie... Quem se importa? É a nossa chance. Estou a vinte metros de distância. Eu poderia atirar neles e agarrar...

— Não! Você está no meio de uma multidão no Central Park, por Deus. Desde o 11 de Setembro, todo morador de Nova York quer ser um herói. Haveria uma dezena de pessoas pulando em cima de você antes que percebesse qualquer outra coisa.

— Certo, Richie, mas agora Geiger está partindo. Fico com quem?

Hall ligou o pisca-alerta do Lexus, e por um instante observou-o acender e apagar. Será que ainda precisavam de Matheson?

— Matheson ou Geiger? Vamos logo, Richie!

Hall desligou o pisca-alerta com um soco.

— Geiger — respondeu. — Ele tem a parada agora. Fique na cola dele.

Hall encerrou a ligação e dirigiu quadra acima. Depois de fazer a curva para pegar a Amsterdam, encostou no meio-fio, na esquina. Deixou o motor ligado e saiu do carro. Recostando-se no aço quente da lataria, olhou de novo para a casa de Geiger rua abaixo. Algumas pessoas caminhavam nas calçadas. O sol estava justamente começando a baixar e sombras se desenrolaram como papel de parede preto nas laterais dos edifícios.

Hall respirou profunda, lenta e prazerosamente. Sentia-se melhor agora. Todos os trabalhos tinham seus desvios e becos sem saída, e ele havia participado de diversos trabalhos fáceis que acabaram se tornando infernais. Mas ainda sentia uma onda de prazer ao observar a calamidade ser colocada em seu devido lugar.

Olhou de novo para a casa de Geiger. Agora, chegara o momento de lidar com Ray.

O pensamento ocorreu a Ray enquanto estava sentado na privada no banheiro de Geiger. Durante mais de doze horas, o cérebro dele havia estado superaquecido — administrando a dor, saturado com medicamentos, privado de sono —, mas a sensação de peso começava a passar. Sua mente estava desanuviando.

Ray sempre tivera ciência de que, aos olhos dos parceiros, era "o burro" do trio, e não se opunha a isso, pois havia aprendido que, quando os momentos decisivos chegavam, saber como os outros viam você era tão útil quanto ser esperto. Portanto, lhe ocorreu naquele instante, com as calças arriadas em torno dos tornozelos, que, se Geiger não telefonasse para informar o código, Richie não faria qualquer esforço adicional para conseguir tirá-lo da casa. E se toda a operação desse errado, Hall e Mitch estariam conferindo horários de voos para destinos que não possuem tratados de extradição com os Estados Unidos, sem pensar duas vezes.

Ray sabia que o Monstro "Você Está Fodido" havia acabado de ocupar um lugar à mesa, garfo e faca nas mãos. Mas ele não se tornaria a próxima refeição do monstro sem insistir em ter alguma companhia.

— E então, que merda é essa, Richie? Hein?

Ele ficara observando o tráfego de pedestres na rua 134 quando seu celular tocou, e percebeu imediatamente que a aspereza na voz de Ray estava voltando. Provavelmente o efeito da lidocaína tinha chegado ao fim.

— Aguente firme, Ray. Mitch está na cola dele. Acabamos de nos falar.

— É? Estou feliz por vocês dois. E quanto a mim?

— Ray, Mitch está na cola dele. Ele vai agarrá-lo a qualquer instante agora, então vamos conseguir o código.

— Quero sair daqui. Ou vou foder com todo mundo. Não vou cair sozinho nessa. Está ouvindo?

Recostado no carro, Hall estudou o brilho de seu cigarro por um momento.

— Ray, eu *alguma* vez não cuidei de você? *Alguma?* — Ele escutou o silêncio, depois dispensou a guimba com um peteleco. — É isso mesmo, Ray, eu *sempre* estive ao seu lado... E agora você vem para cima de mim se fazendo de durão? Caramba, cara.

Ray permaneceu em silêncio por um momento.

— É, está certo. Tem razão.

Hall ouviu um *bip* na linha.

— Assim é melhor, Ray. Agora, aguarde enquanto coloco sua chamada em espera por um minuto... Mitch está ligando de novo.

Hall passou para a chamada de Mitch.

— O que está rolando?

— Ele está na 88 bem ao lado da Central Park West. Parou em uma porta lateral do 251 da Central Park West. Deve ter uma chave, porque agora está entrando.

— De onde você está, consegue ver tanto a porta lateral quanto a entrada do saguão?

— Consigo.

— Fique aí. Estou a caminho.

— Onde está Ray?

— Continua trancado — disse Hall. — Vamos pegar o Ray depois.

Antes de transferir de novo para a chamada com Ray, Hall olhou quarteirão abaixo até a porta da casa de Geiger. Ele estivera esperando até que o trecho da calçada diante dela ficasse vazio, sem pedestres, e agora estava.

Ele apertou um botão e Ray voltou à linha.

— Ray, tenho o código. Mitch conseguiu fazer Geiger falar e acaba de me telefonar para me contar.

— Que ótimo! Como Mitch conseguiu fazer com que ele abrisse a boca?

— Acho que enfiou uma arma na boca dele e pediu "por favor".

— É impressionante o que um pouco de boas maneiras é capaz de fazer.

Hall olhou para o celular.

— Muito bem, pronto? Aí vai: dois-meia-meia-sete. Anotou?

— Dois-meia-meia-sete — repetiu Ray.

— Certo. Isso é "amor" nas teclas numéricas. A-M-O-R.

— Paz e amor... Saquei.

— Certo, Ray. Vejo você em um minuto.

— Certo.

Hall desligou o celular e olhou para o aparelho.

— Adeus, Ray — disse ele.

Quando aconteceu, o som não foi como Hall esperara, foi mais um *foomph!* abafado do que um estrondo de explosão. Hall observou a casa tombar sob si própria como um castelo de cartas. Quando a nuvem de fumaça cinzenta se acomodou, revelou a estrutura implodida como uma pilha de entulho em forma de pirâmide, sem nenhum dano aos vizinhos. Geiger havia instalado os explosivos com perfeição.

Carros frearam com pneus guinchando, cabeças pipocaram para fora de janelas, pessoas saíram correndo pelas portas. Hall entrou de novo no Lexus e partiu.

O tranco do elevador de serviço parando fez Geiger despertar com um sobressalto. Ele cochilara durante a subida, e agora sentia os ferimentos de maneira mais intensa, o intervalo de 45 segundos na consciência permitindo que a dor reconquistasse território. Ele era como um mergulhador ascendendo de profundezas sem sol, desorientado por causa da pressão, mas ainda consciente de que precisava manter a ascensão lenta para não desmaiar na jornada de volta à superfície.

Geiger pegou a bolsa de ginástica. Movendo-se cautelosamente, caminhou para a escada e atravessou a porta para o corredor. Tudo ao seu redor precisava ser percebido e medido; ele precisaria se realinhar constantemente para conseguir administrar com eficiência cada gasto de energia.

Bateu na porta — exigia menos esforço do que encontrar a campainha com a ponta de um dedo — e quando ela foi aberta, o olhar no rosto de Corley informou a Geiger sobre seu estado.

— Jesus! — disse Corley, pegando delicadamente seu braço e levando-o para dentro.

Harry levantou-se com um salto desequilibrado e olhou fixamente para o parceiro:

— Mas que diabos aconteceu com você?

Corley conduziu Geiger a uma das poltronas de couro, e Harry mancou até lá para ajudá-lo a se acomodar.

Geiger sentia a almofada da poltrona debaixo dele, mas não se permitia relaxar.

— Harry — falou. — Hall é um assassino de aluguel... Ou a serviço da CIA ou de alguém como eles.

— Ah, cara. — Harry suspirou. — Estamos em uma parada séria. Sabe onde ele e os outros estão agora?

— Trancados na minha casa.

— E que diabos fizeram com você?

— Agora não, Harry. Coisas demais para fazer.

Corley tentava obter uma leitura do estado mental de Geiger, mas não conseguia ir além do espetáculo físico: a bochecha com a atadura, o rosto pálido, pavoroso, e a impressão, pela maneira com a qual Geiger dispusera o corpo na poltrona, de que havia mais danos sob as roupas.

A voz de Ezra gritou:

— Geiger? Você voltou?

O garoto percorreu o corredor disparado em direção à sala de estar, mas parou de repente quando viu Harry e Corley debruçados sobre a poltrona de Geiger, que estava com as costas voltadas para ele.

— O que há de errado? — perguntou Ezra.

— Está tudo bem — disse Corley.

Mas Ezra sabia a verdade, e quando contornou a poltrona às pressas e deu de cara com ele, ficou sem fôlego. Em contraste ao pulôver preto, seu rosto parecia quase branco, e os olhos estavam vermelhos e vítreos.

— Geiger! — disse Ezra, colocando uma das mãos na perna dele. — Você está bem?

O rosto de Geiger contraiu-se de dor. Ezra tirou a mão instantaneamente e colocou-a no braço da poltrona.

— Sim, estou bem. Sua mãe está vindo pegar você.

— Está? Quando?

— Pegando um avião. Agora mesmo. Ela me pediu para dizer que te ama.

Ezra tentou sorrir, mas não conseguiu. Geiger estendeu lentamente o braço e cobriu a mão do garoto com a dele.

— Vai ficar tudo bem, Ezra.

Por menor que fosse o gesto, Corley ficou estarrecido com seu poder. Jamais tinha ouvido o paciente falar a respeito de ninguém com afeto, muito menos demonstrá-lo. O que quer que tivesse acontecido com ele nas últimas poucas horas, certamente o havia transformado.

Geiger virou-se para ele.

— Martin.

Corley agachou-se diante da poltrona.

— Sim?

— Não podemos ficar aqui. Precisamos ir para outro lugar.

— Por quê?

— Não sei o que vai acontecer quando a mãe de Ezra aparecer.

— O que quer dizer? — perguntou o garoto.

— Quero dizer que sua mãe pode estar irritada. Ela pode querer falar com a polícia.

— Mas você me salvou.

Geiger deu um fraco sorriso para Ezra e voltou a olhar para Corley.

— Martin, precisamos ir para algum lugar onde não haja porteiros, vizinhos no fim do corredor, câmeras de segurança nos elevadores, testemunhas em todos os lugares. Sua casa em Cold Spring... Ela poderia nos encontrar lá.

— Bem, suponho que sim — disse Corley, disfarçando um suspiro. Provavelmente era a escolha certa, mas tal perspectiva incomodava. A casa era uma fonte de lembranças da época mais feliz de sua vida.

— Você tem carro, Martin?

— Tenho. Nós conseguiríamos chegar lá em uma hora e meia.

— "Nós" não, Martin. Harry, você acha que consegue dirigir?

— Acho que sim — respondeu Harry. — É a minha outra perna que está bastante arrebentada.

Corley levantou-se.

— Espere um segundo, Geiger. O que você vai...

— Você não vai conosco, Martin. — E ergueu os olhos para acompanhar o médico. — Dessa maneira, ainda é possível manter você fora disso.

— Me manter "fora disso"? Acho que é um pouco tarde demais. — Corley estudou Geiger por um momento e depois gesticulou para que ele se levantasse. — Precisamos conversar. Venha para o consultório... Só por um minuto.

Corley entrou na cozinha e seguiu até o consultório através de uma porta na parede nos fundos.

Geiger olhou para Ezra e Harry, depois forçou seu corpo a sair da poltrona. Levantou-se aos poucos, dezenas de músculos realinhando-se para acomodar os danos, a mente empurrando o corpo para segundo plano. Reunindo forças, atravessou a cozinha e entrou no consultório. Queria concentrar toda a sua energia em concluir o que tinha começado, independentemente de como fosse.

Corley fechou a porta e se virou para ele.

— Geiger...

Seu paciente ergueu uma das mãos.

— Martin, o melhor é que fique aqui. Você não tem lugar no que pode acontecer depois de partirmos.

— Não? Sinto muito por ter que fazer o papel de psiquiatra, mas vejamos o que ocorreu aqui, e o que você fez. *Você veio a mim.*

— Era necessário, Martin. Mas você não vai a lugar algum agora. E não tenho tempo para isso.

De repente, Corley percebeu que Geiger poderia não colocar os pés de novo naquela sala, que estavam vivendo uma espécie de desfecho dramático. Desde o divórcio, o único comprometimento real que ele havia mantido tinha sido com Geiger. Agora, algo tinha acontecido com o paciente, muito possivelmente o evento que ele havia esperado durante tanto tempo, o catalisador que revelaria a fonte de toda a crueldade e todos os danos. Mas se ele partisse e nunca retornasse, Corley jamais saberia o que o outro finalmente tinha compreendido.

— Martin — disse Geiger. — Preciso que me dê as chaves e as instruções de direção.

Corley tentou afastar a ansiedade da voz.

— Harry me contou tudo, Geiger... Sobre o que vocês fazem, sobre a obtenção de informações. Mas, mesmo que cada pessoa com quem lidou fosse culpada ou corrupta, mesmo que fossem todas serial killers ou Hitlers ou Bernie Madoffs...

— Vou abandonar o negócio, Martin.

— Caramba, Geiger, não é tão simples, e você sabe disso. Precisamos conversar sobre isso.

— Mas não agora, Martin. Não até que isso termine.

— Então é assim que tem que ser — disse Corley. — *Todos* vamos para Cold Spring.

Geiger balançou a cabeça.

— Não, você não vem.

Corley deu uma risadinha.

— O que vai fazer, Geiger? Vai me amarrar a uma cadeira?

— Isso não vai ser necessário, Martin. Só faça o que eu mandar.

Ele olhou para o paciente e viu outro homem o encarando por trás dos olhos duros de ardósia: o Geiger sobre quem nada sabia até Harry lhe contar sobre suas habilidades extraordinárias e terríveis. E, ao olhar nos olhos daquele homem que sempre persuadia as pessoas a lhe contarem o que quisesse, a respiração de Corley ficou presa em algo em seu peito. Ele precisou ajeitar a postura para soltar o ar.

— Sinto que não fiz o bastante, Geiger. Eu...

Corley perdeu-se em um pensamento silencioso. Todos os muros que construímos... como a mente produz os próprios tijolos e cimento para se salvar. Todas as coisas que carregamos dentro de nós... como são muito mais pesadas do que qualquer fardo que possamos colocar nas nossas costas.

— Martin — disse Geiger —, você confia em mim?

Ele lembrou-se do paciente fazendo a mesma pergunta bem na véspera. Antes, havia soado como mais uma de suas ofertas inescrutáveis, mas desta vez o médico compreendeu que ela buscava medir, e testar, e possivelmente até definir, o que representavam um para o outro.

— Sim — respondeu.

Geiger fez que sim lentamente com a cabeça, os olhos um pouco mais ternos.

— Adeus, Martin.

20

O olhar vigilante de Mitch estava na potência máxima, alternando-se entre a entrada do edifício na Central Park West e a porta lateral depois da esquina com a rua 88. Enquanto aguardava pelo próximo movimento de Geiger, Mitch escutava um programa de rádio que sempre o mantinha animado.

— E lá vamos nós, de novo — disse o locutor. — Vocês já viram as fotos das supostas "câmaras de tortura" no Cairo? Parecem com um porão sujo para mim, mas os chamados liberais esclarecidos... também conhecidos como idiotas... estão de volta, choramingando sobre direitos humanos e o devido processo legal para terroristas. E justo hoje, Quatro de Julho, gostaria de fazer uma pergunta a vocês: acham que eles têm entes queridos lutando para proteger a liberdade deles no Iraque e no Afeganistão? Não! E é por isso que não conseguem compreender o verdadeiro significado da democracia... Porque se trata de compreender que você precisa sacrificar algo *importante*, talvez até perder algo que lhe é precioso e querido... E não estou falando sobre ouvir o garçom dizer que seu sushi favorito está em falta!

Mitch socou o volante.

— É isso aí, cara! Esse é o espírito do Dia da Independência!

A atenção de Mitch voltou-se para um caminhão de lixo que encostava ao lado de uma fila de carros estacionados na rua 88. A porta do automóvel voltada para a rua abriu-se e um homem com um macacão do departamento de saneamento da cidade de Nova York saltou. Ele caminhou sem pressa até a pilha de sacos plásticos no meio-fio. Mesmo com o sol baixo no horizonte, ainda fazia calor.

Mitch parou um instante para observar o sujeito enquanto ele começava a agarrar os sacos e a içá-los para dentro da boca do caminhão.

— Pobre coitado. Deve estar um forno dentro daquele uniforme.

Na garagem do edifício, Corley ficou afastado cerca de meio metro enquanto Harry girava a chave na ignição do velho Chevy Suburban. O motor engasgou algumas vezes antes de pegar e atingir um ponto morto ruidoso. Ezra, estojo de violino no colo, estava sentado na segunda fileira de bancos; Lily estava ao lado dele, a cabeça no ombro do garoto. Geiger estava sentado absolutamente imóvel na última fileira, os olhos fechados, as mãos entrelaçadas sobre o colo.

Corley aproximou-se e falou com Harry pela janela aberta.

— Ele vacila quando se pisa demais no acelerador, portanto seja cuidadoso quanto a ultrapassar alguém na estrada.

— Entendido — disse Harry.

— E o rádio e o ar-condicionado não funcionam.

— Sem problema.

Corley enfiou a cabeça para dentro.

— Todo mundo está bem?

— Estou bem — disse Ezra.

— Geiger?

Não houve resposta.

— Acho que talvez esteja dormindo — comentou Ezra.

Corley suspirou e endireitou-se. Nunca se sentira tão velho, nem tão impotente.

— Tome cuidado, Harry.

— Obrigado, doutor... por tudo.

— E traga-o de volta em segurança.

— Esse é o plano. — Harry virou-se e, levantando o rosto, sorriu para Corley. — Você está bem, doutor?

— Sim, estou bem.

— Bem, então está certo. Lá vamos nós.

Harry engrenou a primeira marcha e, assim que o carro começou a se mover, Corley virou-se e seguiu para o elevador. Ele não olhou para trás.

As nuvens que vinham se agrupando nas últimas duas horas recusavam-se a ceder e deixar a chuva cair. A cada poucos segundos, algumas gotas atingiam o para-brisa, mas Mitch não se deu ao trabalho de ligar os limpadores.

Enquanto seus olhos corriam de um ponto para o outro, ele registrou o fato de que a porta da garagem do edifício estava se abrindo, e viu um velho Suburban começar a sair. Mas, a princípio, ele não considerou aquele um acontecimento relevante.

Enquanto isso, o locutor do programa seguia a todo o vapor.

— Vocês sabem quando debater sobre técnicas de interrogatório tornou-se irrelevante, meus amigos, para não dizer absurdo?

— Em 11 de Setembro, idiota — respondeu Mitch.

— Onze de setembro, 2001, quando os fascistas islâmicos cortaram as gargantas de oito pilotos americanos e mataram mais de três mil civis americanos; foi exatamente naquele dia!

Mitch observou o Suburban novamente e, dessa vez, dando a ele toda a sua atenção. Era difícil enxergar o motorista através do vidro, mas algo em sua silhueta lhe pareceu familiar.

Harry arrancou até o outro lado da calçada e parou. Um caminhão de lixo estava bloqueando seu caminho. Olhou para os sacos de lixo que ainda restavam e suspirou.

— Vamos ter que esperar a noite toda.

Observou o lixeiro por um minuto. Consciente de que tinha uma plateia agora, o homem começou a ensaiar alguns movimentos de dança enquanto trabalhava. Harry riu, e colocou a cabeça para fora da janela.

— Ei, cara — gritou Harry —, preciso de um favor. Você poderia dar uma ré de uns dois metros para que a gente possa sair?

Agora, os olhos de Mitch estavam fixos em Harry, e quando o caminhão de lixo começou a recuar, ele digitou o número de Hall.

— Oi? — atendeu Hall.

— Temos uma movimentação. Um Chevy Suburban velho. Harry está dirigindo.

— Harry?

— E... bingo!... Geiger, o garoto, e a irmã de Harry... Todos estão com ele. Onde você está?

— Rua 98. Siga o carro... E verifique a placa para que saibamos de quem é o veículo. Me ligue de novo com a sua localização e vou te encontrar lá.

— Certo.

Com o caminhão de lixo fora da entrada do prédio, o Suburban saiu para a rua e seguiu para o oeste.

— Toda essa merda de tortura por afogamento simulado e pelo choque repetitivo do corpo contra a parede? — Continuava o apresentador do *talk-show*. — Tsc, tsc, tsc, meu Deus... E vamos nos assegurar também de que Abdul obtenha um julgamento adequado. *Habeas corpus* de merda!

— Acertou em cheio, cara! — disse Mitch, e desligou o rádio. Puxou um laptop debaixo do próprio banco, colocou-o no do carona e pisou suavemente no acelerador.

*

Uma hora ao norte da cidade, Hall dirigia pela Saw Mill River Parkway passando ao lado de florestas entrecortadas por íngremes paredões cinzentos de rocha. O tráfego do feriado não estava ruim naquela direção.

Mitch falou de novo pelo viva voz.

— Certo, tenho o proprietário do veículo. Martin Corley, médico. Mora no prédio. Divorciado. Sem filhos.

— Faça uma referência cruzada... Talvez ele possua algum imóvel ao norte da cidade. Confira registros de propriedades, contas de luz e históricos telefônicos. Onde você está agora?

— Rota 9, me aproximando da estrada para o Bear Mountain State.

— Estou perto de Ossining, portanto não estou muito atrás de você.

Olhando para o lado oposto da estrada, Hall viu o sonho americano arrastando-se para o sul, um para-choque colado no outro. Carros com famílias voltando para casa depois de um dia no campo... Rádios barulhentos, cães com a cabeça para fora da janela, bicicletas em racks, crianças sonolentas em bancos traseiros com bochechas queimadas de sol e caramelos derretendo nos bolsos. Que país: 80 mil quilômetros de estradas ajudando as pessoas a encontrarem um pouco de paz em algum lugar.

Hall colocou o celular no modo silencioso e ligou o rádio. Perguntou-se como seria sentir paz depois desse tempo todo, e achou que sabia a resposta. Seria um momento no qual não estivesse pensando três passos à frente; melhor ainda, um momento no qual não houvesse mais nenhum passo a dar.

Ele não precisou esperar muito para ouvir a notícia no rádio.

— Essas são as últimas notícias da WCBS. Temos mais informações sobre o prédio que explodiu na rua 134 Oeste em Manhattan. Rich Lamb está no local. Rich?

— David, o prédio era uma estrutura de dois andares, e acredita-se que era uma residência domiciliar. O Corpo de Bombeiros, a Polícia de Nova York, times equipados com uniformes para emergências químicas e biológicas e autoridades federais estão todas aqui, mas ninguém diz muita coisa. O local parece ter implodido, deixando tudo ao redor intocado.

— Poderia ter sido um ato terrorista, Rich?

— Os investigadores precisarão considerar tal possibilidade. O local poderia ser tanto um alvo quanto uma fábrica de bombas na qual algo saiu errado. E, é claro, o motivo da explosão pode ter sido algo menos sinistro, como um vazamento de gás. O comissário Kelly deverá fazer uma declaração em breve. Até lá, nós...

Hall desligou o rádio e tirou o celular do modo silencioso. Estava na hora de jogar a isca.

— Mitch?

— Oi?

— Acho que a casa de Geiger explodiu.

— *O quê?* Com Ray dentro?

— Deu no rádio. Um prédio na 134 Oeste. — Ele fez uma pausa para que o impacto fosse maior. — Completamente destruída. Não restou nada. — Hall simulou um suspiro. — Jesus...

— Ah, cara — disse Mitch. — O pobre coitado.

Ele deu um suspiro que se equiparou ao de Hall. Eram farinha do mesmo saco, cada um criticando o próprio desempenho enquanto avaliava o do outro.

Hall fez uma pausa com a duração que achou apropriada, depois manteve o tom grave.

— Algo novo a respeito de Corley?

— Acabei de receber — respondeu Mitch. — Corley tem uma casa em Cold Spring. Na 29, River Lane. Talvez a uns quinze minutos de viagem.

— Localize-a pelo satélite.

— Já localizei. Fica afastada da cidade, o vizinho mais próximo fica a pelo menos quatrocentos metros. Ela tem uma doca no rio.

— Barco?

— Na doca. Parece um bote a remo. Isso é muito melhor do que um apartamento na Central Park West, hein?

Hall sorriu. Os milhões de macacos seguiam datilografando, e um deles parecia estar prestes a produzir algo bastante extraordinário.

— É — disse Hall. — É perfeito.

21

— Geiger...

Ele abriu os olhos e viu Harry olhando para ele do banco do motorista. Ele era o único dentro do Suburban.

— Chegamos — disse Harry.

— Onde estamos?

— Na casa de Corley, em Cold Spring.

Geiger abriu a porta, debruçou-se para fora e cuspiu sangue.

— Preciso arrumar um pouco de gelo.

Pegou a bolsa e saiu do carro.

Harry juntou-se a Geiger quando ele começou a caminhar lentamente por um caminho de lajotas de pedra. Estendeu os braços como que para ajudá-lo, mas o outro fez que não com a cabeça.

— Estou bem.

— Não, não está.

Geiger virou-se para encará-lo, os olhos emanando uma luminosidade intensa.

— Sim, Harry, estou.

Enquanto Geiger seguia em direção à casa, Harry olhou ao redor. Para o oeste, a propriedade estendia-se em um declive até a água, em um terreno não cuidado e selvagem. Entre a campina e o rio havia uma densa fileira de árvores; abetos e faias velhas, troncos grossos e cheios de nós espalhando galhos tortuosos que lançavam longas sombras sob a luz do sol que morria. Diante de Harry, a casa — uma construção colonial cinza de dois andares — repousava no ponto mais alto da propriedade, suas janelas de quase três metros do primeiro piso e sua varanda que a contornava proporcionavam uma visão sublime do Hudson e das montanhas na margem oposta.

Ladeado por refletores no chão, o caminho de lajotas conduzia à entrada da casa, e quando Geiger e Harry aproximaram-se dos degraus, Ezra e Lily apareceram em uma das janelas do primeiro andar. De pé, lado a lado, só se via a silhueta deles, a espessa camada de poeira no vidro transformando-os em fantasmas, como se estivessem no mundo mas não pertencessem a ele.

De dentro da bolsa de Geiger veio o toque do celular. Tendo subido metade dos degraus, ele parou, pegou o telefone e atendeu.

— Srta. Wayland?

— Estou aqui... no JFK.

— Está em um telefone público?

— Sim. Me deixe falar com meu filho.

— Em um minuto, mas primeiro vai falar com alguém que vai lhe dar instruções. A senhora precisa alugar um carro. Estamos em uma casa em Cold Spring, Nova York.

Geiger entregou o telefone a Harry.

— Olá. Meu nome é Harry. — Ele tirou do bolso as instruções de direção de Corley. — É para cá que você vai vir. Tem uma caneta?

Geiger alcançou o último degrau e descansou por um momento. A porta se abriu e o garoto estava novamente parado diante dele, encarando-o com uma expressão enigmática.

— É sua mãe ao telefone, Ezra. Vá falar com ela.

Ezra ficou em silêncio por um instante e então perguntou:

— Eles bateram em você tentando te obrigar a dizer onde eu estava, não foi?

— Foi.

— Mas você não disse.

— Não.

— O que fizeram com você?

— Você não precisa saber.

— Certo.

Ezra olhou mais uma vez para ele e desceu os degraus.

Geiger entrou na casa. Para além do saguão, um longo corredor seguia direto até uma porta nos fundos; para a direita, uma escadaria conduzia ao segundo andar. A sala de estar, imediatamente à esquerda, tinha um teto alto de madeira rústica e era dominada por uma lareira de pedras brutas que ocupava metade da parede. Lily estava de pé diante dela, os dedos tracejando as linhas tortas das rochas encaixadas.

— É um enorme quebra-cabeça.

Geiger foi para a sala e sentou-se em um sofá estofado. Ele tinha observado com frequência a fotografia daquela casa no consultório de Corley e havia se perguntado como seria o interior. Debruçou-se, esticou a mão além da borda de um antigo tapete persa e correu o dedo pelo chão de largas tábuas corridas. Pinheiro antigo. A madeira precisava de óleo; linhaça seria o ideal, com um toque de tungue. Ele afundou de novo nas almofadas. Ouvia Ezra lá fora, caminhando na varanda animadamente, conversando com a mãe ao telefone.

— Não, mãe — disse o garoto. — Nenhum outro nome. Só Geiger.

Harry entrou coxeando e entregou a Geiger um copo cheio de cubos de gelo, depois se sentou ao lado dele com um grunhido. Olhou para as calças do parceiro; o tecido sobre a coxa reluzia.

— Obrigado — disse Geiger, depois chupou alguns cubos.

— E então, quem trabalhou em você?

— Dalton.

Harry inclinou a cabeça.

— *Dalton?*

— Sim. Foi seu show de despedida.

— O que quer dizer...?

— Quebrei todos os dedos dele.

— Jesus...

Harry ficou impressionado com que velocidade a violência tinha invadido o mundo deles. Carne rasgada e ossos triturados começavam a se tornar lugar-comum.

— Harry, precisamos descobrir se há uma TV e um DVD player aqui.

— Por quê?

— Só veja se tem, tudo bem?

— Pode deixar.

A rua principal de Cold Spring deslizava colina abaixo até terminar em um passeio cercado por rochas. Durante décadas, os proprietários de muitos dos elegantes prédios de dois e três andares preservaram fielmente intactos os pedigrees arquitetônicos do século XIX de suas propriedades. As coloridas fachadas de tijolos e os parapeitos de ferro batido que ficavam na frente das galerias, dos bistrôs e antiquários da cidade pareciam quase uma pintura no crepúsculo, e as calçadas estavam repletas de pessoas, todas descendo a colina rumo às águas para as celebrações do Quatro de Julho.

Hall e Mitch estavam sentados no Lexus, estacionado no topo da colina, no lado oposto do jardim da cidade.

— E então, como vai ser, chefe? — perguntou Mitch.

Hall ampliou o mapa do satélite no monitor do laptop e apontou para uma área.

— Aqui é onde estamos, e aqui é a casa de Corley. Quando começar a escurecer, avançamos cerca de seis quadras para o norte, depois dobramos à esquerda aqui, na River Lane. Depois de cerca de 800 metros, paramos na floresta e seguimos a pé a partir de lá. Parece ser uma caminhada de cerca de 400 metros.

— E depois?

— Nós nos separamos aqui, na fileira de árvores.

— E?

Hall recostou-se.

— Entramos pela frente e pelos fundos, depois vamos ver o que acontece.

— Entramos com as luzes da casa acesas ou aguardamos até que estejam apagadas?

Todas as perguntas eram relevantes, mas Hall sabia que o que Mitch estava fazendo era mais do que perguntar. Estava medindo o tempo de resposta, explorando à procura de pontos fracos. Hall olhou para o rosto inexpressivo, impassível, de Mitch. Com o passar dos anos, várias pessoas o viam como um clássico ex-atleta, um simples capanga, mas Hall sabia que não era bem assim. Mitch era tão introspectivo quanto uma bala de canhão, mas tinha um dom para leituras rápidas e uma memória incrível para detalhes sobre todas as pessoas com quem já tinha lidado. No passado, isso sempre fizera dele um patrimônio valioso. Agora, tornava-o perigoso.

— Luzes acesas — disse Hall. — Não há motivo para dar de cara com as paredes.

— Certo.

— Há Harry, o garoto, a irmã... e Geiger.

— Muita gente — disse Mitch.

Hall desligou o laptop.

— É por isso que ganhamos tão bem, não é?

Harry encontrou os aparelhos no quarto de hóspedes do primeiro andar, no lado oposto à sala de estar. Estavam cobertos com um pano em cima de uma cômoda: um monitor Samsung de 23 polegadas e um DVD player JVC.

— Encontrei! — gritou ele, puxando os lençóis que cobriam o resto da mobília do quarto. — Aqui dentro.

Geiger entrou mancando, colocou a bolsa de ginástica na cama de dossel e sentou-se na cadeira de balanço de vime ao lado dela. Ele ignorou o latejar constante na perna talhada.

— Tranque a porta, Harry.

O amigo obedeceu e depois pressionou os botões que ligavam os dois aparelhos. Ele virou-se para Geiger.

— Fique à vontade para me contar o que está acontecendo quando quiser. Não se acanhe.

— Na minha bolsa. O envelope.

Harry esticou o braço e puxou o pacote.

— Isso?

— É. Matheson me entregou isso.

— E como diabos...

— Encontrei com ele hoje à tarde — interrompeu Geiger. — Depois de acabar com Dalton. Perguntas mais tarde, Harry. Vamos nos concentrar apenas nisso.

— Ok, está bem.

Harry tirou cinco caixas plásticas para CDs do envelope, todas contendo minidiscos pretos brilhantes.

— Tudo isso foi por causa desses discos? — Ele tirou o minidisco marcado com "1" da caixa e o ergueu. — Não parece um De Kooning, não é? CD ou DVD?

— Vamos descobrir.

Harry inseriu o disco na bandeja do JVC, apertou "play" e sentou-se na beira da cama.

A escuridão na tela mudou e uma linha prateada fina como uma navalha apareceu na parte inferior. O canto inferior direito exibiu a contagem dos minutos e uma data: "16/02/2004".

Harry apontou para a imagem.

— A linha prateada na parte inferior? É um bloqueio digital. O disco não pode ser copiado sem ser decodificado.

A voz de um homem falou com um forte sotaque do Oriente Médio em um sussurro quase inaudível: "Vídeo vinte e sete. Dezesseis de fevereiro, 2004."

O monitor exibiu a imagem de um quarto sem janelas, intensamente iluminado, filmado por uma câmera posicionada em um canto elevado.

— Bem, não é uma seleção das Top 10 da Billboard — disse Harry. Apontou de novo para a tela. — Vê como as margens da transmissão são irregulares? Câmera oculta... Está encaixada em algum lugar atrás das paredes.

Um estrépito metálico iniciou fora do alcance da câmera, uma rotação sonora desigual, porém rítmica. Geiger inclinou-se para a frente.

Dois homens com cabelos cortados à máquina, usando bermuda cáqui do Exército, surgem na tela empurrando uma maca para o centro do quarto. Deitado nela, amarrado à sua estrutura pelos pulsos e tornozelos, somente de cueca, há um homem musculoso na casa dos 30 anos, encharcado de suor. Seu rosto estava marcado por uma série de hematomas roxos e cortes cobertos por crostas de sangue, e o mesmo acontecia com seu peito e a parte superior dos braços. A luz intensa acentuava os tons escuros dos danos infligidos.

— Jesus — disse Harry. — O que é isso?

Um homem com uma camisa branca de manga curta e calças cáqui caminhou para dentro do enquadramento e aproximou-se da maca. Ele acariciou seu cavanhaque bem-cuidado por alguns momentos, depois deu uns tapinhas no ombro do homem agrilhoado e falou em um tom inexpressivo e levemente anasalado. Era obviamente americano; para Harry, o sotaque parecia da região rural do Centro-Oeste.

— Bom dia, Nari — disse o americano de cavanhaque. — É um novo dia, amigo.

— *Allahu akbar* — disse, rouco, o homem na maca.

— É, eu sei — disse o americano. — Deus é grande, e a América é o grande Satã.

— Espere um minuto — disse Harry. — Nari? Como em Nari *Kaneesh*? Ah, cara...

Geiger ergueu-se da cadeira e agarrou um dos dosséis da cama.

— Nari — disse o americano. — Quer falar conosco hoje?

— Isso é injusto. Eu... Eu não fiz nada...

— Vou aceitar isso como um não.

— Já falei para você. Cada vez que vinham até o quarto do hotel, batiam na porta e me mandavam colocar a venda antes de entrarem. Depois...

— Eu sei. Levavam você de carro para algum lugar, você falava com dois homens, levavam você de carro de volta ao hotel e mandavam que não tirasse a venda até que tivessem ido embora.

— Isso, foi assim que aconteceu. Nunca vi nenhum deles.

— Eu sei, Nari, eu sei. É só que... Ainda não temos certeza de que está dizendo a verdade.

— Eu estava agindo pelo *bem*, para fazer a *paz*...

— E acreditamos nisso. Mas ainda pensamos que talvez tenha visto os rostos dos agentes da al Qaeda com os quais você se encontrou, talvez até tenha visto para onde o tenham levado, e que apenas precise de um pouco de ajuda para se lembrar.

A cabeça de Nari começou a balançar de um lado para o outro em uma negação fervorosa.

— Não, não, não — dizia ele, a maca fazendo barulho ao sacudir.

— Jesus Cristo — disse Harry. — *É* ele. — Ele virou-se para Geiger. — Esse cara é o ministro egípcio que se encontrou secretamente com a al Qaeda e depois desapareceu. — Harry socou a coxa com o punho. — Isso é uma merda *gigantesca*.

Os olhos de Geiger não se afastaram do monitor.

O americano pressionou um botão na maca e a elevou a uma posição vertical de 60°.

— Então, isso é o que você tem nos dito, Nari... e é por isso que decidimos trazer alguém novo, alguém que possa encorajar você a ser mais direto.

— Isso é errado! — gritou o prisioneiro. — Sou um oficial eleito de um aliado dos Estados Unidos!

— Sim, você é — disse o americano. — E isso deveria ajudá-lo a enxergar a natureza da situação... E é por isso que faremos o que for necessário para proteger nossos interesses. Portanto, se não cooperar com o novo interrogador... Bem, você sabe o que dizem: provoque o grande Satã e vai acabar com o tridente dele cravado na sua bunda.

O americano olhou para fora do enquadramento da gravação e gesticulou um "entre" com a mão.

— Nari, conheça seu novo amigo... O Inquisidor — disse ele, e saiu do alcance da câmera.

O homem que agora se aproximava da maca estava todo vestido de branco: camiseta branca, calças largas, tênis. Era Geiger.

— Mas que merda — disse Harry, levantando-se. — Onde?

— Cairo — respondeu Geiger. — Base secreta.

O Geiger do vídeo colocou dois dedos no pescoço de sua vítima para medir a pulsação do homem.

Os olhos do prisioneiro queimavam enquanto ele falava:

— Não posso te dizer nada mais do que já...

A mão de Geiger moveu-se, agarrando com firmeza o pescoço do homem, polegar e indicador penetrando profundamente na carne entre os cantos da mandíbula. Nari sufocou em silêncio.

— Está certo, Nari — disse Geiger. — Você não vai me contar nada... agora. Mais tarde, sim, mas ainda não chegou a hora. Por enquanto, é melhor que não diga nada.

Os olhos de Nari registraram surpresa e confusão.

— Mas a paz era o que eu tentava...

A mão de Geiger apertou com mais força, emudecendo o homem.

— Nenhuma palavra, Nari. — Os dedos cravaram-se mais fundo e a careta do prisioneiro esticou-se tanto que parecia um sorriso. — Concorde com a cabeça se me entende.

Nari moveu a cabeça.

Geiger inclinou-se até o DVD player e pressionou o botão "pause". Depois, voltou à cadeira e sentou-se, tão congelado quanto sua imagem na tela.

Harry permanecia de pé. Passou a fazer que sim com a cabeça quando as peças do quebra-cabeça começaram a se juntar.

— Base secreta. CIA. Cairo. Alguém esconde uma câmera atrás de uma parede e filma escondido as sessões. A CIA. sabe? Talvez sim, talvez não. — Ele franziu a testa. — Provavelmente, não. O material fica guardado em algum lugar por anos. Alguém o encontra e o entrega a Matheson. Ou ele mesmo encontra... Tanto faz. Mas por que Matheson?

— Porque Matheson administra a Veritas Arcana.

— O grupo que vaza todas as paradas confidenciais? É ele?

— É.

— Muito bem... Isso faz sentido. Então Matheson obtém os discos, mas antes que consiga violar a trava digital e colocá-los on-line, Langley ou alguém em Washington descobre que ele tem os discos e solta os cachorros. Hall e os amigos vão ao trabalho... E o resto já sabemos. Certo. Entendo. E então, o que há nos vídeos, Geiger?

Geiger olhou impassível para Harry por um instante antes de responder.

— Usei pressão aplicada... muita. Acupuntura, fones de ouvido, *loops* de áudio, privação... Nem ele nem eu dormimos por dois dias. Antes de ele ceder, houve muitos... berros e gritos.

— Geiger, Nari Kaneesh era o homem número dois no Parlamento egípcio!

— Harry, fale baixo — disse Geiger, sem se alterar. Encarava a imagem congelada, recordando os incontáveis atos de crueldade, de seu uso pragmático da violência. Podia sentir os músculos da garganta de Nari contraindo sob seus dedos. Podia sentir a carne de centenas de outras vítimas nas mãos, endurecendo de medo e se retraindo de dor e cedendo em desespero...

Harry inclinou-se até o DVD player e pressionou "eject". Ele retirou o disco da bandeja e olhou para o pedaço de plástico.

— Ponha de volta na bolsa, Harry.

— Não vamos destruí-los?

— Não. Vou fazer o que disse a Matheson que faria. Vou telefonar para Hall, contar que temos os discos e prometer que, desde que deixem Ezra em paz, ninguém jamais verá o que há neles.

Harry piscou os olhos.

— Você está delirando, Geiger. Fique com esses discos e vai precisar passar o resto da vida em uma caverna. Mesmo que deixem Ezra em paz, irão atrás de você... E como você disse, eles não param.

Geiger respirou fundo. Sentiu o corpo todo expandir com a inspiração, milhões de moléculas extraindo força do oxigênio. Depois, lentamente, deixou o ar sair e concordou movendo a cabeça.

— Eu sei.

A cozinha era o coração da casa, com entradas através do corredor central e da sala de estar, além de duas claraboias redondas. Harry encontrou uma caixa fechada de biscoitos Ritz e um pote de manteiga de amendoim e começou a fazer sanduíches em miniatura no balcão de granito, empilhando-os em uma travessa.

Lily estava sentada à mesa oval de carvalho, mãos entrelaçadas diante de si, cantando baixinho com os lábios fechados. Ezra estava sentado ao lado dela, uma sobrancelha arqueada.

— Gosto dela — disse Ezra. — Nunca conheci uma... Você sabe, uma pessoa maluca antes.

— Não? — perguntou Harry. — Bem, aqui você pode escolher à vontade. Tem uma casa cheia delas.

Harry levou a travessa até a mesa e colocou uma das mãos no ombro de Lily. Ela inclinou a cabeça, como se ouvisse um som em vez de sentir o toque de alguém.

— Quem está aí? — perguntou ela.

— Eu. Harry.

Ezra pegou um punhado dos pequenos sanduíches e enfiou um na boca.

— Sei de uma coisa — disse Lily. A voz dela era como pontas de dedos sobre seda.

Harry sorriu e sentou-se ao lado de Lily. Ele tomou as mãos da irmã nas suas.

— Muito bem, irmã — disse ele. — O que você sabe?

— Eu sei por que Harry está triste.

A declaração de Lily o fez chegar para trás na cadeira. Ele largou as mãos da irmã.

Lily estendeu a mão para Ezra e fechou-a em torno do pulso dele.

— Vamos cantar — disse ela.

— Sim, claro — disse o garoto.

— *Rock-a-bye baby, in the treetop...*

Ezra juntou-se a ela:

— *When the wind blows the cradle will rock...*

A música ressoava nos ouvidos de Harry como um sino pesaroso

— Ezra — disse ele. — Pare. Não cante.

O garoto parou de cantar mas deu um olhar incerto para Harry.

Lily continuou:

— *When the bough breaks the cradle will fall...*

— Lily, fique quieta agora.

— *And down will come...*

— Lily! — gritou Harry.

As pálpebras de Lily se fecharam e uma lágrima escapou de cada olho.

— Harry — disse Ezra. — O que... O que está acontecendo?

— Nada. Ela é maluca, lembra?

— Mas ela está chorando. Por que está chorando?

Desgastado, Harry levantou da mesa.

— Ela está chorando por causa de uma menina — res pondeu, e saiu da sala.

No andar de cima, Geiger estava sob o chuveiro, cabeça baixa, palmas abertas contra a parede. Havia deixado a água fria correr para parar o sangramento, mas quando o líquido contornou o ralo, tinha um suave tom de cor-de-rosa. Os ladrilhos do chuveiro eram de um verde bilioso, e Geiger se perguntou se Corley havia escolhido a cor ou concordado com o desejo de outra pessoa, ou, ainda, se tinha aberto mão de participar da escolha.

Geiger saiu do chuveiro e secou-se cuidadosamente com uma toalha. O espelho oval acima da pia mostrou-lhe que havia um segundo espelho, de corpo inteiro, na porta às suas costas. Voltou-se para o próprio reflexo.

A extensão dos danos tornava difícil assimilar o estado do corpo inteiro de uma só vez. O tenebroso círculo vermelho com a perfuração central na bochecha esquerda; os horríveis hematomas que atravessavam o peito e os quadríceps; o trio de longos cortes suturados na coxa, cujas bordas enrugadas já brilhavam com sangue fresco. O olhar dele saltava de um ferimento para outro, e um suor quente forçou sua saída pelos poros da pele de Geiger.

Ficando tonto, ele encontrou a pia com uma das mãos vacilantes e baixou o corpo até se sentar na privada. O mecanismo da memória girava lentamente, agarrando momentos do quarto escuro de sua mente e arrastando-os até a luz: uma lâmina acesa pelo fogo em um punho inchado, gotículas de sangue em um chão desgastado, silhuetas de lobos arrancando carne de ossos...

Por um instante, Geiger concentrou toda a energia que lhe restava no mosaico de pequenos octógonos dos ladrilhos do piso. O labirinto de linhas negras fixou-se, ancorando a visão dele, e o turbilhão se dissipou.

Hall encontrou um lugar onde poderia sair da estrada. Avançou 50 metros floresta adentro, desligou os faróis e o motor. Ele e Mitch apertaram os botões das janelas e os vidros escuros desceram deslizando com um ranger que foi instantaneamente abafado por uma onda de cantos de cigarras e chiados de gafanhotos. Um pio de coruja veio de um galho próximo.

— Caramba — disse Mitch. — Quando foi a última vez que ouviu uma maldita coruja?

Hall estendeu a mão para dentro do porta-luvas, tirou um fone de ouvido prateado com um microfone fino de cinco centímetros e encaixou-o na orelha esquerda. Mitch revirou um bolso da camisa, apanhou seu próprio fone e fez o mesmo. Depois, puxaram suas pistolas e conferiram os pentes. Hall checou mentalmente a lista do que precisava fazer e confirmou com um gesto de cabeça.

— Certo, quando começarmos, você segue minhas instruções.

— Certo.

Com um tapa, encaixaram os pentes nas pistolas, saíram do carro e rumaram para oeste.

— Quando entrarmos, armas na mão — disse Hall. — Mas ninguém puxa o gatilho, a menos que seja necessário.

— Certo.

Atravessaram a floresta a pé e em silêncio. Ao se aproximarem da casa de Corley, chegaram a uma clareira e pararam. A partir daquele ponto, era relativamente campo aberto; uma campina com um diâmetro de 60 metros salpicada de uma dezena de árvores e arbustos grandes, e a casa empoleirada no centro. As luzes das janelas e dos refletores que conduziam à entrada se estendiam formando um halo de dez metros ao redor da casa.

— Muito bem — disse Hall, e apontou. — As linhas telefônicas chegam pelos fundos. Corte-as antes de entrar, só por precaução.

— Certo. — Mitch franziu o cenho e deu um tapa na nuca. — Mosquitos filhos da puta.

— Vamos nos assegurar de que os fones estejam funcionando antes de começar. Fique parado.

Hall afastou-se, permanecendo nos limites da fileira de árvores. Enquanto estava sentado no carro, havia decidido como agiria. Subiria diretamente os degraus da entrada da casa. Se a porta estivesse trancada, tocaria a campainha. Nada de jogo duro, nada de armas; melhor preservar o clima ameno, pelo menos no começo. Diria a Geiger para reunir todo mundo, depois pediria os discos; eram propriedade roubada e precisava recuperá-los. E caso aquilo não funcionasse direito, sempre havia o Plano B.

Abanou a mão para afugentar um mosquito.

— Mitch, está me ouvindo? — falou Hall em voz baixa.

— Perfeitamente. E você, está me ouvindo?

— Alto e claro. Certo, quando desligar os telefones, me avise e vou avançar.

— Combinado.

— Vá de árvore em árvore, Mitch. Há muitas janelas.

— Richie, já fiz esse tipo de coisa antes, sabia?

— Vá.

Hall observou Mitch deslizar das árvores e partir agachado para a parte posterior da casa, movendo-se através da clareira de uma árvore isolada ou arbusto para o seguinte. Hall retirou o fone do ouvido, guardou-o no bolso da camisa e fechou os olhos. Queria diminuir a pulsação antes de telefonar, para que não houvesse sobressaltos em sua voz, nem mesmo um tremor de preocupação.

Ele pegou o celular e digitou um número.

— Sim? — disse a voz.

— Hall aqui, senhor. — Ele interpretou o silêncio como uma recomendação para que continuasse. — Estamos no alvo. Uma casa isolada em Cold Spring, Nova York. Estou olhando para ela nesse instante. Os discos e quatro pessoas estão no interior. Estamos prestes a entrar. Vamos ter os discos muito em breve.

Hall sentiu um calafrio antes de compreender por quê. Enquanto falava, ouvia um fraco eco da própria voz retornar até ele pela linha, o que significava que o telefone no outro lado da linha estava em viva voz. O homem estava acompanhado na sala; estavam escutando, mais provavelmente porque ele queria que o aconselhassem a respeito de uma decisão sobre a qual estava refletindo. Hall sabia que aquilo não poderia ser bom.

— Quatro no interior?

— Sim, senhor. Quatro.

— Isso começou como um evento com um único alvo, Hall. Você o transformou em algo muito diferente. Há cinco envolvidos agora, incluindo Matheson. É um número alto.

Hall olhou para a casa; as muitas janelas brilhavam mais forte à medida que a noite escurecia.

— Tem razão, senhor.

— Cinco X's andando por aí quando isso acabar — disse o homem. — É demais. Tudo precisa terminar limpo do seu lado hoje à noite. Nenhuma ponta solta. E, depois, vamos encontrar Matheson. Entendido?

Hall viu Mitch disparar ao cruzar o campo aberto até um arbusto perto da casa.

— Sim, senhor.

— E, Hall... caso *haja* alguma ponta solta, você também vai se tornar uma.

— Sim, senhor.

A chamada foi encerrada. Hall guardou o celular e enfiou o fone de volta no ouvido. Escutava a respiração pesada de Mitch, mas ela era quase abafada pelo marretar de seu próprio coração na base do crânio.

Queriam todos na casa mortos.

Geiger e Ezra recostaram-se na amurada da varanda. A oeste, além do rio, o céu logo acima das montanhas escurecidas exibia um tênue traço de coral onde o sol desaparecera. Geiger havia encontrado uma calça de Corley em uma cômoda no quarto e a tinha vestido. Ezra baixou os olhos para a fileira de refletores sob a varanda. Mosquitos e mariposas voavam em espirais ao redor deles, colidindo com o vidro iluminado.

— Ezra — disse Geiger. — Vi seu pai hoje.

Ezra esticou o corpo como se estivesse se desdobrando.

— Quando? Onde?

— Logo antes de voltar. No Central Park.

— Como você...?

— É uma longa história. Mas ele está bem.

— Ele perguntou de mim?

— Perguntou.

— Então por que não voltou com você?

— Ele queria ver você. Eu não deixei.

— Por que não?

— Eu disse a seu pai que, a partir de agora, ele não poderia ver você sem sua permissão. Que a decisão caberia a você.

— Você disse isso?

— Sim. Para que, quando tudo isso terminar, você possa decidir quando quer vê-lo... *caso* queira vê-lo. Tudo bem?

— Bem... — Ezra balançou a cabeça. — Tudo bem, acho.

— E mais uma coisa.

— Sim?

— Tenho o que aqueles homens estão procurando. Na minha bolsa. São discos. Vídeos. Recebi-os de seu pai. Agora que estou com eles, ninguém vai incomodar você.

— Que tipo de vídeos?

— Não importa. Mas só para que compreenda, Ezra, seu pai deixou você sozinho porque achou que os vídeos eram muito importantes e não queria que Hall os pegasse. Ele precisou tomar algumas decisões extremamente difíceis. Entendeu? — disse Geiger, e começou a descer os degraus. — Preciso dar um telefonema.

Hall observou da floresta enquanto Mitch correu até uma enorme faia e desapareceu atrás do tronco maciço. A sombra pesada da árvore estendia-se até poucos metros da porta dos fundos da casa.

— Consegue me ver? — sussurrou Mitch.

— Sim.

Então Hall viu Geiger descendo os degraus para o jardim da frente, teclando em algo na mão.

— Geiger saiu da casa — disse Hall. — Jardim da frente. Acho que está dando um telefonema.

O celular de Hall vibrou no bolso da calça.

— Jesus — sussurrou ele. — Acho que está ligando para mim.

— Não atenda — disse Mitch.

— Não, vou sim... Podemos usar isso. Espere.

Hall removeu o fone do ouvido e puxou o celular do bolso.

— Alô.

— Geiger aqui.

— Você está ganhando seu tempo com o código de saída, Geiger. Disse que me telefonaria em meia hora, se lembra?

Hall observou Geiger caminhar em um círculo fechado a 70 metros de distância.

— Encontrei Matheson. Tenho os discos.

— Continue — disse Hall.

— Vou ficar com eles.

— Nada prudente, Geiger. Nem um pouco.

— O garoto vai encontrar a mãe em breve. Depois disso, contanto que Ezra permaneça seguro e ileso, ninguém jamais verá o que há nos discos. Esse é o acordo.

— Não faço acordos, Geiger. Não faz parte do meu trabalho. Agora, quando vou receber o maldito código para que possamos sair dessa sua casa de merda?

— Ligo depois.

Hall viu Geiger pressionar rapidamente um botão no telefone e a chamada foi encerrada.

Quando Geiger voltou à casa, Harry saía do quarto do primeiro andar, sacudindo a cabeça.

— Encontrou ela? — gritou Harry.

Geiger ouviu passos acima deles e Ezra apareceu no topo da escada.

— Não, ela não está aqui em cima — disse o garoto, descendo os degraus.

Harry olhou para Geiger.

— Ela sumiu.

— Há quanto tempo?

— Não sei. Vocês dois estavam fora da casa, e fechei os olhos por alguns minutos...

— Ezra — disse Geiger. — Vá procurar uma lanterna nas gavetas da cozinha.

O garoto partiu às pressas, e Harry recostou-se no batente da porta com os ombros arriados.

— Ela não foi longe, Harry — disse Geiger. — Você fica com o jardim da frente, vou para o dos fundos.

— Não — disse Harry, baixando os olhos para a perna de Geiger. — Você fica aqui. Ezra e eu podemos procurar.

— Estou bem, Harry.

— Você está falando sério, Geiger?

— Vou devagar e...

O punho de Harry projetou-se de repente e socou a parede.

— *Pare!* Só... Pare, certo? Não preciso de você caindo lá fora e apagando. Procurar só uma maluca no escuro já vai ser difícil o suficiente, está bem?

Geiger encarou-o de volta, depois concordou lentamente com a cabeça.

Hall esperava pelo clique, aquele momento no qual tudo se unia: preparativos para a hora H, timing, intuição, fluxo de adrenalina.

— Vá em frente, Mitch — disse ele. — As linhas telefônicas.

Mitch apareceu vindo de trás da faia, um fantasma de carvão que parou logo antes de um facho de luz ao lado da porta dos fundos.

O olhar de Hall desviou para a esquerda; Harry descia os degraus da frente, lanterna na mão.

— Lily! — gritou Harry.

— Caramba — disse Hall.

— O que há de errado? — perguntou Mitch.

Os olhos de Hall giraram outra vez quando a porta dos fundos foi aberta e Ezra saiu. Mitch transformou-se em uma estátua, parando de pé nas sombras a menos de sete metros de distância. Ezra virou-se, agora de costas para Mitch, e perscrutou a escuridão.

— Lily! — gritou o garoto.

— Ele não consegue ver você. — Hall suspirou. — Volte. *Volte.*

Mitch recuou, afastando-se da porta dos fundos, e as sombras o engoliram outra vez.

— Agora, não se mexe, porra.

Hall mudou novamente de foco. Harry saiu da área de luz projetada pelas janelas da frente e pelos refletores, a luz da lanterna criando um funil na escuridão e afastando-se em direção à floresta.

— Merda — disse Hall. — Geiger continua lá dentro. Precisamos que todos estejam no mesmo lugar.

Lentamente Ezra deu meia-volta, em direção à faia.

— Lily! — chamou o garoto.

O céu explodiu em estrelas vermelhas, brancas e azuis brilhantes e cintilantes. Hall se contraiu e em seguida olhou para o rio. Um segundo depois, um grave estrondo fez um rombo na noite. Ecos dos aplausos de uma multidão chegaram até eles enquanto as estrelas caíam, salpicando o jardim com luzes foscas.

— Inacreditável, que merda... — sussurrou Hall.

Com Ezra olhando para o céu, Mitch deslizou lateralmente rumo à cobertura do tronco da árvore. Mas quando os fogos de artifício se apagaram, Ezra virou-se para a faia. Depois, deu um passo à frente e ficou de pé sob uma extensão de galhos de cinco metros.

— Lily?

— Ele está indo na sua direção, Mitch — sussurrou Hall. — Faça o que eu mandar. Não antes. — Ele observou Ezra aproximar-se do tronco. — Está indo na sua direção. Espere.

De pé e de costas contra a árvore, Mitch ouviu o garoto parar a poucos centímetros do tronco gigante.

— Lily? — disse Ezra em voz baixa. — Está aí?

Mitch ouviu o garoto dar mais alguns passos.

— Ele está na base da árvore, Mitch. — Hall suspirou ao seu ouvido. — Começando a espreitar ao redor do tronco. Dê um passo inteiro para a esquerda... Agora.

Mitch afastou as costas da casca da árvore mas manteve as pontas dos dedos ancoradas. Deu um passo.

— Não tenha medo, Lily. Sou só eu, Ezra.

Hall sussurrou novamente.

— Ele está avançando um passo de cada vez. Não quer assustá-la. Prepare-se para dar outro passo à esquerda... Vá.

Mitch moveu-se. Ele quase gargalhou alto: uma dezena de anos de trabalho árduo resultou em uma brincadeira de esconde-esconde com um garoto de 12 anos. Ele ouviu um zumbido e sentiu um mosquito pousar em sua bochecha; permaneceu imóvel mesmo quando a probóscide penetrou em sua pele e começou a se alimentar.

— Prepare-se — disse Hall. — Esquerda, um passo. Vá.

Mitch deu outro único passo para o lado.

— Lily? — chamou Ezra.

Mitch ouviu o garoto suspirar, depois seus passos soaram como se estivessem se afastando.

— Ótimo — sussurrou Hall. — Parece que ele está partindo.

Mitch soltou o ar ruidosamente, recostou-se na árvore e sentiu uma satisfação especial ao esmagar o mosquito em sua bochecha.

Então, ouviu outro movimento, passos voltando na direção da árvore.

De repente, a voz de Hall estava no ouvido de Mitch.

— Merda. Mitch, ele está voltando...

— Lily? — A cabeça de Ezra espreitou ao redor do tronco e entrou no campo de visão de Mitch. — Você está...?

Mitch agarrou-o pela gola da camisa e empurrou-o com força contra a árvore. Com a outra mão, tapou com firmeza a boca do garoto.

— Não faça nenhum som — sussurrou Mitch.

— Com calma, Mitch — falou Hall em seu ouvido.

Mesmo na luz fraca sob a árvore, Mitch via os olhos de Ezra brilhando de medo.

— Falo sério, garoto. Um pio e quebro seu pescoço. Entendido?

Mitch sentiu o garoto fazendo um movimento de anuência com a cabeça sob sua mão.

— Muito bem, Richie — disse Mitch. — Chegou a hora da salada de galinha.

— Não machuque o garoto — respondeu Hall. — Estou indo até aí.

Lily saiu do meio das árvores. A noite estava viva com som e luz. Ela descalçou os sapatos e sentiu a grama alta sob eles, as folhas encontrando seus caminhos entre os dedos enquanto caminhava. Ela parou à margem do rio. Conseguia ouvi-lo enquanto passava correndo por ali.

O céu rugiu de repente e deu à luz uma nova lua. Plena no céu, reluzente, a lua enviou seus filhos voando pela noite, mil filhos, cantando, gargalhando, disputando corrida uns contra os outros na descida até a água.

Lily ouvia a própria voz cantando: jovem, sedosa, dando voltas e envolvendo-a como uma carícia.

— *Way down below the ocean...*

Ela observou as luzes flutuando na superfície veloz do rio, brilhando para o alto vindo da cidade abaixo. Era para onde as crianças estavam indo. Estavam indo para casa. Lily sentou-se. Ainda conseguia ouvi-las, a canção delas elevando-se do fundo da água, um cântico borbulhante e doce.

— *Way down below the ocean, where I want to be, she may be...*

Hall apareceu sob a copa da faia, resfolegando.

— Não tinha nada que eu pudesse fazer — disse Mitch.

Hall olhou para Mitch na escuridão, achando que ouvira um toque de malícia na voz do parceiro.

— Tudo bem — disse Hall. — Vamos agir rápido... Antes que Harry volte. Usamos o garoto como isca. Vou para a porta dos fundos e obrigo Geiger a sair. Depois, todos entramos, pegamos os discos e partimos.

— Certo.

Hall agachou-se até seus olhos estarem nivelados com os de Ezra. Ele ficou surpreso ao encontrar a mesma dose de fúria que a de medo no olhar do garoto.

— Ezra, faça isso direito e tudo estará acabado em cinco minutos, depois vão todos para casa. Quando Mitch lhe der a ordem, quero que chame Geiger. Grite: "Ei, Geiger, venha cá. Estou aqui fora, nos fundos." Você vai falar normalmente, tranquilo, como se só quisesse mostrar algo a ele. Sei que está assustado, portanto respire fundo algumas vezes e se acalme. Pense em como isso pode terminar rápido. Não vou machucar você nem ele, garoto. Apenas quero de volta o que seu pai roubou.

Hall levantou-se e virou-se para Mitch.

— Aguarde o meu comando.

Hall andou até o perímetro das sombras e depois correu até a porta dos fundos. Comprimindo o corpo contra a parede, puxou a pistola.

— Agora, Mitch — sussurrou Hall.

Ezra sentiu o cheiro do suor de Mitch quando o homem se aproximou mais. Era denso e azedo, o odor de algo que havia crescido na escuridão.

— Muito bem, garoto. É com você. Se fizer besteira, muita gente vai acabar ferida. — A mão dele se afastou da boca de Ezra. — Diga: "Ei, Geiger, venha cá. Estou aqui fora."

Ezra sentiu a cabeça girar e teve a sensação de que desmaiaria. Tentou fixar os olhos na fonte dos fogos de artifício que desabrochavam atrás de Mitch, mas a imagem não permanecia fixa.

— Fale, garoto — disse Mitch. — Chame por ele... Agora!

Ezra balançou a cabeça.

A mão de Mitch segurou o rosto de Ezra e bateu com força a parte posterior da cabeça dele contra a árvore.

— *Fale!*

O olhar de Ezra molhado pelas lágrimas transformava cada centelha pirotécnica cadente em uma estrela de cinco pontas. Era uma galáxia de dor, mas ele balançou novamente a cabeça.

Mitch levantou-se com as costas eretas e virou-se para Hall.

— O babaquinha não quer obedecer.

Hall tentou visualizar um embate mano a mano com Geiger dentro da casa. Haveria armas lá dentro? Informação desconhecida, porém questionável. E Geiger certamente estava sentindo dores; o fato de não ter saído para participar da equipe de busca era a confirmação disso. Ainda assim, Geiger parecia ser imune a adrenalina e medo, portanto, quem sabia do que seria capaz? Hall já havia conjecturado errado — duas vezes.

Ele decidiu entrar sozinho na casa. Caso as coisas se complicassem, não queria que Mitch transformasse seu encontro com Geiger em um tiroteio. Hall correu de volta na direção de Mitch e Ezra.

— Muito bem. Mantenha-o sob sua guarda, Mitch. Fiquem aqui fora. Vou entrar sozinho. Aguarde o meu sinal.

Ficou claro que Mitch não gostou daquilo.

— Por quê?

— Porque decidi que essa é a maneira certa de proceder.

Mitch trocou a mão com a qual segurava Ezra e aproximou-se de Hall.

— Bem, considerando que todas as decisões que você tomou ao lidar com Geiger foram erradas, talvez devêssemos...

— Faça o que eu mando, Mitch. — Hall inclinou-se até seu rosto parar a centímetros do de seu parceiro. — É o seu trabalho, certo? Agora, apenas cale a merda dessa boca e faça o que for mandado.

Um estrondoso barulho fez os três se retraírem. Depois que passou, Mitch olhou para Hall e concordou com a cabeça.

— Certo, chefe — disse ele. — Vá em frente... Eu e o filhote vamos te dar cobertura.

Hall correu de volta para a porta e sacou a arma. Concedeu um momento a si próprio, depois abriu a porta de uma vez e entrou. Ele olhou para o corredor.

— Geiger! Aqui é Hall!

Geiger tinha cochilado em uma das poltronas da sala de estar e, para ele, a voz entrou cortante como dentes afiados. Era Hall. Como ele tinha conseguido sair, e como foi parar ali?

— Você tem os discos, Geiger, e nós temos Ezra! Vamos resolver isso!

Geiger colocou-se de pé. Sentiu uma pontada aguda na coxa, mas não importava. E não importava como Hall os havia encontrado... Ele, Geiger, o tinha trazido até ali. Ele colocara Ezra e todos os outros precisamente na mira de Hall.

— Vamos lá, Geiger... Apareça!

O olhar de Geiger vagou pelo quarto. Havia duas saídas: pelo corredor e pela cozinha. Ele viu um atiçador de lenha de ferro forjado apoiado na lareira, a ponta farpada coberta de cinzas. Geiger pegou o atiçador.

A voz de Hall parecia vir de algum ponto próximo aos fundos da casa. Geiger esperou até que Hall gritasse de novo.

— Podemos acabar com isso enquanto não há ninguém aqui, Geiger! Sem estragos!

Geiger inclinou a cabeça, rastreando o som. Agora tinha certeza: Hall tinha entrado pela porta dos fundos e estava no corredor, indo em sua direção. Estava a sete metros de distância, talvez.

Era óbvio que Hall carregava uma pistola. Geiger mudou a empunhadura para o ponto médio da haste do atiçador e segurou-o como uma lança. Ele ergueu-o, esticou o corpo e ensaiou um arremesso, girando sobre a perna esquerda como precisaria fazer quando o arremessasse. A perna tremia e queimava, mas os pontos da sutura resistiam.

Hall havia ficado em silêncio. Àquela altura, deveria ter atravessado a entrada do corredor para a cozinha. Geiger cruzou a porta da sala de estar silenciosamente e entrou na cozinha. Será que Hall estava com Ezra? Ele achava que não, tudo estava silencioso demais.

Geiger deu um passo em direção à porta dos fundos. Hall deveria estar no corredor, à direita. Ergueu o atiçador até a altura dos ombros, entrou em silêncio no corredor e se virou.

Hall estava a pouco mais de três metros dele, sozinho, próximo da entrada da sala de estar. As costas do inimigo eram um alvo perfeito, mas, se Geiger conseguisse se aproximar, poderia usar o atiçador como uma clava. Esperou, observando Hall se arrastar até a porta da sala de estar.

Quando fogos de artifício iluminaram o céu mais uma vez e foram seguidos por uma chuva de estrondos e explosões, Geiger avançou, usando o som para camuflar o barulho de sua movimentação. Hall debruçava-se no batente da entrada.

Agora, a apenas um metro de distância, Geiger deslizou a empunhadura até a haste do atiçador e ergueu a arma bem alto.

— Geiger! — latiu uma voz atrás dele.

Hall girou numa espiral e atingiu a pistola na lateral do crânio de Geiger, que caiu de joelhos. O atiçador de lenha retiniu ao bater no chão.

Hall levantou os olhos para Mitch, de pé um passo além da porta dos fundos. A pistola do parceiro estava apontada para a cabeça de Geiger, e o garoto, amordaçado e firme na mão de Mitch.

Hall baixou os olhos para o homem no chão.

— Não há mais tempo, Geiger... Eu quero os discos!

Geiger teve dificuldade em entender algumas das palavras de Hall. Havia o rugido de um oceano em seu ouvido direito.

— Solte o garoto — disse ele, a voz um sussurro débil.

Hall balançou a cabeça.

— Os discos... Agora.

Geiger balançou a cabeça lentamente e olhou para o fim do corredor, para o garoto. Depois, virou-se para Hall.

— Estão no quarto — falou, apontando para a porta à esquerda.

Hall deu uma olhada rápida para o quarto e viu uma bolsa de ginástica sobre a cama de dossel.

— Muito bem, vamos lá... Você primeiro, Geiger. Mitch, espere na sala com o garoto.

Geiger levantou-se e caminhou desequilibrado até a entrada do quarto.

Hall gesticulou com a pistola para que ele entrasse e depois apontou para a bolsa.

— Abra.

Geiger puxou a bolsa até ele e tirou um envelope de dentro dela. Virou-o de cabeça para baixo e os minidiscos caíram na colcha.

Uma mula de adrenalina dava coices enlouquecidamente no peito de Hall. Ele encheu os dois pulmões de oxigênio para neutralizá-la.

— E então? — disse Hall. — Assistiu a eles?

— A um deles. Durante alguns minutos. Você sabe o que há neles?

— Não.

— Interrogatórios em bases secretas. Alguém filmou as sessões com uma câmera escondida. E estou nos vídeos.

Hall recolheu os vídeos e guardou-os de volta na bolsa.

— Diga uma coisa, Geiger. Como se tornou tão bom no seu trabalho?

Geiger o encarou. Sua têmpora esquerda sangrava, e Hall podia ver que os olhos dele tinham dificuldade em fixar o foco.

— Pode-se dizer que nasci para ele. Está no meu sangue.

Por um momento, Hall revirou as palavras na mente, pensando em quanto tempo ele passara na toca do diabo ao longo dos anos. Geiger tinha razão: estava no sangue. O vírus, o incurável vírus humano.

Ele fechou o zíper da bolsa.

— Então, é isso — disse ele.

— Solte o garoto. — A voz de Geiger continuava um sussurro.

Hall indicou a porta com a pistola.

— Para a sala de estar.

— Solte o garoto, Hall. A mãe dele vai chegar em breve. Não...

— Vamos!

Geiger saiu para o corredor, e Hall seguiu-o enquanto se dirigia lentamente até a sala de estar. Mitch, pistola no colo, estava sentado no sofá com Ezra.

Hall levantou a bolsa.

— Estou com eles aqui.

— Aleluia, cacete! — disse Mitch e levantou-se. — Vamos embora.

Hall não respondeu, tampouco se mexeu. A arma permanecia apontada para Geiger, e ele viu Mitch ler seus olhos.

— Não? — disse Mitch. — Ainda não terminamos?

Hall balançou a cabeça.

— Isso vem de cima? — perguntou Mitch.

Hall não respondeu. Virou-se para a porta da frente aberta, em estado de alerta, e então ergueu repentinamente sua arma e empurrou Geiger contra a parede ao lado do batente da porta. Recostando-se, Hall espiou pela porta e observou Harry entrar mancando no halo circular de luz diante da casa.

*

Harry pisou no caminho de lajotas e subiu os degraus, o rosto repleto de suor e trevas. Angústia e culpa o dominavam. De muitas formas, Lily o tinha abandonado havia anos, mas agora ele achava que estava realmente perdida — e havia sido obra dele.

Tinha dado um passo dentro de casa quando sentiu o cano da arma de Hall na base de seu crânio.

— Ande comigo, Harry — disse Hall. — Passos curtos até o sofá. — Ele o conduziu para a sala de estar. — Sente-se.

Ainda de pé, Harry virou-se devagar. Parou quando a pistola tocou seu nariz. Sorriu para Hall, embora parecesse mais um rasgo do que um sorriso, e sentou-se. Hall recuou alguns passos, mantendo a arma apontada diretamente para ele.

— Muito bem, muito bem — disse Harry com a voz rouca de tanto gritar. Ele olhou para Mitch, cuja arma estava apontada para Geiger. — Temos Moe e Larry. Onde está Curly?

— Morto — disse Mitch.

— É mesmo? Que chato. Curly sempre foi meu favorito.

Harry virou-se por um momento para Geiger, que estava de pé com as costas contra a parede ao lado da porta da frente. Nenhuma ajuda imediata ali: os olhos do parceiro estavam vítreos, e um lado do rosto dele, coberto de sangue vivo. Harry tentou captar o olhar de Ezra, mas o garoto estava sentado do outro lado de Mitch, de cabeça baixa. Parecia que tinha chorado.

Harry não sabia por quanto tempo poderia postergar aquilo, mas sabia que precisava continuar falando. Voltou-se de novo para Mitch.

— Então, me conte uma coisa — disse Harry. — Quanto tempo ficou sentado naquele táxi brincando com suas bolas antes de perceber que fiz de você um idiota de merda?

Mitch não se moveu. Encarou Harry impassível, todo formal agora.

— Pare de falar, Harry — disse Hall.

Harry apontou repetidamente um dedo para as janelas.

— Sabe de uma coisa, Hall? — disse ele. — Minha irmã está perdida lá fora, ou coisa pior, por sua causa... E você não dá a mínima. — Depois, reparou na bolsa de ginástica na mão de Hall. — Conseguiu seu De Kooning, hein?

Hall concordou com um movimento de cabeça.

— Então, por que continua aqui?

Uma olhada para Hall e outra para Geiger deram a Harry sua resposta. Ele se levantou.

— Sente-se, Harry — disse Hall.

— *Vá se foder.* — Harry se entregou por completo ao insulto e Hall ergueu a pistola até ficar na altura dele.

— Harry, vou mandar você mais uma...

— Digamos que eu pule em cima de você — disse Harry. — Você sabe... para que eu possa arrancar o maldito coração do seu peito. Você atiraria em mim, Hall?

— Senta aí, porra!

Harry olhou rapidamente pelas janelas da frente: nada.

— E se enquanto você estivesse atirando em mim, Geiger atacasse você? Imagino que um de vocês dois precisaria atirar nele também, certo? Mas tem o garoto...

O rosto de Hall havia se transformado em pedra.

— Ah, e não se esqueçam de Matheson — disse Harry. — Isso dá quatro. Vocês não vão deixá-lo livre para tornar as suas vidas um inferno, não é? Então, que tal, Hall? Quando começa a ficar difícil matar pessoas? Quando já se matou uma dezena? Duas dezenas?

Harry verificou de novo as janelas, e desta vez captou um vislumbre de algo. O alívio desaguou dentro dele. Quase tinha ficado sem palavras, mas agora já podia parar de falar.

— Sabe de uma coisa, Hall? Pode esquecer... Não se preocupe quanto a isso. — Harry apontou para fora das janelas. — Se preocupe com eles.

Hall girou e olhou para fora. Muito longe, dois pares de faróis acabavam de dobrar na longa estrada que levava à propriedade.

Harry deu de ombros.

— Decidi chamar os policiais e pedir ajuda a eles para procurar Lily.

— Filho da pu... — disse Mitch, saltando de pé do sofá. Com a arma ainda apontada para Geiger, ele foi até as janelas. Nessa hora, Harry investiu com toda a sua força contra o outro, ombros para baixo, braços esticados. O braço de Mitch girou com a arma, mas Harry o atingiu na altura do peito, envolvendo-o com os braços. O impulso carregou-os através de uma janela até a varanda, onde, ainda presos um ao outro, deram dois passos desajeitados para trás, chocaram-se contra o parapeito, quebraram-no e caíram, sumindo de vista.

O olhar de Hall seguiu os dois homens por meio segundo a mais do que deveria, e Geiger obrigou seu corpo esgotado a entrar em movimento. Foi uma empreitada desajeitada, assimétrica — uma mão agarrando o pulso que segurava a arma, a outra indo para a traqueia —, e, quando Hall virou-se em reação, foi mais emaranhamento e contorções do que violência certeira. Por alguns instantes, Hall pareceu ter as vantagens do equilíbrio e da força, até que Geiger marretou a própria testa contra a dele e os dois caíram no chão, a arma deslizando pelas tábuas de madeira de pinheiro e parando na soleira da porta da sala de estar, a bolsa de ginástica caindo no tapete empoeirado da sala.

Geiger virou-se para o sofá, os olhos procurando o garoto.

— Ezra... Corre!

O garoto deu dois passos em direção à porta mas desviou para a direita e pegou a bolsa ao correr. Disparando por cima dos dois homens caídos, correu para fora e sumiu.

Fraco demais para derrotar Hall, Geiger agia como um lutador de luta livre em modo defensivo, os membros se contorcendo e fazendo o necessário para manter o outro imobilizado. Mas uma das mãos do opositor encontrou sua coxa ferida e cravou fundo os dedos no ferimento. A dor foi uma tempestade de fogo, e a firmeza de Geiger cedeu quando um uivo subiu em sua garganta.

Hall levantou-se com dificuldade, agarrou a pistola, e virou-se para Geiger, que jazia estatelado de barriga para cima. A arma subiu; Geiger esperou pela execução, mas viu seu algoz parar e reconsiderar: a proximidade da polícia inviabilizava a possibilidade de um tiro.

Ele colocou a arma de volta no cinto e deu um chute forte na perna machucada de Geiger.

— E fique deitado! — ordenou, antes de sumir de vista.

Geiger permaneceu deitado, imóvel, o sangue penetrando o tapete enquanto a música o preenchia. Acordes turbulentos e discordantes de metais e cordas faziam com que estremecesse; com sabores amargos e pungentes, eram potentes, cromáticos, estimulantes. A mente dele prendeu a música, brandiu-a como uma clava, e espancou a dor até que se achatasse.

Aos poucos, Geiger levantou-se, primeiro de joelhos, depois de pé. Moveu-se lentamente até a porta aberta e se apoiou no batente. Fez o melhor para realizar um inventário interno, tentando avaliar o que ainda lhe restava e até que ponto aquilo o levaria. A perna esquerda da calça de Corley estava ficando vermelho-escura, grudando à coxa que fervia.

Ele viu os faróis subindo a estrada, próximos agora, e saiu para a varanda. Segurando o parapeito quebrado, olhou para baixo e viu Harry deitado sobre Mitch, barriga sobre barriga, ambos imóveis como cadáveres.

Geiger começou a descer com esforço os degraus.

— Harry?

A cabeça de Harry moveu-se levemente, depois ele rolou de cima de Mitch e caiu sobre as próprias costas. A ponta de um dos refletores despontava do esterno de Mitch, e seus olhos mortos jaziam abertos.

O peito de Harry brilhava de sangue, mas ele levantou os olhos para Geiger e ergueu um braço.

— Estou bem — afirmou, apontando para o rio. — Naquela direção... Ambos.

Ezra parou quando encontrou uma árvore que parecia larga o bastante para escondê-lo. Ficou de pé e encostado nela para garantir, depois deslizou tronco abaixo, até o chão. Estava correndo às cegas e havia perdido todo o senso de direção. A noite estava viva com sons: as explosões que continuavam no céu, os aplausos distantes da multidão, os mosquitos zumbindo por perto. E ele poderia jurar que ouvia o rumor perpétuo do rio que não conseguia ver.

Considerando a confusão que tinha deixado para trás na casa, era impossível, para ele, saber quem poderia ter sobrevivido e quem poderia vir atrás dele.

Ezra apertou a bolsa e esperou.

Hall movia-se em silêncio entre as árvores. A névoa noturna dava um ar borrado à floresta, como um desenho em carvão sobre papel cinza. Mas a cada poucos minutos, uma nova saraivada de fogos de artifício iluminava o céu e, de repente, a floresta parecia estar viva com fantasmas macabros.

Enquanto Hall abria caminho rumo ao rio, novos planos de ação se formavam na sua mente. Quando encontrasse o garoto e recuperasse a bolsa, o caminho a seguir era simples, tranquilo e executável. Ele guardava na memória a imagem via satélite do laptop: a doca e o barco a remo estariam a oeste do outro lado da floresta, a cerca de cem metros dali. Ele remaria até o meio do rio para que ninguém conseguisse vê-lo da costa, depois flutuaria para o sul por alguns quilômetros. Na próxima cidade rio abaixo, remaria até a margem e encontraria um jeito de retornar à cidade.

Sabia que o garoto estava por perto. Hall não tinha saído muito depois dele, e não vira nada se mover desde que alcançara as árvores. O garoto estava se escondendo em algum lugar, morrendo de medo, e era praticamente certo que não sairia de seu esconderijo. Um adulto poderia, sob efeito da adrenalina, acabar se movendo, mas, com uma criança, era quase certo que ela ficaria congelada pelo medo. Hall não esperava ver nenhum movimento — precisaria atrair o garoto para fora da toca.

— Ezra?

O garoto estava encharcado de suor. Ainda assim, o chamado baixo mas inconfundível por seu nome o gelou. Era menos do que um grito, estava mais para um sussurro. Ele não tinha como saber quem estava lá fora ou a qual distância a pessoa se encontrava, mas estava assustado demais para olhar pela lateral do tronco da árvore. Geiger teria vindo em seu resgate, ou Hall o estaria caçando? Ele abanou a mão para afastar a nuvem de mosquitos que dançava em torno de sua cabeça.

A voz falou outra vez, agora mais próxima.

— Ezra, onde você está?

Desta vez, Ezra quase teve certeza de que era a voz de Geiger. Mas algo o impediu de responder. E se estivesse errado? Apertou com força a bolsa de ginástica contra o peito. Não sabia o que havia nos discos, mas sentia como se segurasse a vida do pai nos braços.

Uma nova onda de fogos de artifício explodiu. As costas de Ezra encostaram no tronco da árvore, e ele foi tomado por uma nova onda de pânico. A floresta ficou em silêncio por um minuto, depois a voz falou novamente.

— Ezra? Sou *eu*.

A promessa naquela última palavra o afetou tanto que algo finalmente desmoronou no interior do garoto. Alguma corda, esticada além de seus limites, arrebentou, e ele começou a chorar. Os soluços vieram em curtas saraivadas irregulares e não seriam contidos.

Hall estivera andando em zigue-zague, com dois passos para cada lado, chamando o garoto pelo nome. Quando ouviu o barulho, não parou, mas virou vinte graus para o oeste. Não restava dúvida... Era um som humano, e a fonte dele estava muito próxima.

Ele desacelerou até parar, olhando para um pinheiro a dez metros cuja circunferência impressionante ocupava um perímetro maior do que os das árvores vizinhas. Hall entendeu o que era o som. Era o garoto, e estava chorando.

Avançando em sentido anti-horário, Hall aproximou-se e logo viu nas sombras o perfil de uma figura encolhida na raiz do pinheiro. Arrastou-se para a frente em um passo lento, pisando do calcanhar para os dedos, mas o estalido delicado de um graveto fez Ezra se retrair. Sem olhar para trás, o garoto se arrastou freneticamente até ficar de pé, os tênis escavando a terra para obter mais tração. Mas Hall foi mais rápido, e a disparada de Ezra rendeu apenas cinco passadas antes que ele agarrasse os tornozelos do menino, derrubando-o de peito.

Hall virou o garoto para cima e montou sobre ele, tapando sua boca com a mão.

— Escute com muita atenção, Ezra: eu *não* vou machucar você. Ninguém mais precisa se machucar. Vou pegar a bolsa, e você não vai me ver de novo. Quando eu partir, não chame por Geiger. Apenas espere alguns minutos, depois se levante e siga naquela direção, de volta para a casa. — Ele apontou um polegar para trás, acima do ombro. — Certo?

Hall levantou a mão. O garoto engoliu, depois falou:

— Sim.

— Ótimo. — Estendendo a mão para pegar a bolsa, Hall levantou-se e baixou os olhos para o garoto. — Diga ao seu pai que posso querer manter contato.

Ouviu-se um grito, filtrado pela floresta.

— Ezra!

Hall caiu de joelhos e tapou a boca Ezra novamente com a mão. Mesmo com as árvores fazendo o som refletir de um lado para o outro, Hall percebeu que Geiger estava próximo. O homem simplesmente não desistia.

— Ezra... Me diga onde está!

Hall agachou-se e sussurrou ao ouvido de Ezra:

— Desculpe, garoto. Mudança de planos. Você vai vir comigo até o rio, só para o caso de ele aparecer. E lembre-se... Tenho um revólver e ele não, portanto, se você emitir um som, vai estar matando Geiger. Compreende isso, certo?

Ele se levantou, puxando Ezra até que ficasse de pé, prendendo a mão do garoto na dele.

— Certo. Agora, vamos correr.

Eles dispararam entre as árvores, em direção ao rio. Duas vezes, o garoto começou a ficar para trás e Hall precisou dar um puxão para colocá-lo novamente ao seu lado. Em pouco tempo, viram um espaço cinza-escuro além da legião de árvores e, um momento depois, estavam em terreno aberto. O Hudson corria diante deles. Outra onda de fogos de artifício iluminou o céu, possibilitando a Hall detectar a doca despontando sobre a água a apenas 30 metros ao norte. Ele viu um volume na extremidade da doca: o bote.

Hall começou a correr, meio que arrastando o garoto atrás de si. Quando correram sobre a doca, as tábuas retorcidas e soltas sob os pés deles sacudiram ruidosamente, soando como um voleio de mosquetes. Ele parou de repente, congelando Ezra ao seu lado, e olhou para trás, na direção da casa.

Nada se movia ao longo da fila de árvores. Virando-se, Hall empurrou em silêncio o garoto pela doca.

Sentada na margem gramada logo ao norte dali, Lily desviou o olhar das luzes na água quando ouviu o som. Os tons musicais emitidos por tábuas de madeira sob pés correndo invocaram uma imagem vívida em sua mente:

ela viu minúsculos malhos nas mãos de uma criança tocando um xilofone de brinquedo. Depois, virou-se e viu duas figuras avançando rapidamente pelo rio. Ela sorriu.

Toda vez que Geiger transferia o peso do corpo para o pé esquerdo, uma bola de fogo descia pela perna destruída. Pouco depois de entrar na floresta, tinha sentido os pontos começarem a ceder, então havia tirado a camisa, rasgado uma das mangas e a usado como torniquete para envolver a parte superior da coxa logo acima dos cortes de Dalton. Agora, uma caminhada desaprumada, rolando os pés, era o melhor que conseguia fazer, e a cada passo o mundo balançava e sacudia. Seu cérebro fazia os cálculos necessários para preservar o equilíbrio, mas estava ficando mais difícil cristalizar os pensamentos. Uma voz desconhecida falava com ele de algum lugar: *Você pode perder até 25% do seu sangue antes que seus órgãos comecem a parar de funcionar...* Foi quando percebeu que era sua própria voz, lembrando-o de uma verdade biológica que ele mesmo havia transmitido a outros, incontáveis vezes.

Ele chamava o nome de Ezra enquanto avançava — a escuridão não respondeu —, até que um som estrepitante fez com que girasse a cabeça na direção do rio. Sabia que não eram fogos de artifício; era o som de corpos em movimento.

Uma explosão verde desabrochou no céu, e seus milhares de estilhaços mostraram a Geiger uma trilha bem à sua frente que descia gradualmente entre as árvores. Ele usou uma respiração profunda e purificadora como gatilho para colocar-se em movimento. De repente, pensou em Corley e soube que o sonho estava vivo dentro dele. Mas daquela vez era diferente. Ele ainda não sabia qual era o destino, mas pelo menos por uma vez tinha certeza de que o alcançaria. Sentiu uma descarga poderosa, uma pureza de propósito que o carregou adiante ao longo da trilha.

Ezra estava sentado encolhido na doca, braços envolvendo os joelhos. Rezou para que Geiger viesse; rezou para que ele chegasse tarde demais.

Hall estava a um metro dele, ajoelhado, desamarrando a segunda das duas cordas que prendiam o bote invertido a dois cunhos de metal. Ezra observou-o escavar o nó apertado com as unhas e olhou para a arma e para a bolsa de ginástica largados ao lado dele nas tábuas desgastadas pelo clima. Perguntou-se o quanto a pistola pesaria; seria preciso usar ambas as mãos para erguê-la?

— O que vai fazer comigo... Depois? — perguntou Ezra. — Quer dizer, quando estiver pronto para partir.

Hall não deu atenção ao garoto. Quando finalmente afrouxou o nó, levantou-se e girou o bote sobre o casco. Colocou os remos que estavam guardados debaixo do bote nas forquetas, atou a amarra de dois metros a um dos cunhos e empurrou o bote para o rio. Ao sabor da corrente, o bote a remo balançou rio abaixo com a proa apontando para eles.

A perspectiva de descer o rio com Hall era demais para Ezra suportar. Será que deveria fugir? Se tentasse, perderia para sempre a bolsa e os discos...

Esticando o braço para baixo, Hall pegou a arma e enfiou-a no cinto. Depois, agarrou a bolsa. Por um momento, olhou em silêncio para Ezra, finalmente encontrando seu olhar.

— Está com medo?

Ezra fez que sim com a cabeça.

— Ótimo — disse Hall. — Continue com medo.

Geiger surgiu por entre as árvores. Bem diante dele estava a margem do rio, da qual uma doca estendia-se sobre a água escura. Ele identificou duas figuras no fim da doca, uma de pé, a outra sentada.

Ele avançou sobre a doca, as tábuas velhas chacoalhando sob seus pés. A figura de pé virou-se e levantou o braço, apontando algo para ele.

— Geiger — gritou Hall. — Pare.

— Solte Ezra.

— Saia da doca, Geiger.

Ezra apoiou-se sobre um joelho.

— Faça o que ele manda, Geiger. Vou ficar bem!

— Basta que você saia da porcaria da doca e vamos estar bem. Se não... Vou levar o garoto rio abaixo comigo.

Geiger continuava avançando. O sonho sempre tivera um começo e um meio, mas jamais tivera um fim, na verdade. Agora ele começava a alcançar a última parte. A completude aguardava.

— Tudo bem, então — disse Hall. — Foda-se.

Ele colocou a bolsa no chão, esticou o braço para pegar a amarra e puxou o bote de encontro à extremidade da doca.

— Entre, Ezra — ordenou Hall, balançando a pistola na direção do bote.

— Não faça isso, Ezra! — Geiger estava na metade da doca agora, e viu o rosto pálido de Ezra quando o garoto se virou para olhá-lo.

— Entre no maldito bote — gritou Hall. — Agora!

Ezra saltou para dentro do bote e Geiger ouviu os remos batendo nas forquetas.

— Quero o garoto, Hall... E os discos.

— Não vai dar, Geiger — disse Hall, soltando o bote e deixando-o flutuar de novo preso à amarra. Pegou a bolsa. — Eles queriam todos vocês mortos, todas as pontas soltas bem-amarradas e ajeitadas. Mas agora *eu* sou uma ponta solta. Portanto, quando desaparecer, vou informar a eles que se vierem atrás de mim, os discos são a *minha* apólice de seguros. É assim que termina, Geiger. Agora, para trás!

Geiger, agora a apenas sete metros do fim da doca, conseguia ver os olhos de Hall brilharem na noite.

— Isso não vai ser possível, Hall.

Hall levantou a pistola até a altura do ombro.

— Não entendo você, Geiger... Realmente, não entendo. Por que está fazendo isso?

— Digamos que é o que funciona melhor para mim.

— Geiger, eu *vou* apagar você.

— Não, não vai. Não com a polícia tão perto... Vão escutar o tiro.

No alto, o grande desfecho do show de fogos de artifício entrou em erupção. Uma nova saraivada explodia a cada dois ou três segundos, enchendo a noite com estrelas brilhantes e explosões, estrondos e estalidos ensurdecedores.

— Não, não vão escutar — disse ele, e disparou.

O impacto derrubou Geiger de lado e depois de costas. Ele ficou deitado na doca olhando para cima, para as luzes que explodiam em formato de guarda-chuva. No meio de um universo cambaleante, perturbador, ele se afastava em uma quente e suave cama de silêncio. Não via nada, não sentia nada. Sabia apenas que estava partindo.

Geiger ouviu uma voz chamar seu nome. Era Ezra; o garoto estava muito insistente quanto a algo, com o tom de voz suplicante e urgente. Geiger não conseguiu entender as palavras, mas já não havia palavras. Havia apenas um uivo.

A água estava viva de luz, e a cidade das crianças estava agora tão deslumbrante que Lily imaginou que poderia iluminar o mundo. Mas quando ouviu um grito prolongado e angustiado, ergueu-se e parou de pé. Ela sabia o que era: as crianças estavam chorando. Estavam com medo, e chamavam por ela de seus lares debaixo d'água.

Hall olhou para o corpo de Geiger, a cinco metros de distância. Ele havia mirado no quadrante superior direito, a melhor maneira de obter um máximo impacto sem causar danos letais. Mas não sabia dizer se a mira tinha sido certeira. Geiger não estava se mexendo — poderia estar sangrando aos poucos ou morto. Hall quisera fazê-lo parar, não matá-lo, mas no fim das contas pouco importava, desde que pudesse finalmente seguir o seu caminho.

Ele puxou de novo o bote. Ezra estava sentado no banco do remador, cabeça baixa entre os joelhos. Enquanto o barco se aproximava da doca, o garoto ergueu o olhar em sua direção. Algo no rosto dele o surpreendeu. Eram os olhos: estavam secos, e em vez de lágrimas havia um ódio incandescente que brilhava como a luz de uma estrela. Mais uma vez, Hall hesitou quanto a libertá-lo. Ele não queria fazer mal ao garoto, mas se o deixasse para trás, Ezra contaria à polícia sobre o bote e indicaria a direção para eles. Depois, os guardas ficariam à espreita na costa e talvez colocassem um helicóptero sobre o rio.

— Sente-se na parte de trás, Ezra. Hora de navegar.

Ezra encarou-o por um instante mas, em seguida, foi até a popa. Hall desceu para o bote, colocou a bolsa a seus pés e esticou o braço para desamarrar a corda do cunho. Ele levantou os olhos para o nível da doca e viu Geiger levantar-se aos tropeços, a metade direita de seu corpo brilhante e molhada.

— Jesus Cristo... — murmurou Hall.

Ele puxou a corda para soltá-la do cunho e o bote começou a se afastar da doca. Hall estava de pé no bote, sacudindo a cabeça e observando Geiger arrastar-se lentamente adiante, ombros inclinados e tortos, como escamas deslocadas. Geiger parou desequilibrado e trêmulo no fim do cais.

Hall gritou com as mãos em concha ao redor da boca:

— Acabou, Geiger! Desista!

Inicialmente, Geiger não teve certeza do que via. Talvez fosse a alucinação de uma mente faminta por sangue, ou talvez agora estivesse totalmente envolvido pelo abraço do sonho.

Duas mãos ergueram-se do rio como pálidas criaturas aquáticas e agarraram a amurada do bote. Uma cabeça rompeu a superfície da água; Geiger viu os olhos loucos de um salvador, a boca aberta de uma criança procurando outra igual a ela, um corpo empurrado por medo e alegria além dos limites; e assim Lily tentou se alavancar para fora do rio.

Com o peso adicional dela, o barco inclinou abruptamente quarenta graus, fazendo Hall recuar e, logo depois, emborcou completamente. Hall, Ezra e Lily desapareceram sob o barco virado sem emitirem qualquer som.

Geiger sabia que ele daria um fim para o sonho agora, acordado e solto no mundo. Ele não acabaria se desmantelando.

Ele ouviu uma voz atrás dele, um grito rouco e desesperado:

— Geiger!

Mas soube que o chamado vinha de fora do sonho, portanto mergulhou da beira da doca, batendo na água, e começou a nadar em direção ao barco. O frio do rio era tanto estimulante quanto anestésico, ativando a mente e amortecendo a carne.

Quando se aproximou do barco, Geiger submergiu sob ele. Nadou para a frente em meio à escuridão. De repente, mãos desesperadas o encontraram, unhando, agarrando. Elas o puxaram para as profundezas da loucura.

Harry cambaleou até o fim da doca. O rio encrespava-se com violência ao redor do bote. Agitando-se, membros anônimos romperam a superfície, depois desapareceram sob ela, como se o rio tivesse requisitado a posse deles. Então, a movimentação cessou.

O último espetáculo pirotécnico pintou o céu com uma reprodução majestosa da bandeira americana. À medida que as luzes gradualmente se dispersavam e apagavam, a bandeira se dissolveu, deixando apenas algumas estrelas brilhando na escuridão. Os aplausos distantes deram lugar ao silêncio.

Harry observou o bote deslizar rio abaixo, procurando qualquer sinal de vida em torno dele, lutando desesperadamente contra o pesar. Foi quando viu uma figura surgir do fundo da água.

O nadador dirigiu-se à margem, obviamente exausto. Um braço batia na água, o outro arrastava algo atrás de si. Harry saiu em disparada da doca e correu alguns passos na margem. Olhando sobre a água negra, ainda não conseguia identificar quem era. Quando alcançou um ponto oposto ao nadador, saltou para baixo, caindo sobre as pedras e a lama. A figura magrela arrastou-se pelos últimos metros e desabou na margem tossindo e com ânsias de vômito. A bolsa de ginástica estava a seu lado.

Harry ajoelhou-se ao lado de Ezra e delicadamente pousou uma das mãos em suas costas. Ignorando os gritos e os raios de luz erráticos das lanternas aproximando-se atrás dele, Harry virou o garoto.

Ezra olhou para ele e vomitou um pouco do rio.

— Fique calmo — disse Harry. — Fique calmo.

Ele viu a pergunta nos olhos de Ezra antes que fosse formulada.

— Geiger? — disse o garoto.

Harry balançou a cabeça e Ezra começou a chorar, uma descarga silenciosa, abissal.

Estavam sentados no último degrau da frente da casa de Corley — Ezra, enrolado em um cobertor, e Harry, o peito coberto de curativos do ombro à cintura, o braço ao redor do garoto. Compartilhavam o mesmo olhar de pesar.

As luzes dos dois carros de polícia e de uma ambulância desenhavam padrões de cores trêmulas no jardim. Minutos antes, sentados na sala de estar, uma primeira rodada de perguntas havia sido feita a cada um deles, provocando respostas destinadas a confundir ao invés de esclarecer. O resultado foi uma história impressionante sobre uma invasão doméstica realizada por dois estranhos que os atacaram por razões desconhecidas, resultando em um cadáver e três pessoas desaparecidas no rio. Em meio a todo o drama e a confusão, a bolsa de ginástica ficara largada sobre o balcão, inexplorada. Durante um intervalo nos interrogatórios, Harry pediu licença e foi ao banheiro, onde removeu o conteúdo da bolsa e escondeu os discos na caixa acoplada ao vaso sanitário.

Agora, sentados no último degrau, Ezra finalmente se virou para Harry e lhe contou sobre o que tinha acontecido no redemoinho negro no rio. O garoto não era páreo para a força das outras mãos puxando-o e agarrando-o para controlá-lo. Então, alguém o havia libertado do emaranhado de corpos, empurrado a bolsa de ginástica contra o meio do seu corpo e o empurrado para cima, para o ar e de volta à vida. Mas o custo por ter sobrevivido parecia insuportável.

— Sinto muito — disse Ezra, balançando a cabeça.

Harry virou-se para ele.

— Pelo quê?

— Isso tudo é por minha causa.

Harry puxou-o mais para perto.

— Não, não é, Ezra. É só que... — Ele estava desesperado por mais palavras, por algo mais sábio ou mais tranquilizador para dizer ao garoto, mas nada lhe ocorreu.

Um carro saiu da floresta e um policial correu adiante e se plantou na frente do veículo, braços erguidos. O carro parou e uma mulher alta e magra desembarcou. O policial aproximou-se dela, houve uma conversa de dez segundos, depois ela o empurrou para tirá-lo da sua frente e marchou adiante.

— Ezra?

O garoto levantou os olhos, surpreendido pelo som de uma voz familiar. Harry, sorrindo, apertou o ombro do menino.

A mulher viu o filho e começou a correr.

22

Os negócios iam de mal a pior. Uma onda de calor tinha afugentado o povo das ruas, e não ajudava que a prefeitura tivesse começado a remover o entulho da casa de Geiger. Uma cerca para tempestades com um portão havia sido colocada na frente do terreno, e a equipe de demolição tinha prendido uma faixa na calçada.

O Sr. Memz puxou do maço um cigarro fumado pela metade, deu um peteleco no Zippo e o acendeu. Quando o cara magrelo de bengala parou diante de sua mesa, o Sr. Memz precisou de um segundo ou dois para identificá-lo. Mas aí a cena voltou à sua mente e ele também se lembrou do nome.

— Harry, certo? É, o Harry do Geiger. A bengala me confundiu por um segundo.

Com um sorriso fraco, Harry ergueu a bengala de cerejeira escura e mostrou ao Sr. Memz seu punho entalhado.

— Elegante, não é?

— Gostaria de poder usar uma. É um visual legal. — O Sr. Memz olhou esperançosamente para Harry — Ei, Harry, tem um cigarro?

— Não, lamento.

— Maldição. São poucas as pessoas que ainda fumam.

Harry correu os olhos pela rua, seu novo hábito.

— E então, como vão os negócios?

— Merda, cara... *Que* negócios?

Um rangido alto fez ambos se virarem. Um trator havia acabado de descarregar uma leva de detritos da casa destruída na caçamba de um caminhão.

Virando-se de volta, os dois homens trocaram olhares.

— Ele se foi, cara — disse Harry.

— "Foi", tipo "foi embora"?

— Não... Afogado. Norte do estado. Há cinco semanas.

Os lábios do Sr. Memz retorceram-se em uma careta triste e ele balançou a cabeça.

— Foi aquela história do Quatro de Julho sobre a qual ouvi, aquela no rio?

— Foi.

Por um momento, o Sr. Memz ficou sentado absolutamente imóvel, mas depois grunhiu e golpeou a mesa com um punho. Seus livros saltaram.

Harry suspirou.

— Eu só queria que soubesse.

O Sr. Memz não disse nada. O grunhido tornara-se um murmúrio vazio.

Harry bateu com a bengala na calçada.

— Preciso ir agora, tudo bem? Preciso ir a um lugar.

— Certo. — O Sr. Memz concordou com a cabeça, os olhos vazios. — Vejo você por aí.

— Provavelmente não, na verdade.

— Tudo bem. Não vejo você por aí.

Harry pôs a mão no bolso do casaco, puxou um envelope e deixou-o sobre a mesa.

— Só para não deixar nenhuma ponta solta.

O Sr. Memz olhou para o envelope.

— O que é isso?

— Só algo para ajudar você até que os negócios melhorem. Realmente preciso ir, cara. Boa sorte.

O Sr. Memz observou Harry partir em direção à Amsterdam Avenue, depois seu olhar voltou ao envelope. Ele pegou-o e puxou o conteúdo para fora até a metade. Lentamente, abanou vinte notas de 500 dólares com as pontas dos dedos.

— Jesus...

Ele se virou e olhou quarteirão acima. Viu uma dezena de pessoas na calçada — na maioria, estranhos, alguns rostos familiares — mas Harry havia partido.

Um táxi encostou na esquina da 110th Street com o Malcolm X Boulevard. Harry saiu e entrou caminhando na extremidade norte do Central Park. As águas do Harlem Meer estavam paradas e cinzentas como ardósia; meia dúzia de patos silvestres nadava a esmo perto da margem.

Harry coxeou durante a caminhada, dando passagem aos skatistas e patinadores. Os fantasmas seguiam-no por onde quer que fosse — não houvera corpos a serem identificados, não houvera sepulturas e lápides com nomes e datas gravados — e ele não conseguia fazer com que eles descansassem. Era um pastor dos mortos: Geiger estava sempre próximo, uma presença periférica, mas era Lily quem Harry mantinha mais perto dele. A ideia da morte da irmã ainda era, em grande parte, incompreensível. A ausência repentina e completa da irmã na vida dele o havia deixado, e o fato de que jamais iria vê-la outra vez era inaceitável. Os sonhos dele eram cheios de gargalhadas levianas e de rituais infantis. Seu pesar era exaustivo e perpétuo.

Ele sentou-se em um banco de frente para o lago.

— Harry? — perguntou o homem ao lado dele.

— Lamento por estar atrasado — disse Harry, virando-se para apertar a mão estendida de David Matheson.

— É bom finalmente conhecer você.

Harry olhou para Matheson e depois desviou o olhar. Apoiou a bengala entre as pernas e balançou-a para a frente e para trás com o punho, outro novo hábito.

— Me conte, Harry. Como decifrou "GrandeChefão"?

Harry deu de ombros.

— Eu podia entrar nas mensagens de Geiger. Através do meu computador.

— É mesmo? Isso é bem difícil de fazer.

— Demorou um pouco. Mas tenho alguns dos programas que desenvolvi.

Pelo canto do olho, Harry viu uma figura correndo na sua direção. Ele enrijeceu o corpo, as mãos segurando a bengala com mais firmeza, mas depois relaxou quando o corredor passou por eles.

— Como está Ezra? — perguntou Harry.

— Começando a processar as coisas, mas ainda não está muito bem. Eu só vi o Ezra uma vez... Às escondidas... E apenas por poucas horas, em um hotel, com a mãe dele. Não é justo da minha parte estar perto dele com tanta gente me procurando. Nunca fico em um único lugar por mais de um ou dois dias. De todo modo, ele diz que passa muito tempo tocando violino. Acho que isso é bom.

— Também acho. Me diga uma coisa, Matheson. Você, em algum momento, chegou a atuar no ramo das artes?

— Não. Era só um disfarce para que pudesse me movimentar.

Harry avaliou rapidamente os arredores, então tirou um pequeno pacote de um bolso.

— Descobri um meio de quebrar o bloqueio digital, portanto agora você tem os originais e duas cópias.

— Muito obrigado — disse Matheson. Ele pegou o pacote e deslizou-o para dentro de uma pequena bolsa no banco ao lado dele. — Você é muito bom no que faz, Harry.

— Obrigado.

— Na verdade, a Veritas Arcana poderia se beneficiar de alguém com suas habilidades. Estamos crescendo mais a cada dia... Quatro servidores agora, em todo o mundo... Mas aqueles que não gostam do que fazemos estão sempre no nosso encalço, tentando nos tirar de atividade.

— Creio que não, cara. Desculpe.

— Bem, pense a respeito. Se mudar de ideia, é óbvio que não vai ter a menor dificuldade em me encontrar.

O horizonte no lado leste apresentava a iluminação mais fraca, um prefácio para o amanhecer.

No topo da cerca dos fundos, que havia sido construída para ser uma silhueta em miniatura da cidade, apareceu um gato. Depois de caminhar por alguns dias ao longo da cerca entrecortada, o gato saltou para dentro do terreno.

Tudo que restava da estrutura que um dia havia ocupado o lote era a fundação, agora revelada, e a varanda de concreto nos fundos. O animal subiu os dois degraus, deitou-se na varanda e começou a se lamber para se limpar do trabalho daquela noite.

Ao som de passos desiguais, o gato olhou para cima. Um homem sentou-se nos restos de concreto e começou a coçar a cicatriz sobre a órbita sem olho do gato, que reagiu com um ronronar sonoro.

Ninguém da vizinhança teria reconhecido o homem. Usava óculos com armações pretas e cachos saíam por debaixo de um boné de beisebol virado para trás. Uma barba preta bem-aparada quase chegava a suas maçãs do rosto.

O homem segurava um pedaço empoeirado de assoalho quebrado do tamanho de uma palma de mão. Ele esfregou-o na calça para limpá-lo e estudou-o: o fragmento era feito de mogno, com uma incrustação de freixo no formato de uma lua crescente. Segurando-o com as pontas dos dedos, o homem girou-o vinte graus no sentido horário, depois vinte graus no sentido contrário, como poderia fazer com a peça de um quebra-cabeça que ainda não fizesse parte do todo.

"O mundo não sabe nada sobre você. Esse é meu presente para você. Você não é ninguém."

O homem deslizou o pedaço de madeira para dentro do bolso, pegou o gato e empoleirou o animal nos ombros.

— Hora de partir — falou.

Ele levantou-se devagar, virou-se e atravessou a fundação em direção à calçada. O homem mancava um pouco, mas, de alguma maneira, havia incorporado a coxeadura ao balanço do corpo quando se movia.

Seria possível dizer que aquilo lhe conferia uma certa dose de elegância.

AGRADECIMENTOS

Considero-me incomensuravelmente abençoado por ter tantas pessoas a agradecer:

Stephen Rubin, editor-chefe e presidente da Henry Holt, por ler este livro e decidir que outros deveriam ter a oportunidade de fazer o mesmo.

John Sterling, meu editor, pela habilidade e dedicação, imaginação e diligência, e por sua sinceridade.

Andre Bernard, amigo e acadêmico, que, em um sentido muito real, fez tudo isso acontecer, e a quem serei eternamente grato.

Cari-Esta Albert, o mais autêntico camarada, crítico, confidente e conselheiro neste planeta minúsculo, e Susan Brecker, cujo amor, força e apoio me são valiosos.

Liz Robinson e Dodie Gold, os melhores agentes e os mais queridos amigos, pela orientação e lealdade ao longo de todos esses anos.

Aos Drs. Robert Zevin, Lawrence Weisberg e Jaine O'Neill, por sempre me cederem o tempo para explorar seus cérebros sábios em busca de informações sobre corpos e mentes.

Luis Rumbaut, por suas traduções incansáveis e absolutamente precisas.

Ao Dr. Andrew C. Lotterman, cujos *insights* e cuidados me ajudaram a ver o que eu realmente estava tentando escrever, e *por quê*.

E, em especial, Nat Sobel e Judith Weber, meus agentes e amigos, que acharam que havia algo que valia a pena neste livro e, ao fazerem isso, mudaram minha vida. Enquanto redigia os cinco esboços adicionais exigidos por Nat, ficou claro para mim que (pelo menos) um dos motivos pelos quais ele se sentia atraído pelo livro era sua afinidade com a arte obscura realizada em suas páginas. Ao transformar meu manuscrito em romance, Nat foi meu mentor incansável, editor impiedoso, e patrão torturante — e agradeço a ele profundamente por sua paixão, fé e sabedoria.

Este livro foi composto na tipologia Sabon LT Std, em corpo 11/16, e impresso em papel off-white no Sistema Cameron da Divisão Gráfica da Distribuidora Record.